산
을 노래하다

시(詩)로 만나는 100대 명산

초판 1쇄 발행일 2026년 3월 5일

글과 사진 박호식
펴낸이 이원중

펴낸곳 지성사 **출판등록일** 1993년 12월 9일 **등록번호** 제10－916호
주소 (03458) 서울시 은평구 진흥로 68, 2층
전화 (02) 335－5494 **팩스** (02) 335－5496
홈페이지 www.jisungsa.co.kr **이메일** jisungsa@hanmail.net

ISBN 978－89－7889－571－2 (03810)

또 다른 일상 이야기
산
을 노래하다
박호식 글과 사진
시(詩)로 만나는 100대 명산
지성사

참 신기한 일이다.

39년 전 28개월의 짧은 군 생활(?)을 마치고 전역할 때, 앞으로 산에 가는 일은 절대 없을 거라고 지인들에게 큰소리쳤던 기억이 있다. 공수특전사라는 특수부대의 특성상 수많은 산을 신물이 날 정도로 다녔고, 또한 어린 시절 생활 터전으로 함께했던 산이 아름다운 추억보다는 힘들었던 기억 때문이기도 하리라. 그래서 그런가, 전역 후 직장 생활 동안 회사에서 단체로 가는 어쩔 수 없는 경우를 제외하고, 산이 좋아 나 스스로 산을 찾았던 적은 거의 없었던 듯하다. 산이 나의 삶과는 무관한 존재가 되었던 것은 아닐까?

그런데 세월이 흘러 어느덧 중년이 되어 퇴직을 하고, 환갑이 지난 지금 이 시간에 나는 우리나라 100대 명산이라고 불리는 산을 오르고 내리면서 떠올렸던 감성을 보잘것없는 솜씨로 긁적인 글과 스마트폰으로 직접 찍은 사진을 곁들여, 지극히도 아마추어적인 산행 일기를 책으로 발간하려고 권두언(卷頭言)을 작성하고 있으니 말이다.

문학가도 아니고, 사진작가도 아니며, 전문 산악인도 아닌 평범한 일반인에 불과한 사람이 자신의 분수도 모르고, 감히 "산을 노래하다"라는 제목으로 책을 낸다고 세인으로부터 받을 비난을 감내하고 큰 용기를 내고 있다.

15년 전 2010년, 직장 생활 후반기의 건강검진에서 당뇨 진단을 받았다. 금주, 금연, 운동이라는 세 가지 특별 처방전을 받았을 때 산이라는 존재가 떠올랐다. 운동 목록에 골프 대신 등산이 들어왔다. 산을 떠난 지 30년이 지나 다시 산을 만나게 된 것이다.

수도권 주위 고봉이 아닌 산들은 거의 대부분 이때 섭렵한 듯하다. 내 맘속에서 사라

졌을 것이라고 생각했던 산이라는 존재가 내 가슴 깊이 숨어, 이날이 오기를 기다린 듯했다. 그러던 중 2017년 10월 ROTC 동기 친구가 1박 2일 설악산 종주 산행을 가자고 했다. 이때부터 본격적으로 전국의 유명한 산들을 찾기 시작했고, 2019년부터는 백두대간 종주 산행까지 도전하게 되었다.

민간 아웃도어 기업 블랙야크에서 100대 명산과 백두대간 및 정맥 종주 등 다양한 산행 프로그램을 만들어, 특정 지점에서 인증을 받으면 포인트(아웃도어 제품 구매 시 할인)와 완주 인증서도 발행해 준다고 하니, 재미 또한 쏠쏠하여 금상첨화였다. 물론 마라톤 대회 참가로 한 해에 5개월 정도는 산행을 쉬기도 했으나, 산은 나의 인생 후반전을 함께하는 각별한 사이가 되었다.

2021년 12월 25일(토) 3년 만에 진부령에서 백두대간 종주를 마쳤고, 2022년 1월 9일(일) 용문산을 끝으로 블랙야크 선정 100대 명산을 완등했다. 물론 그 이후에도 많은 산을 만나고 있으나. 지금은 여러 사정으로 이전과 같은 폭풍 산행은 자제하고 있다.

주위의 많은 사람이 이런 질문을 한다.

도대체 산은 무엇이냐? 도대체 그 힘든 산을 왜 그렇게 쏘다니느냐? 힘들게 올라가서 다시 내려올 건데 왜 그리 죽자고 오르느냐? 등등…….

이 질문에 한 편의 시(詩)로 답하고자 한다. 그리고 직접 산에 올라보라!고 말하고 싶다. 나에게는 시, 문학가 눈높이에서는 수필일 수도 있음을 양해해 주시기 바란다. 100대 명산 완등 산행 중 한 곳, 유명산에서 읊어본 글이다.

겨울 유명산에 간다

눈이 내리려나
짙은 구름 가득한 날
눈 속 함께 걸어줄
누군가 생각날 때는

차가운 겨울
얇은 장갑 속 시린 손
살며시 꼭 잡아줄
누군가 생각날 때는

고요한 능선 오솔길
흩날리는 싸락눈
물결치는 억새평원
겨울 유명산에 갑니다

_ 2022. 1. 9. 일(본문 중에서)

나에게 산은 사랑이다.

나라와 조국에 대한 사랑, 국토와 자연에 대한 사랑, 사람들에 대한 사랑, 내 가족에 대한 사랑, 나 자신에 대한 사랑, 내 삶에 대한 사랑! 내 삶과 관련된 모든 대상을 사랑하게 만드는 존재이다. 이유는 모른다. 산에 가면 언제나 아름다운 사랑의 꿈을 꾸게 된다. 나의 인생 남은 시간에 소박한 꿈이 있다면, 진부령(실제는 향로봉)에서 끊어진 북녘의 백두대간

이음길과 명산을 경험하는 것이다.

이 책의 시는 대부분 산행 중 복귀하는 버스 안 또는 잠들기 전에 썼다. 책 발간을 계획하면서 미처 쓰지 못한 산은 이후 다시 찾았다. 또 다른 감성에 취하기도 했지만 역시 산은 언제나 나를 반갑게 맞아주었다.

속세에 찌들어 골골거리던 나를 산으로 다시 이끌고 힘을 준 ROTC 23기 유욱동 동기와 조성배 동기, 100대 명산 완등 유명산, 용문산 연계 산행에 축하 꽃다발과 현수막, 풍선까지 준비해서 함께 산행해준 썬e 님, 초록이 님, 범지니 님 진심으로 감사드리며, 보잘것없는 사진과 글들을 전문가의 손길로 다듬어주신 도서출판 지성사의 이원중 대표님과 실무자분들께 고마움을 전합니다. 본업은 뒤로하고 책 발간을 준비하는 남편에게 짜증 한 번 안 내고 잘해보라고 용기를 준 아내 송명신 대표님, 정말정말 고맙고 사랑합니다.

사무실에서 박 호 식

가리산
加里山

강원 홍천군 두촌면과 춘천시 동면 사이에 위치한 해발 1,051m의 산. 홍천 9경 중 하나에 속하며 산 정상의 모습이 마치 단으로 묶어 차곡차곡 쌓아둔 큰 더미, 즉 노적가리처럼 생겼다고 해서 붙인 순우리말 이름이다. 단, 일부에서는 한자 '더할 가(加)' 자와 '마을 리(里)' 자를 합쳐 '加里山'이라고도 한다.

호국의 산, 가리산

차곡차곡 쌓은 더미
노적가리 고깔 세 봉우리
정겨운 순우리말 가리산

원시림 가득한 깊은 골
끊임없이 흐르는 맑은 물
온 세상 품은 듯 마루금
아름다운 명산

6.25 전쟁터에서 뿌려진
뜨거운 해병의 땀과 피
자유 대한민국을 지키고
새로운 생명 틔웠다

해병의 숭고한 희생
고이고이 간직한
가리산 산정 세 봉우리에
짙은 운무만 가득하네.

_ 2021. 5. 8. 토

1. 가리산 2봉과 3봉

정상 부근에는 석간수가 샘솟는 8곳의 신비한 암봉(巖峯)이 있다 한다. 정상에 서면 동서남북 사방으로 탁 트인 조망이 압권이며, 산악 스포츠 시설과 자연휴양림이 잘 갖춰져 있다.

2. 우리나라 7곳에 있는 강우 측정 레이더기지 중 하나가 이곳 가리산에 있다.

3. 해병대 가리산 전투전적비

우리나라 산야 대부분이 그러하듯 가리산도 6.25전쟁 때 치열한 전투가 벌어져 수많은 사상자가 발생한 산이다. 1951년 미해병 1사단에 배속된 해병 1개 연대가 3월 24일 이곳 전투에서 북한군을 몰아내고 가리산을 점령, 북진의 교두보를 확보했다는 호국의 산으로 널리 알려져 있다.

4. 가리산의 한(韓) 천자(天子) 전설

한(韓)씨 성을 가진 사람이 가리산 중턱 천하의 명당에 부친의 묘를 쓰고 나서 중국의 천자가 되었고, 이후 부친의 묫자리가 천하명당이라는 소문이 나면서 그곳에 암매장이 성행했다는 이야기가 전한다. 지금도 심마니들이 그곳을 지날 때 천자 묘소에 제를 지내고 벌초를 한다고 한다.

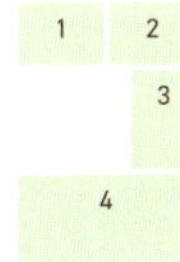

가리왕산
加里王山

강원 정선군 정선읍, 북평면과 평창군 진부면 경계에 있는 해발 1,591m의 산. 산 정상의 생김새가 큰 가리(벼, 나무를 쌓은 더미)처럼 생긴 산 중에 가장 크다는 뜻으로 불렸다는 이야기가 있고, 또 다른 이야기는 삼한시대 맥국의 갈왕이 전쟁을 치르다가 이곳에 성을 쌓고 거주했다는 전설에 따라 갈왕산이 되었고, 이후 가리왕산으로 변했다 하며, 지금도 현지에서는 갈왕산으로 부른다고 한다.

가리왕산

억겁의 시간을 견디며
그대는 오늘도 꿋꿋이
세상을 품고 있구나

맥국 갈왕의 전설이든
노적 가리산의 왕이든
그대는 단지 품었을 뿐

인간이 만들어낸
수많은 이야기 전설도
그대는 말없이 들어줄 뿐

물고기마저 숨어든 골
차가운 절리 얼음 동굴도
그대는 조용히 감싸줄 뿐

원시 이끼계곡 발원 물
오대천, 동강 흘러 흘러
유유히 바다로 가는구나.

_ 2020. 7. 5. 일

▲ 이끼계곡 3폭포

가리왕산은 우리나라에서 9번째로 높은 산으로 남한강 지류 동강(東江)으로 흘러드는 오대천(五臺川), 조양강(朝陽江)의 발원지다. 전형적인 육산으로 화려한 맛은 없지만 산세가 웅장하며, 잘 보존된 울창한 원시림으로 깊은 계곡, 풍부한 수량, 얼음같이 차가운 계곡물 등이 일품이다. 특히 원시 고생대 식생 느낌이 강하게 나는 이끼계곡의 10폭포가 유명하다. 정선 북평면 숙암리의 케이블카로 하봉(1,381m)까지 오를 수 있다.

▼ 느릅나무

가리왕산 정상 부근에는 느릅나무와 주목 군락지가 있다.

▲ 가리왕산 정상

▲ 어은골

계곡 입구의 바위가 마치 이무기 형상을 하고 있어 물고기가 겹이나 숨어 산다고 해서 어은골〔魚隱谷〕이라 하였으며, 6.25전쟁 이전에는 8가구의 화전민이 살았다고 한다.

서산 가야산
伽倻山

충남 서산시와 예산군 사이에 위치한 해발 678m의 산. 금북정맥(錦北正脈, 금강의 북쪽에 있는 산줄기)에 속해 있으며, 인근의 용봉산, 덕숭산 등과 함께 덕산도립공원으로 지정되었고, 삼국시대 백제에서는 '상왕산'으로 불렸으나, 통일신라 때 불교 영향을 받아 산기슭에 가야사(伽倻寺)라는 절을 세우면서 가야산으로 불렸다고 한다.

사자바위와 석문봉

가야산 정상에서
(퇴직하는 친구를 생각하며)

가야산 일출에 취해
희로애락 거치다 보니
어느새 서산 일몰

퇴직의 문턱에 서서
붉은 노을 해질녘에
앞으로 다가올
새로운 삶을 상상한다

소홀히 했던 것들
미루어 왔던 일들
그대 자신을 위한
행복의 삶을 기원하네

_ 2022. 1. 2. 일

▲ 정상에서 바라본 석문봉과 의상봉

가야산에는 남연군의 묘 전설이 전해지는데 남연군의 묫
자리는 2대에 걸쳐 왕을 배출할 명당이라 하여 흥선대원군
이 이곳에 있던 가야사를 없애고 그 자리에 경기 연천에 있
던 아버지 남연군의 묘를 이장하였다고 한다. 천하의 명당
자리인 이곳이 사전에 노출되는 것을 막기 위해 가야산 산
신령이 떠꺼머리 총각으로 변신하여, 풍수쟁이 지명대사를
꾸짖었다는 전설이 있다.

▶ 한티고개 (한티재)

충남 예산군 덕산면 대치리에서 서산시 해미면 대곡리로
넘어가는 가야산에 속한 해발 300m 고개이다. 구한말 천
주교 신자 1천여 명이 해미읍성으로 압송되어 가던 고개로
천주교 성지순례길로 지정되어 있다. 해미국제성지순례길
또는 아라메순례길이라고도 한다.

▶ 해미읍성

가야산 인근 서산 해미면에 왜구가 해안 지방에 침입하여
막대한 피해를 입히는바, 이를 효과적으로 제압하기 위하
여 조선 태종 14년(1414)에 병마절도사 병영을 이곳으로 옮
기면서 성을 쌓기 시작하여, 성종 22년(1491)에 완성되었다.
구한말 때는 천주교도 1천여 명이 이곳에서 순교한 천주교
의 성지다.

합천 가야산
伽倻山

경남 합천군과 경북 성주군에 위치한 해발 1,433m의 산. 9번째 국립공원으로 지정된 총 면적 76.256km^{2}의 산이다. 산 형상이 소 머리를 닮았다 해서 우두산, 산정에 눈이 가득하다 하여 설산, 모든 게 부처라는 의미의 상왕산, 산 전체에 향기가 나는 이상향과 같다는 뜻에서 중향산 그리고 기달산으로도 불렸다고 한다. 중향산과 기달산은 금강산의 또 다른 이름이다.

만물상 능선

불국정토 가야산

가야를 찾은 산나그네
이승 만물 가득한 능선길
무거운 봇짐 지고
힘겨운 발걸음
흐르는 땀, 막히는 숨
무얼 보고 무얼 찾았는가

칠불봉 일곱 부처
상왕봉 석가모니불
힘들게 왔으니
무거운 봇짐 덜고
편안히 내려가라 하네

산 아래 한 줌 인간 세상
무심한 듯 내려보니
조화로운 세상 위한
해인사 독경 소리
들릴 듯 말 듯

_ 2020. 12. 20. 일

가야산에서 해인사 방향을 바라본 모습

가야산의 유래로는 첫째, 합천군이 고령군과 1~2세기 삼한시대의 대가야 지역이기 때문이라는 설. 둘째, 인도 불교 성지 부다가야 (Buddhagaya) 부근 부처의 주요 설법처로 신성시되는 가야산에서 이름을 가져왔다는 설. 즉 산의 형상이 소 머리처럼 생겨 오래전부터 우두 산으로 불리면서 산신제 때 공물을 소에 바치고 신성시하였는데, 불교가 전래된 뒤 범어(梵語)에서 소를 뜻하는 가야를 차용해 불교 성지로 서 가야산이 되었다는 설이 전해지고 있다.

칠불봉에서 상왕봉 방향(왼쪽), 칠불봉에서 동성봉 방향(오른쪽)

칠불봉(七佛峯, 1,433m)은 가야산 최고봉이다. 금관가야 시조 김수로왕과 왕후 허황옥 사이에 난 10명의 아들 중 왕이 되지 못한 7명의 왕자 가 출가하였고, 이곳에서 생불이 되었다 하여 칠불봉이라 했다는 전설이 있다.

◀ 가야산을 가리키는 이름이 적힌 표석

▼ 해인사(海印寺)

삼보사찰(통도사, 송광사, 해인사) 중 하나로 팔만대장경판을 보관하고 있어 법보사찰이고, 화엄십찰(신라의 의상대사가 화엄종을 종지로 삼아 세우거나 전교했다는 열 개의 절)의 한 곳이다.

달에 사는 미인의 이름인 상아(嫦娥)와 바위를 지칭하는 덤이 합쳐진 단어로, 가야산 여신 정견모주(正見母主)와 하늘 신 이비가지(夷毗訶之)가 노닐던 곳이라는 전설이 있다. 《신동국여지승람》에 최치원이 저술한 〈석이정전(釋利貞傳)〉에 실려 있는 이야기라고 한다.

가지산
迦智山

울산 울주군 상북면, 경남 밀양시 산내면, 경북 청도군 운문면에 걸쳐 있는 해발 1,240m 의 산. 낙동정맥(洛東正脈, 낙동강 동쪽에 위치한 정맥)에 속한 도립공원이며, 영남알프스라 불리는 해발 1,000m가 넘는 9개 봉우리 산군(山群) 중 최고봉이다.

가지산

영남알프스 최고봉
하늘 맞닿은 천상의 산
어머니 같은 온기로
온 세상 살며시 품고
지혜의 샘을 더하여
중생의 해탈을 돕네

_ 2022. 1. 8. 토

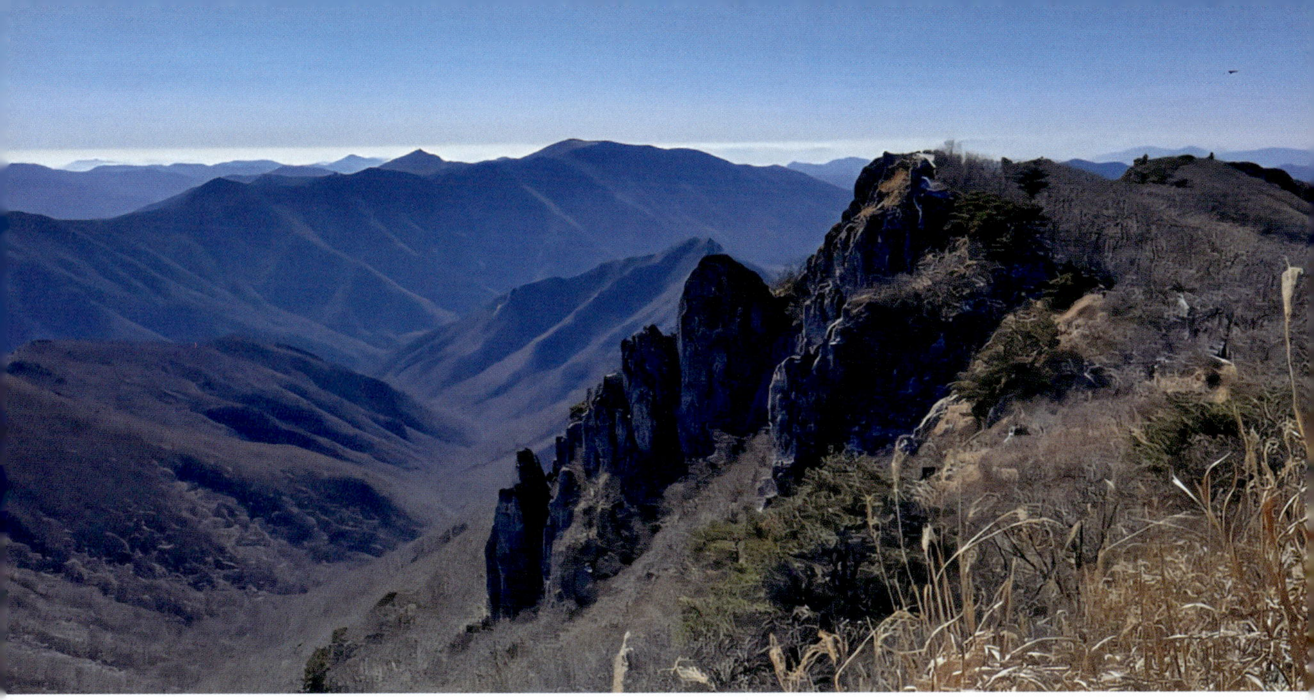

능선길과 영남알프스 마루금(산마루와 산마루를 잇는 선)

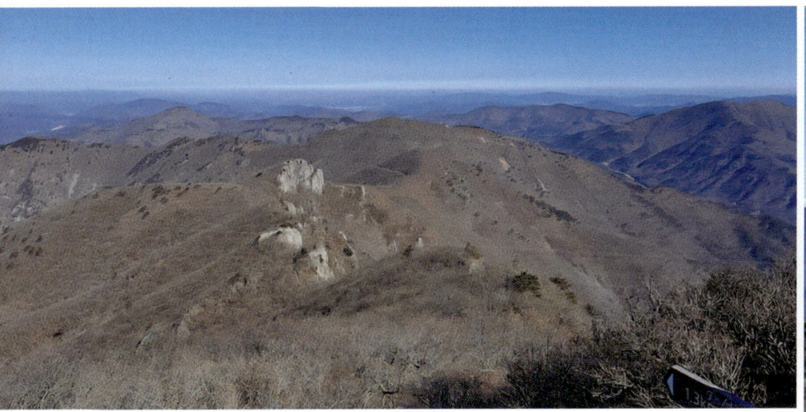

가지산 유래에 대해서는 여러 가지가 전하는데, 그중에서 신라 홍덕왕 때 가지선사(迦智禪師)가 이곳에 와서 석남사 터를 잡은 것에서 비롯되었다는 설이 가장 널리 알려졌다. 아울러 순우리말 까치산을 한자로 음역해서 붙인 이름이라는 설도 있다. 이외에도 가지산은 석남산(石南山), 천화산(穿火山), 실혜산(實惠山), 석민산(石眠山) 등으로도 불린다.

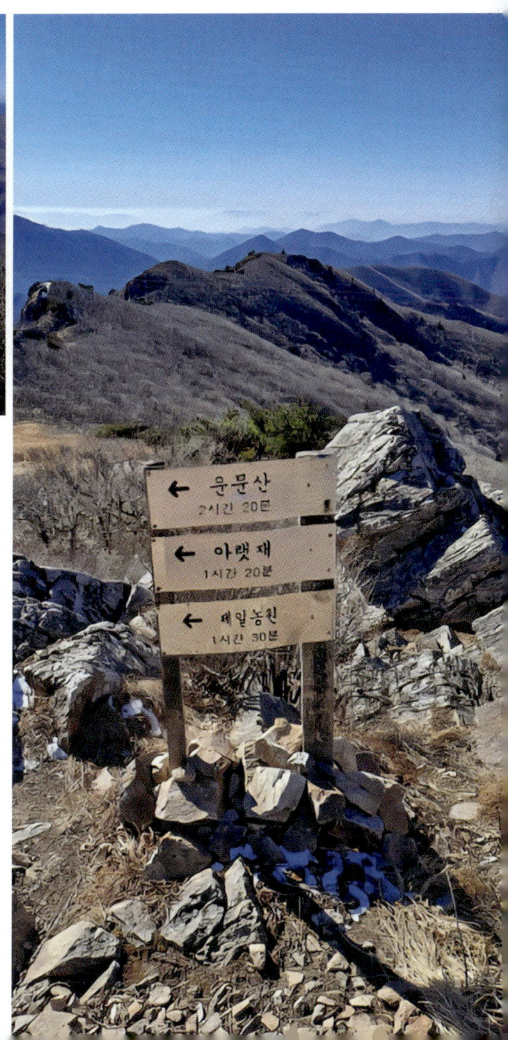

▲ 쌀바위와 낙동정맥 마루금

쌀바위에 관한 전설이 있는데, 옛날 수도승이 바위 아래 암자를 짓고 수행을 하면서, 며칠마다 아랫마을에 내려가 탁발을 했다. 어느 날부터 암자 옆 바위틈에 하루 끼니 양만큼 쌀이 나왔고, 더 이상 마을로 내려가 탁발을 하지 않아도 되었는데, 이후 스님은 욕심이 나서 바위 구멍을 넓히면 쌀이 많이 나올 것이라 여기고 구멍을 넓혔다. 그 후 쌀은 나오지 않고 쌀만큼 물만 나왔다고 하여 쌀바위로 불렀다는 이야기다. 또 다른 이야기는 임진왜란 때 이 지역 의병들이 이 바위에서 화살을 쏘았다고 하여 화살 시(矢) 자를 붙여 시암(矢岩), 즉 화살바위라고 하였는데 화 자를 빼고 살바위라고 했다는 설이 있다.

▶ 운문산 가는 능선

나인피크 대회에서 해발 1,000m가 넘는 영남알프스 9개 봉우리를 완등할 경우, 울산시에서 은으로 만든 완등 메달을 선착순으로 지급한다. 많은 산객들로부터 인기가 있으며 또한 매년 나인피크 100km 트레일 런도 개최된다.

원주/제천 감악산
紺岳山

강원 원주시 신림면과 충북 제천시 봉양읍 경계에 위치한 해발 945m 산. 검푸른 바위산이라는 뜻이며, 감악산의 정확한 유래는 알 수가 없고 '감암산(紺巖山)', '용두산(龍頭山)' 등으로 불리기도 했다. 인근 치악산의 유명세에 가려 그다지 알려지지 않았으나, 2017년 민간기업에서 100대 명산으로 지정함에 따라 널리 알려지게 되었다고 한다.

감악산

감악산 두른 구름아
다른 세상 떠나기 전
너와 벗 삼아
좁쌀 막걸리 한잔하리

운무에 잠긴 감악산아
산객 이곳 떠나기 전
너와 함께
좁쌀 막걸리 한잔하리

내 가슴에 꽉 찬
좁쌀 같은 근심 걱정
빗물에 담아
저 멀리 흘려보내리

_ 2020. 8. 16. 일

1. 시원한 계곡

2. 운무에 가린 정상

감악산은 민간신앙, 천주교, 불교가 한데 어우러져 자리할 만큼 성스러운 곳이라고 전한다. 민간신앙에서는 성스러운 곳이라는 뜻의 신림(神林), 구한말 천주교 집단 거주지인 베론 성지, 불교의 천년 고찰 백련사(白蓮寺)가 함께하는 산이기 때문이다.

3. 감악산 암릉 구간

첫째, 때 묻지 않은 원시적 자연미가 넘치는 산, 둘째, 직벽에 가까운 암벽 구간을 오르는 짜릿함, 셋째, 고송과 기암 그리고 주위 산그리메와의 조화가 매력이다. 짙은 운무로 세 번째 매력을 경험하지 못한 것이 아쉽다.

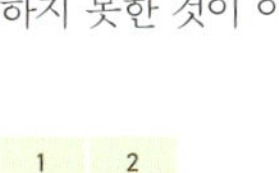

파주/양주 감악산
紺岳山

경기 파주와 양주에 걸쳐 있는 해발 675m의 산. 신령스러운 산이란 의미가 있으며, 멀리서 산정을 바라보면 감색을 띠고 있어 붙인 이름이라고 한다.

운계계곡과 운계폭포가 있는 풍경

희망을 노래하다, 감악산

남과 북을 잇는 요충지
다투어 온 전쟁터
이곳에 잠든 영혼
구구 구구 멧비둘기
울음소리 구슬프다

시름 깊은 중생 구원
원효의 깨달음
새로운 시대를 연
무학의 깨달음을
가슴 깊이 담는다

동서남북 분열되고
부정부패 횡횡하니
산정 주인 모를 비석
통합과 정의 넘치는
희망의 비가 되소서

부패, 수탈 혼탁한 세상
흉흉한 민심
임꺽정 의적 되어
남겨진 임꺽정봉에 서서
세속의 안녕을 기원한다

_ 2020. 3. 8. 일

감악산은 화악산, 관악산, 운악산, 송악산과 더불어 경기 5악에 속하며 곳곳에 숯가마터가 산재해 있다. 또한 예부터 남북을 잇는 교통 및 군사적인 전략 요충지로서 삼국시대부터 6.25전쟁 때까지 치열한 전투가 벌어졌던 곳이라 하며, 최근까지 산정에 군부대가 주둔했다. 전국 산악 현수교 중 최장인 150m, 폭 1.5m의 출렁다리가 최근에 세워져 산객들로부터 큰 사랑을 받고 있다.

2. 감악산 정상 비석

산 정상에는 높이 170cm, 너비 78cm의 비석이 세워져 있는데, 비문이 없는 몰자비(沒字碑)이다. 원래부터 비문이 없는 것인지, 아니면 세월의 풍파에 지워진 것인지 알 수는 없다. 어떤 이는 진흥왕 순수비라고도 하고, 또 어떤 이는 이곳 양주가 고향이라는 당나라 장수 설인귀가 고구려를 멸망시킨 후 세웠다는 설인귀비 또는 빗돌대왕비 등으로 불리기도 하였다 한다. 최근에는 비문 몇 자가 확인되었다 하여 진흥왕 순수비로 주장하는 학자도 있다고 한다.

3. 운계폭포

감악산은 조선 중기 명종 때 활동했던 희대의 도적 임꺽정의 주 활동 무대이자 본거지였다고 한다. 홍길동, 장길산, 전우치 등과 조선 4대 도적에 이름을 올린 자로서 의적으로 불리기도 했다. 감악산에는 임꺽정봉, 임꺽정굴, 임꺽정길 등이 있다.

계룡산
鷄龍山

충남 공주시, 계룡시, 논산시와 대전 유성구에 걸쳐 있는 해발 846.5m의 산. 두 번째로 지정된 국립공원이며, 삼한시대부터 영령한 산이라 하여 신라 5악, 3악단, 4대 명산, 3대 암산(巖山), 《정감록(鄭鑑錄)》 십승지지(十勝之地)에 속한 산이다.

갑사 방향의 능선

도인의 산, 계룡산

계룡산을 만난다	기암 절경의 환희	속세 번뇌 던지고
꿈틀대는 용의 등	천 길 단애의 두려움	해탈을 찾아
오르락내리락	전설 설화의 애틋함	앞서 수행의 길 나섰던
변화무쌍한 풍광	자연 동화된 기쁨	어느 수도자의 자취
마치 우리네 삶	희로애락 그 자체	따르고 싶은 마음

_ 2020. 12. 27. 일

▲ 계룡산 주 능선

최고봉 천황봉(天皇峯, 846.5m), 쌀개봉(828m), 연천봉(連天峯, 739m), 문필봉(文筆峯, 796m), 관음봉(觀音峯, 766m), 삼불봉(三佛峯, 775m), 수정봉(水晶峯, 662m) 등이 연이어진 모습이 마치 닭의 벼슬을 쓴 용과 같다 하여 계룡산으로 불리게 되었다.

▶ 쌀개봉(828m)

멀리 V자 홈 좌측에 볼록 튀어나온 암봉이 쌀개봉이며, 계룡산에서 두 번째로 높은 봉우리이나 군사시설 지역이라 출입 통제 구간이다. V자 홈에 파인 부분이 마치 디딜방아의 쌀개 형상이라 하여 쌀개봉이라 했다고 한다. 쌀개를 닮은 곳에서 예전에 쌀이 나왔는데, 어느 스님이 욕심을 부렸더니 이후 더 이상 쌀이 나오지 않았다는 전설이 있다.

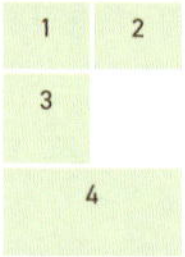

1. 계룡산의 능선

2. 삼불봉

3. 은선폭포

계룡 8경 중 은선폭포(隱仙瀑布) 운무(雲霧)가 7경이다. 은선폭포는 쌀개봉과 관음봉 사이에 형성된 동학사계곡의 유일한 폭포로 높이는 46m다. 아득한 옛날 신선이 이곳 폭포에 숨어 살던 곳이라 하여 붙인 이름이라고 한다.

계룡 8경: ① 천황봉 일출, ② 삼불봉 설화(雪花), ③ 연천봉 낙조, ④ 관음봉 한운(閑雲), ⑤ 동학계곡 신록, ⑥ 갑사계곡 단풍, ⑦ 은선폭포 운무, ⑧ 오누이탑 명월(明月)

4. 도인의 산 계룡산

현실 사회의 고통에서 벗어나 행복한 삶을 영위하고자 하는 염원이 담긴 불교의 극락정토, 도교의 무릉도원 등과 같이 이상향을 의미하는 산! 도인을 꿈꾸는 자들의 수련 기도처였다.

▶ 계룡 8경 남매(오누이)탑 전설

신라 성덕왕 때 상원암에서 상원조사가 구해준 호랑이
의 보은으로 상주에 사는 처녀와 상원조사는 의남매가
되었고, 두 사람은 평생 함께 수도하며 불교에 귀의했다.
훗날 상원조사의 제자 회의화상이 이 의남매의 애틋한
이야기를 두 개의 탑으로 담아냈다는 아름다운 이야기
가 전한다. 운무에 가린 태양의 모습이 계룡 8경 중 제8
경 '오누이탑 명월'을 연상하게 한다.

▼ 동학사(東鶴寺)

절 동쪽 큰 바위가 학처럼 생겼다 해서 동학사라 하였
고, 예전에는 청량사(淸涼寺)라 했다가 이후 동학사 또는
동계사(東鷄寺)로 불렸다고 전한다.

계방산
桂芳山

강원 평창군 진부면과 홍천군 내면 경계에 있는 해발 1,577.4m의 산. 우리나라에서 5번째로 높은 산이며 2010년 오대산국립공원에 편입되었고, 우리나라 고유종 곤충인 갑옷바퀴가 최초로 발견된 곳이라 한다. 산 이름의 유래를 찾기가 어렵다.

계방산

이름 유래도 없는
무명에 가까운 산
기골 장대함에도
알아주는 이 없고
오대산국립공원에 가린
그저 그런 산

고유종 갑옷바퀴
지천의 산야초 세상
특효약 방아다리 약수
수많은 보물 지녀도
드러내지 않고
때 묻지 않은 옛 모습

야생화 천국의 봄
푸른 골 맑은 물 여름
붉은 단풍의 가을
순백 눈꽃 세상 겨울
어느 하나 빠짐없는
그대는 진정한 숨은 명산

_ 2020. 10. 4. 일

정상에서 바라본 계방산

운두령(雲頭嶺, 1,089m)

계방산은 산약초, 특히 산삼이 유명하여 심마니가 많이 찾는다고 한다. 산죽, 주목, 철쭉 군락지 등으로 생태계 보호지역으로 지정되어 있고, 인근에 탄산수 방아다리 약수와 이승복 기념관이 있다. 해발이 높아 산 정상에서 북으로 설악산과 점봉산, 동으로 오대산 노인봉과 대관령이, 서로는 회기산과 태기산이 조망되며, 산세가 웅장하고 깊은 계곡과 맑은 물이 풍부하다. 오대산 명성에 가려 일반인에게 인지도가 높지 않으나 100대 명산으로 지정됨에 따라 많은 산객이 찾고 있으며, 특히 겨울 눈꽃 산행이 유명하다.

만항재[晚項峙, 1,330m]에 이어 우리나라에서 두 번째로 높은 고개이며, 고개가 높아 늘 구름이 걸쳐 있어 항상 운무가 넘나드는 것처럼 보인다고 하여 운두령이라는 지명이 유래되었다고 한다. 늘 운무가 넘나든다 하여 유래한 이름이니만큼 설화(雪花), 즉 눈꽃이나 상고대가 자주 피는 고봉준령이라 할 수 있다.

▲ 정상 부근에서 자라는 주목

계방산에는 칡이 없다고 한다. 옛날 옛적 홍천군 내면에 용맹스럽고 무서운 권 대감이라는 사람(또는 산신령)이 살았는데 하루는 용마를 타고 달리던 중 칡넝쿨에 걸려 넘어지자 화가 나서 부적을 써 산에 던진 이후 모든 칡이 없어졌다는 전설이 있다. 실제로 내면 일대에는 칡이 거의 없다고 하며, 이곳의 토질이나 기후 때문에 칡이 자라지 못한다는 이야기도 있다.

▶ 계방산 정상

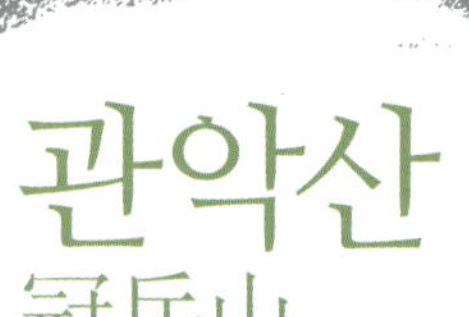

관악산
冠岳山

서울 관악구, 안양시, 과천시 경계에 위치한 경기 5악 중 가장 남쪽에 있는 해발 629m의 산. 5악 중 가장 낮은 산이지만 악산에 걸맞게 기암괴석이 가득한 암릉 산수화의 산이다.

정상 전망대에서 바라본 암릉과 서울대 방향

관악산

아리수 남녘
혈혈단신 솟은 산
불의 기운으로
도성을 지키는
근엄한 수문장

말 못 할 애환
가득한 사람들
흘리는 눈물
말없이 담아주는
포근한 안식처

그래서 그대는
세상 사람들의
사랑을 받고 있구나

_ 2020. 4. 24. 금

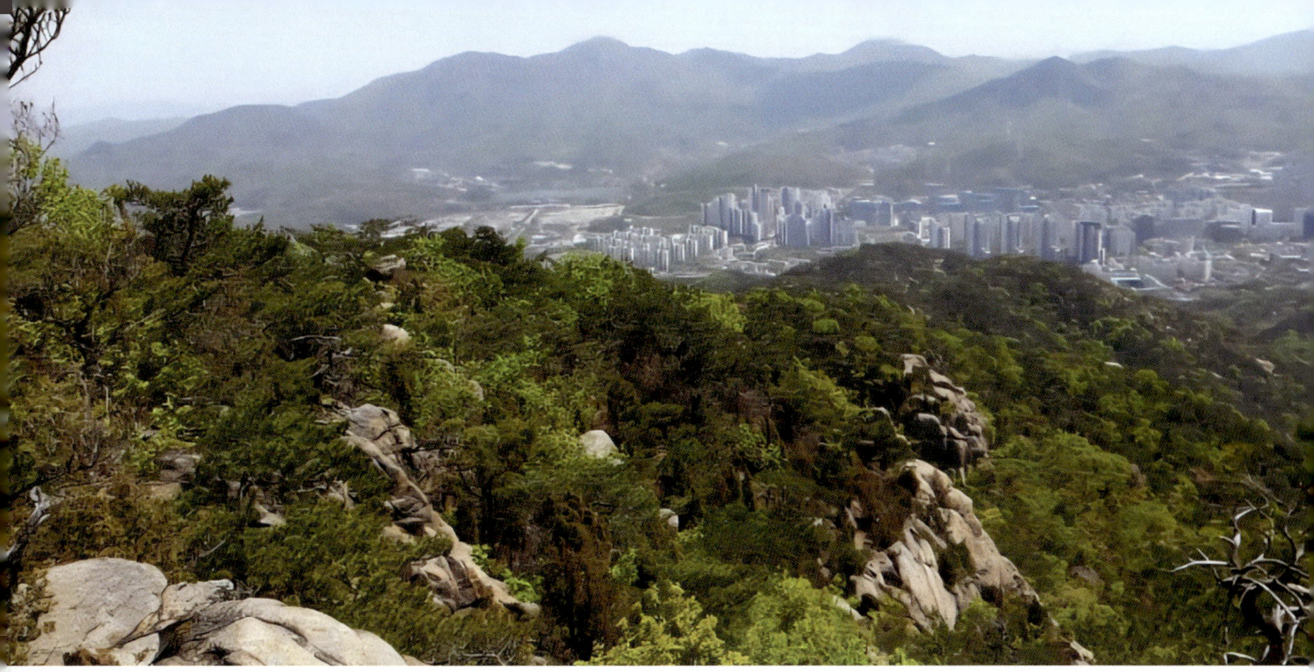

과천 용마능선에서 청계산, 광교산이 조망된다.

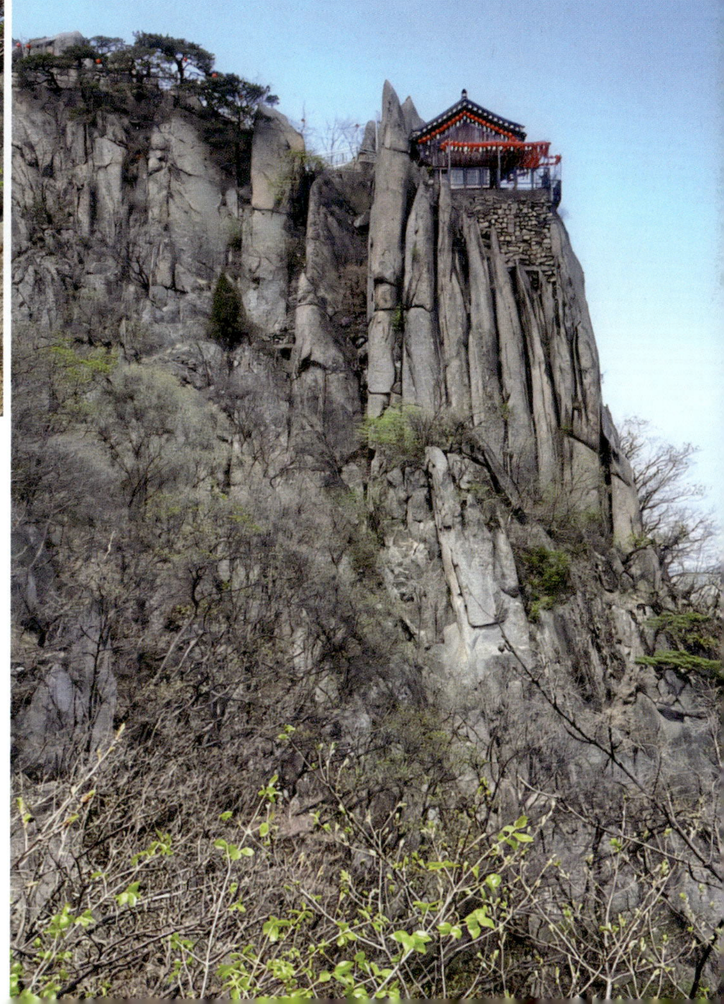

거대한 바위의 정상을 바라보면 갓을 쓰고 있는 모습이라고 하여 '갓 관(冠)' 자를 넣어 관악산(冠岳山)이라고 하였다. 풍수지리적으로 불기운이 강한 화산(火山)이라고도 하여 한양을 조선의 수도로 정할 때 왕사 무학대사가 불기운을 달래는 사찰을 세우고, 숭례문 앞에는 연못을 만들어 불기운을 막았다는 이야기가 전한다. 수도 한양과 가까운 곳이다 보니 수많은 사찰이 세워졌는데 그중에서도 원효대사, 의상대사, 윤필대사 등 세 대사가 수도했다는 삼성산(481m) 아래 삼막사(三幕寺)가 가장 유명하다.

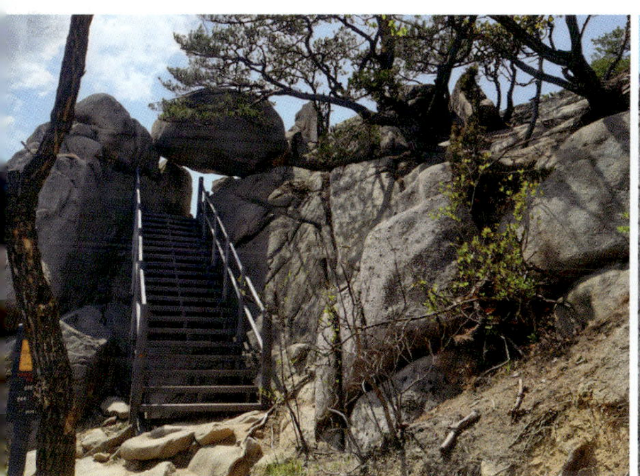

▲ 관악문

▶ 연주대(戀主臺)

677년(문무왕 17년) 의상대사(義湘大師)가 산 정상 아래 관악사(冠岳寺)를 창건할 때 산 정상을 의상대(義湘臺)라 하였다. 고려가 멸망하자 강득룡(康得龍), 서견(徐甄) 등 고려 유신들이 개경을 바라보며 두문동(杜門洞)에서 순국한 충신 72인과 망국 고려를 연모하면서 통탄하였다 하여 연주대라 불렀다고 한다. 또한 세자에서 물러난 양녕대군도 이곳에 올라 경복궁을 바라보며 연모의 눈물을 흘렸다고 하니, 관악산은 연모의 산인가 보다. 연주대 위 암자는 나한도량 응진전(應眞殿)이다.

광덕산
廣德山

충남 천안시 동남구와 아산시 경계에 있는 해발 699.3m의 산. 천안의 최고봉이며 차령산맥에 속한 천안의 진산으로 인기가 있다. 광덕(廣德)은 부처님 덕을 널리 베푼다는 의미의 불교 용어다. 광덕산은 천안 광덕면에 위치해 있으므로 지명에서 비롯되었다거나, 아니면 1872년 '지방지도(地方地圖) 천안편'에서 원일면 서쪽에 광덕사(廣德寺)가 기록되어 있는 것으로 보아 사찰 이름에서 비롯되었거나 둘 중 하나라고 한다.

낙엽 가득한 능선길 저쪽에 정상이 보인다.

광덕산 호두

딸그락딸그락
딱딱한 갑옷 껍질 속
무엇이 숨겨져 있나

힘껏 내려치면
갑옷 속 비밀방에
꼭꼭 숨겨진 알갱이

살며시 깨물면
고소함 한가득
산객 미소 한가득

부처님 은덕 품고
맛과 재미 선물하는
광덕산 행복 호두

_ 2019. 12. 1. 일

▲ 광덕사 대웅전

광덕사의 창건 시기는 문헌에 따라 다르게 서술되어 있다. 첫째는 832년 흥덕왕 7년에 진산화상에 의해 창건되었다는 설. 둘째는 652년 진덕여왕 때 자장율사가 창건했다는 설로 나누어지는데 의견 일치가 안 되고 있다. 광덕사는 사찰로서의 명성보다는 경내에 있는 수령 400년이 넘은 호두나무로 더 알려진 사찰이다.

▶ 호두나무

서기 1290년(고려 충렬왕 16)에 영밀공(英密公) 류청신(柳淸臣)이 원나라에서 호두 열매와 묘목을 처음 들여와 광덕사 경내에 심었다고 하는데 정확한 위치는 알 수 없다. 현재 광덕사 경내에 있는 호두나무는 수령이 400년이며 천연기념물 제398호로 지정되어 있다.

▼ 장군바위 앞면(왼쪽)과 뒷면(오른쪽)

허약한 젊은이가 산속을 헤매다 허기와 갈증이 심해 바위 밑으로 떨어지는 물을 받아먹었더니 몸이 장군처럼 우람하게 변했다는 전설의 장군바위이다. 장군바위에서는 물이 떨어지지 않으며, 산 정상 인근에 장군 약수가 있다.

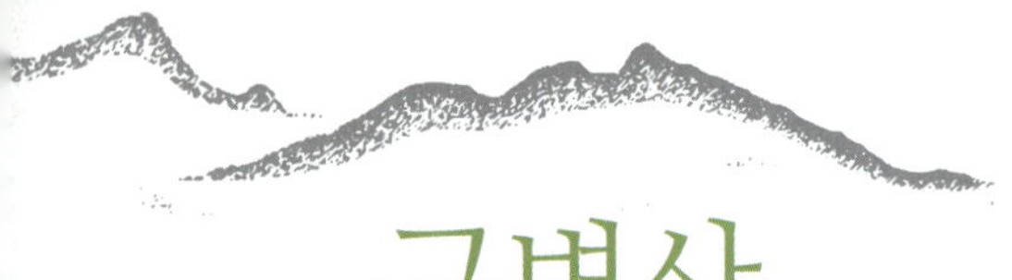

구병산
九屛山

충북 보은군 마로면과 경북 상주시 화북면에 걸쳐 있는 해발 876m의 산. 9개 봉우리가 연이어 솟아 있어 구봉산(九峯山)이라 불리기도 하지만 9개 봉우리가 마치 병풍처럼 보인다고 하여 구병산으로 불렸다고 한다.

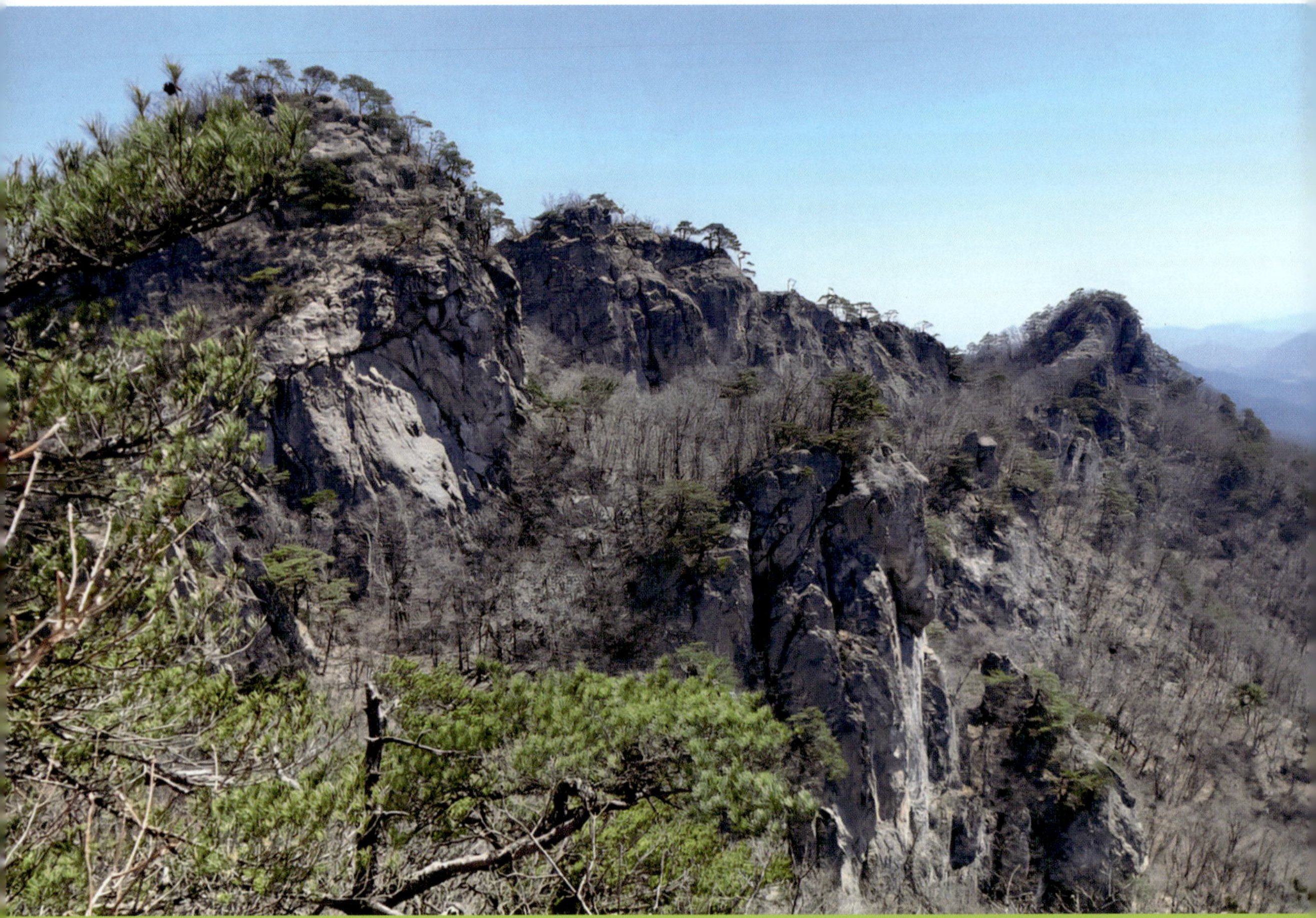

정상에서 바라본 암봉 능선

지어미산, 구병산

먼 곳에서 올려보니
아홉 폭 치맛자락
한 폭 한 폭에 숨겨져 있을
너의 이야기가 궁금하다

잘난 지아비 속리산
천하 부자 아들 금적산
사랑·헌신 지어미 그대
아름다운 가족이구나

기암괴석 암릉단애
숭고한 지어미의 흔적
가득 담은 아홉 병풍
숨은 절경 구병산이라네

_ 2020. 4. 5. 일

▲ 백운대와 정상 능선　　　　　　　　▲ 깎아지른 듯한 낭떠러지 암릉 구간

속리산국립공원 남쪽 가장자리에 위치한 구병산은 속리산 명성에 가려 잘 알려지지 않았지만 최근 들어 멋진 산세와 릿지 기암 구간이 많아 산객들이 많이 찾는다. 충청북도에서 속리산과 구병산을 연결하는 43.5km의 충북알프스를 개발 등록하여 적극적인 홍보가 이루어지고 있다. 상주~청원 간 고속도로 속리산휴게소에서 구병산을 볼 수 있고 산 아래에는 위성기지국이 있다.

▲ 속리산 주 능선

이 지역인들은 속리산을 지아비산, 구병산을 지어미산 그리고 금적산을 아들산이라 하여 삼산(三山)이라 한다. 아들산 금적산에는 3일간 먹을 수 있는 보배가 묻혀 있다거나, 죽은 금송아지를 묻은 곳이라는 '삼산과 아들산의 전설'이 있다고 한다.

▶ 적암리 사기막(土氣幕)

들머리에서 조금 오르면 위성기지국(쌀바위 방향)과 신선대 갈림길이 나오는데 이를 사기막이라고 한다. 사기막은 임진왜란 때 의병장 조헌(趙憲)의 문인(門人)인 이명백(李命百)이 의병을 일으켜 이곳에서 의병의 사기를 크게 진작시킨 데서 유래한 이름이라고 한다.

구봉산
九峯山

전북 진안군에 위치한 해발 1,002m의 산. 9개의 바위 봉우리가 연이어 솟아 있다고 하여 붙인 이름이다. 예부터 이 산에는 일광선조(日光鮮朝)라는 천하명당이 있다는 이야기가 전해 내려오는데, 정확한 위치는 알 수가 없다.

산 아래 양명마을에서 바라본 운무에 잠긴 구봉산

구봉산

섬진강 발원지
기암괴석 아홉 바위 봉우리
바로 옆 운장산과 다른 얼굴

멀리서 찾아온
산나그네 힘든 발걸음
안타까운 마음 달래려
구봉의 얼굴은 보여주네

내 정성 부족하여
산신의 노여움을 불렀나
운장산 맑은 기운 사라지고
잿빛 하늘, 비까지 뿌린다.

그대 향한 한결같은 내 마음
꿈속에서라도 나타나면
봇짐 지고 다시 찾아오리다.

_ 2020. 9. 6. 일

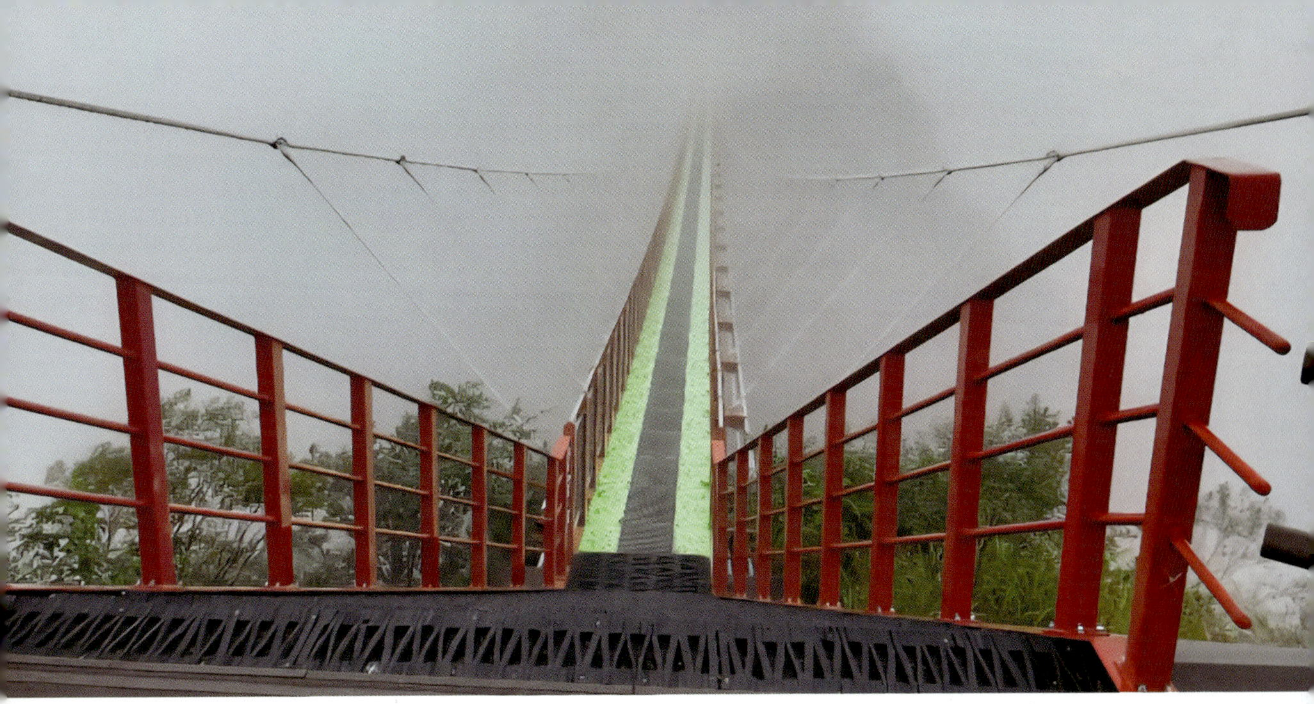

운무 속 5봉에서 4봉으로 가는 출렁다리

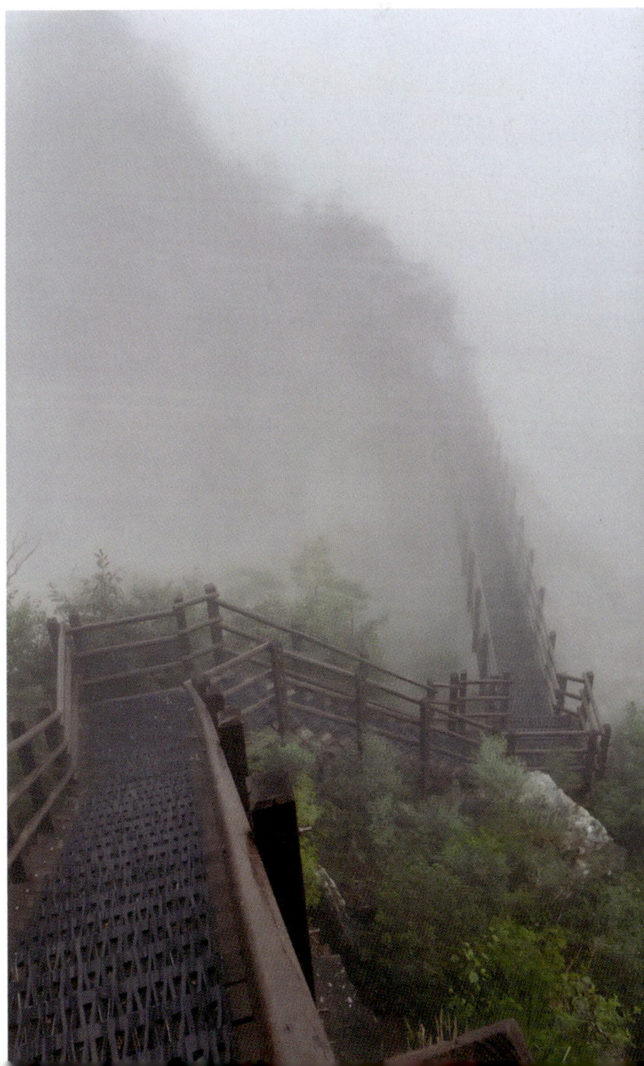

옛날에 구봉산에는 득도한 산신령이 살고 있었고 이 산을 지키는 구봉사 스님과 함께 지역을 평화롭게 만들었다는 전설이 있다고 하며, 지금도 매년 음력 9월에 산신제가 열린다고 한다.

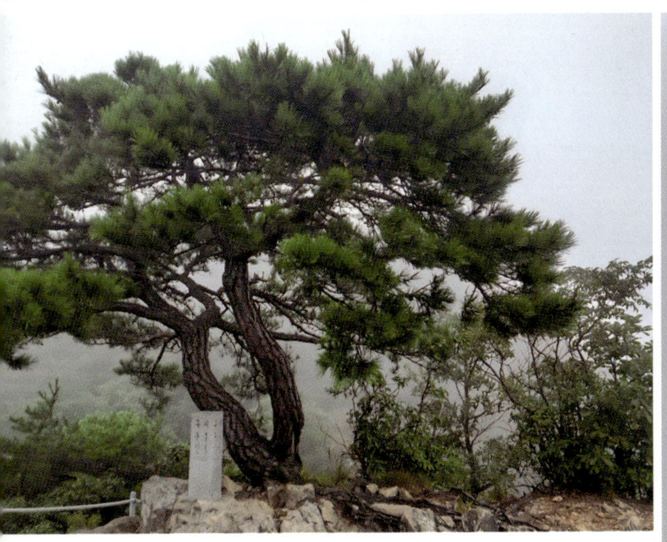

▲ 제1봉의 소나무

▶ 노령산맥(蘆嶺山脈)의 주 능선이자, 최고봉인 구봉산

운장산과 동서로 나란히 마주하고 있어 대부분 외지의 산객들은 운장산과 연계 산행을 한다. 이름 유래는 9개의 암릉 봉우리가 연속하여 뾰족하게 솟아 있다 하여 구봉산이라 하였고, 9개 봉우리가 막 피어나는 연꽃을 닮았다 하여 '연꽃산'으로 불리기도 하는 전형적인 기암 바위산이다.

금산
錦山

경남 남해군 상주면에 위치한 해발 701m의 산. 한려해상국립공원에 속해 있으며 신라 원효대사가 산 아래 보광사(현재 보리암)를 창건하고 보광산(普光山)이라 하였으나 태조 이성계가 젊은 시절 이곳에서 간절한 100일 기도 끝에 조선왕조를 열게 되자 소원성취 영세불망의 명산이란 의미로, 온 산을 실제 비단을 두르는 대신에 "온 산을 비단으로 두른다"라는 뜻의 금산으로 바꾸었다 한다.

산 아래에서 바라본 금산

금산

어두운 밤 찾은
바다 속 비단의 산
휘영청 맑은 명월
금산에 걸리면
한려해상마저 잠든
침묵의 시간
저 멀리 아스라이
반짝이는 배 빛
산객은 무언의 의미를
느껴본다

새벽 깨우는
보리암 목탁 소리
알 수 없는 게송
해풍에 실려와
온 누리 침묵을 깨우고
생동의 시간
동녘에 타오르는
붉은 태양의 빛
산객은 창생의 의미를
느껴본다

_2021. 9. 28. 화

1. 금산 정상 해돋이

금산은 바다 속의 신비한 명산이라 하여 소금강산 또는 소봉래산이라 불리기도 했으며 원효대사, 의상대사 등 수많은 선인들이 이곳에서 수도했다고 전한다. 중국 진시황의 불로초를 구하기 위해 이곳에 왔다 간 서불(徐市, 또는 서복徐福)이 남긴 '서불과차(徐市過此)' 바위의 전설, 춘분과 추분 때만 볼 수 있다는 노인성(老人星, 인간 수명을 관장하는 별) 전설, 중국 진나라 진시황의 아들 부소가 이곳에서 귀양살이를 했다는 거대한 바위 부소암(扶蘇岩) 전설 등이 있다.

2. 06시 10분 정상, 일출 전의 둥근달

3. 거대 암벽 사이의 한려해상

◀ 보리암 일출

◀ 보리암 해수관세음보살상

◀ 보리암에서 바라본 한려해상

보리암(菩提庵)은 683년(신라 신문왕 3년) 원효대사가 이곳에 초당을 짓고 수도하면서 관세음보살을 친견한 후 뒷산을 보광산으로, 암자를 보광사라 했다고 한다. 이후 조선 현종 때 '깨달음의 길로 이끌어준다'는 의미로 보리암(菩提庵)으로 바뀌었다 하며, 보리암은 한 가지 소원은 반드시 들어준다는 전설이 있다. 조선 개국의 이성계 역시 100일간 간절한 기도를 했다고 하니, 얼마나 많은 중생이 이곳을 찾았을까? 보리암은 낙산사 홍연암, 강화도 보문사와 함께 우리나라 3대 관음 성지이자 기도처로 꼽히는 곳이다.

▲ 쌍홍문
쌍무지개 형상이라 한다.

▶ 쌍홍문(오른쪽 굴)

▶ 사선대(四仙臺)
신선 네 명이 놀던 곳이다.

▼ 금산 망대
최남단 봉수대로, 현존하는 봉수대로는 가장 오래되었다.

금수산
錦繡山

충북 단양군 적성면과 제천시 수산면에 걸친 해발 1,016m의 산. 원래 흰 바위로 뒤덮인 산이라 하여 '백암산(白岩山)'이라 했는데, 퇴계 이황이 단양군수로 재임하던 시절 "비단에 수를 놓은 듯하다"며 아름다움을 감탄한 후부터 금수산으로 불렸다 한다. 멀리서 보면 산 능선이 마치 미녀가 누워 있는 모습과 비슷하다 하여 '미녀봉'이라고도 하였다.

망덕봉 오르는 암릉 전망대에서

금수산을 만나면

꾸밈없는 푸름과 하얌
순수 청결의 산
그대를 만나면

썩은 나라 보는 눈
암릉 위 솔향으로 정화하고

거짓 선동 들은 귀
맑은 산새 소리로 털어내고

함부로 놀린 입
용담폭포 낙수로 닦아내고

미친 세상 담긴 마음
청풍호반 푸른 물에 씻어내고

만연한 부정부패
어떻게 없앨 수 있을까
금수산 산신령 만나
깨우침 받고 오리라

_ 2021. 5. 8. 토

1. 가은산 능선에서 바라본 풍경으로 옥순대교가 보인다.

2. 용담폭포

용담폭포와 선녀탕의 전설에서 중국 주나라 황제로부터 세숫대야에 비친 명산을 찾아오라는 명령을 받은 신하가 정기가 빼어난 금수산에 묘를 썼다. 이에 용담폭포 선녀탕에 살던 청룡이 노하여 울부짖으며 승천하였고 이때 남긴 세 개의 발자국이 상탕, 중탕, 하탕의 3담(潭)이 되었다고 한다.

3. 금수산에서 바라본 충주호

월악산국립공원 북단에 자리잡은 금수산은 충주댐 건설로 호수가 조성되면서 청풍호반의 환상적 드라이브 코스와 파노라마 같은 조망으로 산객의 방문이 늘어나고 있다. 금수산과 이웃한 가은산과의 연계 산행도 인기이다. 사계절 인기가 많은 단양 8경 중 한 곳이며, 여름에도 얼음이 있다는 얼음골, 가뭄에도 물이 마르지 않는다는 용소, 3~4월 봄에 산신제를 지내는 제단 등이 있고, 인근에 충주호를 사이에 두고 나누어져 있는 옥순봉과 구담봉을 연결하는 출렁다리(사진의 오른쪽)와 충주호 유람선 선착장이 있다.

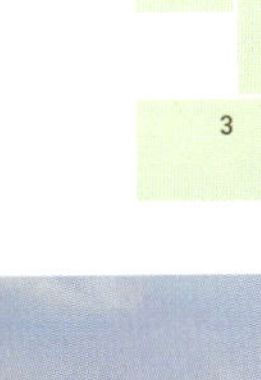

금오산
金烏山

경북 구미시, 칠곡군, 김천시에 걸친 해발 976m의 산. 이곳을 지나던 삼국시대 승려 아도가 저녁놀 속에 황금빛 까마귀가 나는 모습을 보고 금오산이라 하여 태양의 정기를 받은 명산이라 하였다고 한다. 안동 쪽에서 보면 마치 누운 사람 얼굴처럼 보여 금오산 와불이라고도 했고, 남녀 얼굴이 맞대 있는 형상이라고도 하며, 이곳에서 수도한 신라 말기의 도선대사는 이 지역에서 왕이 나올 것이라고 예언했고, 무학대사 또한 왕기가 서린 곳이라 하였다고 한다.

금오산에서 바라본 구미시와 낙동강

금오산

맞댄 남녀 얼굴
음양이 조화되니
풍요를 노래하네

도선대사 지극 공덕
영웅호걸 깨어나
난세를 극복하네

황금빛 까마귀
태양의 정기 받아
온 누리 밝게 하네

_ 2020. 9. 12. 토

1. 오형석탑

태어날 때부터 말하지도, 걷지도 못한 어린 손자를 돌보던 할아버지
가 열 살 되던 해에 손자가 병으로 세상을 떠나자 괴로움을 잊고 손
자의 극락왕생을 위해 이곳과 약사암에 돌탑을 쌓았다. 6년 만에 완
성한 돌탑의 이름을 까마귀 오(烏) 자에 손자 이름 중 하나인 형 자
를 따와 '오형석탑' 또는 '오형돌탑'이라고 하였다고 한다.

2. 도선굴 앞 폭포

길이 7.2m의 꽤 큰 천연동굴로 대혈(大穴)이라 했으나 도선국사가 득
도한 곳이라 하여 도선굴이 되었다는 전설이 있다. 임진왜란 때 백여
명의 사람들이 피신한 곳이라고도 한다.

3. 마애석불 (보물 409호)

여래나 보살의 깨달음의 내용, 서원(誓願) 등을 손의 모양으로 표현한
것을 수인(手印), 즉 손갖춤이라고 하는데 그중에서 중생의 소원을
성취하게 해준다는 여원인(與願印) 자세를 취한 모습이다.

<table>
<tr><td></td><td>1</td></tr>
<tr><td>2</td><td>3</td></tr>
</table>

금정산
金井山

부산 북구, 동래구에 위치한 해발 801.5m의 산. 부산 최고봉이며 진산·주산이다. 낙동정맥이 지나가는 산으로 정상에는 조선 숙종 때 축성한 우리나라에서 가장 큰 산성이 있고, 산성 안에는 금성동이 있으며 산성막걸리, 염소불고기, 동래파전이 유명하다.

금정산의 금빛 일출

금정산 일출

칠흑같이 어두운 밤
고당봉 정상에서
수평선 위로 솟구치는
황금빛 일출
임인년 새해를 맞는다

영롱한 오색구름
금빛 물결 출렁이는 남해
자유로이 춤추는
금빛 물고기
금정산 전설을 꿈꾼다

_ 2022. 1. 1. 토

▶ 고당봉

금정산은 면적(51.7km²), 산세, 전설과 역사, 유명세 등에 비해 국립공원 추진이 어려웠는데, 이는 전체 산 면적 약 87%, 45.02km²를 보유한 사유 지주와 합의가 어려워 그렇다는 설이 있다. 이 문제가 완만히 해결되어 2025년 10월 양산의 백양산을 포함한 66.859m²의 면적이 24번째 국립공원으로 지정되었고, 2026년 3월 3일부터 발효가 된다고 한다.

▶ 범어사(梵魚寺)

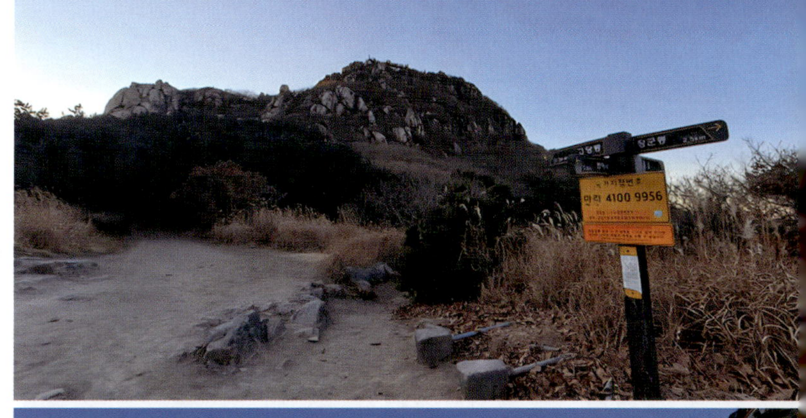

"황금물고기(金色魚)가 오색구름을 타고 범천(梵天)에서 내려와 황금우물(金井)에서 헤엄치고 놀았다"고 하여 황금우물이 있는 산을 금정산이라 하고, 범천에서 내려온 황금물고기를 상징하여 범어사(梵魚寺)라 하였다는 전설이 있어, 금정산과 범어사는 한몸이라 할 수 있다. 범어사 인근에 6,500여 그루가 자생하고 있는 국내 최대 규모의 등나무 군락지가 있다. 천연기념물 제176호이다.

▼ 낙동강과 양산 신도시

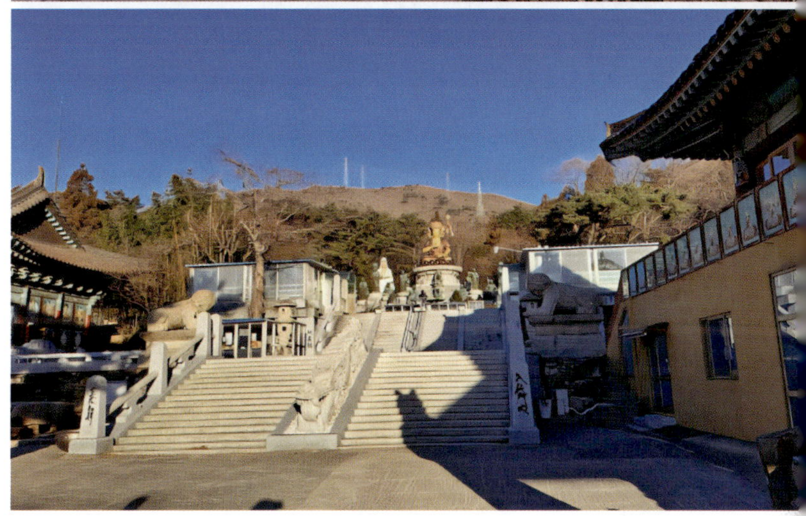

한 해가 시작되는 2022년 임인년 정월 초하루 이른 새벽녘에 유유히 흐르는 낙동강과 산야 그리고 문명의 인간세계가 어우러진 풍경을 마주하는 것도 사뭇 괜찮은 그림인 듯하다.

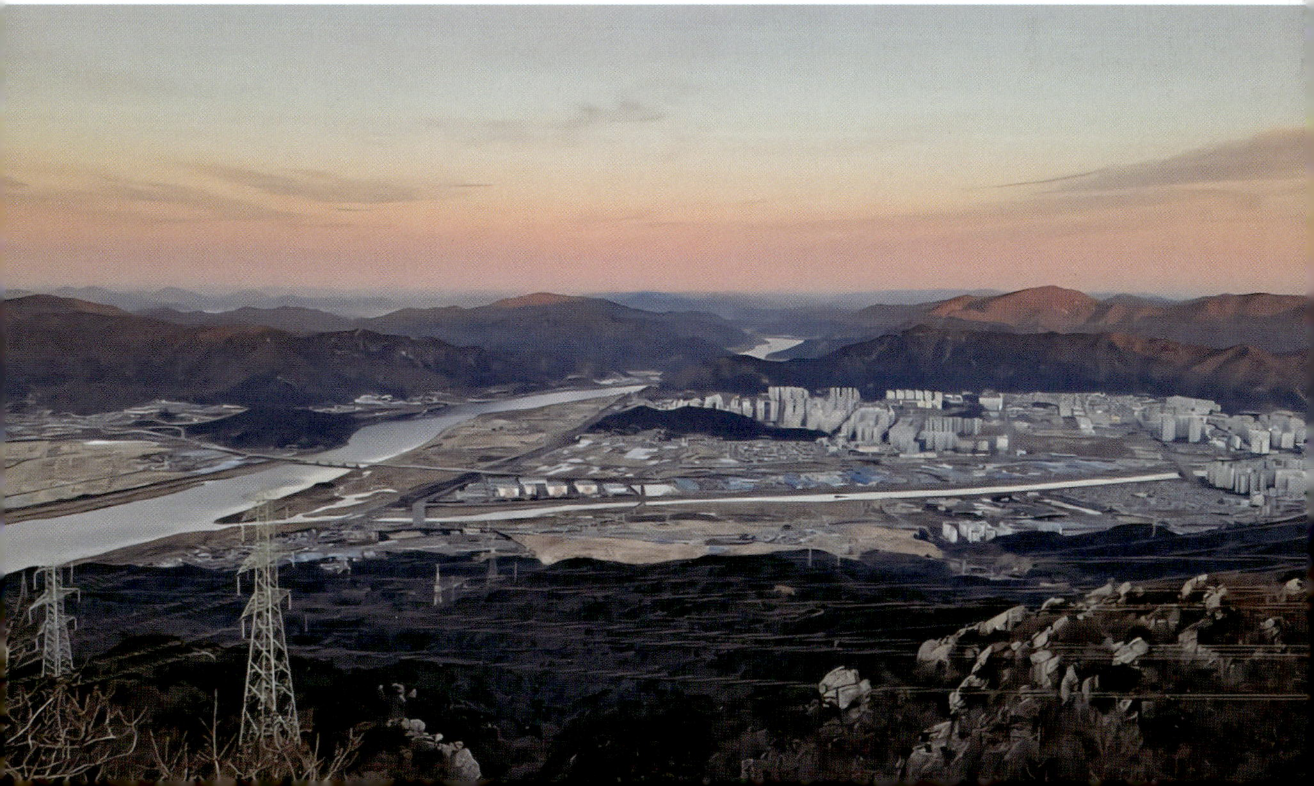

남산
南山

경북 경주 남쪽 외곽에 위치한 해발 494m의 산. 경주의 남쪽에 있다고 하여 남산으로 기록되었지만 김시습이 이곳 용장사에서 《금오신화》를 썼다고 해서 금오산(金鰲山) 또는 금오봉(金鰲峯)으로 불리고 있다. 현재 금오산 정상석이 있는 곳은 해발 468m로, 남산의 최고봉이 아니다. 최고봉은 현 금오산 정상석 남쪽에 위치한 고위봉(高位峰, 494m)이다.

석조여래좌상

불국(佛國)의 남산

천기 받은 산
불국의 기운

온 세상 가득한
부처님 세상

한 걸음 한 걸음
해탈의 길

만백성 보듬는
불국정토 남산

_2021. 1. 9. 토

▶ 석조여래좌상

남산은 세계문화유산으로 등재된 5개 경주역사유적
지구 중 한 곳이다. 산 전체가 역사박물관이라 불릴
만큼 수많은 불교 문화재와 역사 유적이 가득한 산으
로 147곳의 절터, 불상 118체, 탑 96기, 석등 22기, 연
화대 19기, 왕릉 13기, 산성터 4곳이 산재해 있으며,
"남산을 가보지 않고는 경주를 보았다고 하지 말라"고
할 정도라고 한다. 남산 자락에는 신라 시조 박혁거세
가 태어났다는 나정(蘿井), 포석정(鮑石亭), 신라 건국
이전 서라벌에 있었던 6촌의 시조를 모신 사당 양산
재(楊山齋) 등이 있다.

▼ 경주 배동 삼릉(慶州 拜洞 三陵, 사적 제219호)

신라 제8대왕 아달라왕(阿達羅王, 재위 154~184), 제53
대 신덕왕(神德王, 재위 912~917년), 제54대 경명왕(景
明王, 재위 917~924) 등 세 분의 박씨 왕이 묻힌 왕릉이
라고 한다. 1963년에 도굴당한 중앙의 신덕왕릉은 굴
식 돌방무덤으로 확인되었다고 하며, 경명왕은 화장
을 한 후 다른 곳으로 산골(散骨)했다는 기록이 있다
고도 한다.

◀ 남산에서 가장 큰 마애석가여래좌상(지방유형문화재 제158호)이 상선암 뒤에 있다.(사진: 셔터스톡)

▼ 상선암(上禪庵)
정확한 창건 시기와 인물을 알 수가 없는 자그마한 암자이지만 남산에서 가장 높은 곳에 있는 절이다.

▲ 바둑바위에서 바라본 가지산 방향

▼ 암벽과 노송

(내)변산
(內)邊山

전북 부안군의 변산반도국립공원에 위치한 해발 510m의 산. 예전에는 '능가산', '영주산', '봉래산'으로도 불렸고, 한자로 卞山(변산)이었다고 하는데 그 이유는 《삼국유사》에 '백제지자유변산고운변한(百濟地自有卞山故云卞韓)', 즉 '백제 땅에 원래 변산이라는 산이 있어 변한이라 하였다'라는 것이다.

직소보(1991년 부안댐이 건설되기 전에 부안군민의 식수원으로 사용하기 위해 만든 인공보)

(내)변산

오곡 물결 황금 들녘
일렁이는 메밀꽃 쪽빛 바다
둥실둥실 흰 구름 푸른 창공
그 사이 솟은 암봉 무리
세상은 이곳을
욕심쟁이 변산이라 하네.

웅장한 산세
검푸른 원시림
깊은 계곡 폭포와 소
넓고 기묘한 암릉·암봉
세상 만물과 벗하는
이곳이 무릉도원이네

새벽 여는 붉은 태양
꾀꼬리 노래 소리 정겹고
산정 위 밝은 하늘
숨겨 놓은 비경에 취하니
어느새 서쪽 바다 황금 노을
가는 시간 아쉽구나.

_ 2022. 1. 2. 일

1. (내)변산 정상에서의 풍경

변산반도국립공원은 해안지역을 외변산, 남서 산악지대를 내변산으로 구분하며, 외변산에는 주상절리인 적벽강과 채석강, 격포해수욕장 등 유명한 명소가 자리하고 있다. 또한 내변산은 지리산, 내장산, 월출산, 천관산과 함께 호남 5대 명산에 속하며 격암 남사고의 조선 십승지지(十勝之地)의 한 곳이기도 하다.

2. 지장봉과 동쇠뿔바위봉

3. 남여치 산행 입구

지붕 없는 가마를 남여라 하는데 구한말 전북 관찰사로 있던 이완용이 서해 낙조를 보기 위해 남여를 타고 고개를 넘어 쌍선봉에 올랐다고 하여 붙인 이름이라고 한다.

<table>
<tr><td></td><td>1</td><td></td></tr>
<tr><td>2</td><td>3</td><td></td></tr>
</table>

▲ 서쇠뿔바위봉(오른쪽 전망대)과
동쇠뿔바위봉(왼쪽 둥근 암봉)

◀ 직소폭포

부안 8경 중 으뜸이라고 하는 높이 30m의 폭포다. 폭포 아래 소(沼)를 옥녀담(玉女潭)이라 하며 용이 살았던 곳이라 하여 용소라고 부르기도 한다. 그 아래로 분옥담, 선녀탕(仙女湯) 등이 이어진다.

의상봉 너머 부안호가 살짝 보인다.
(내)변산의 최고봉은 의상봉(義湘峯, 510m)이나 출입이 통제되고 있어 해발 424m의 관음봉(觀音峯)이 주봉 역할을 하고 있다.

마당바위에서 바라본 관음봉

내연산
內延山

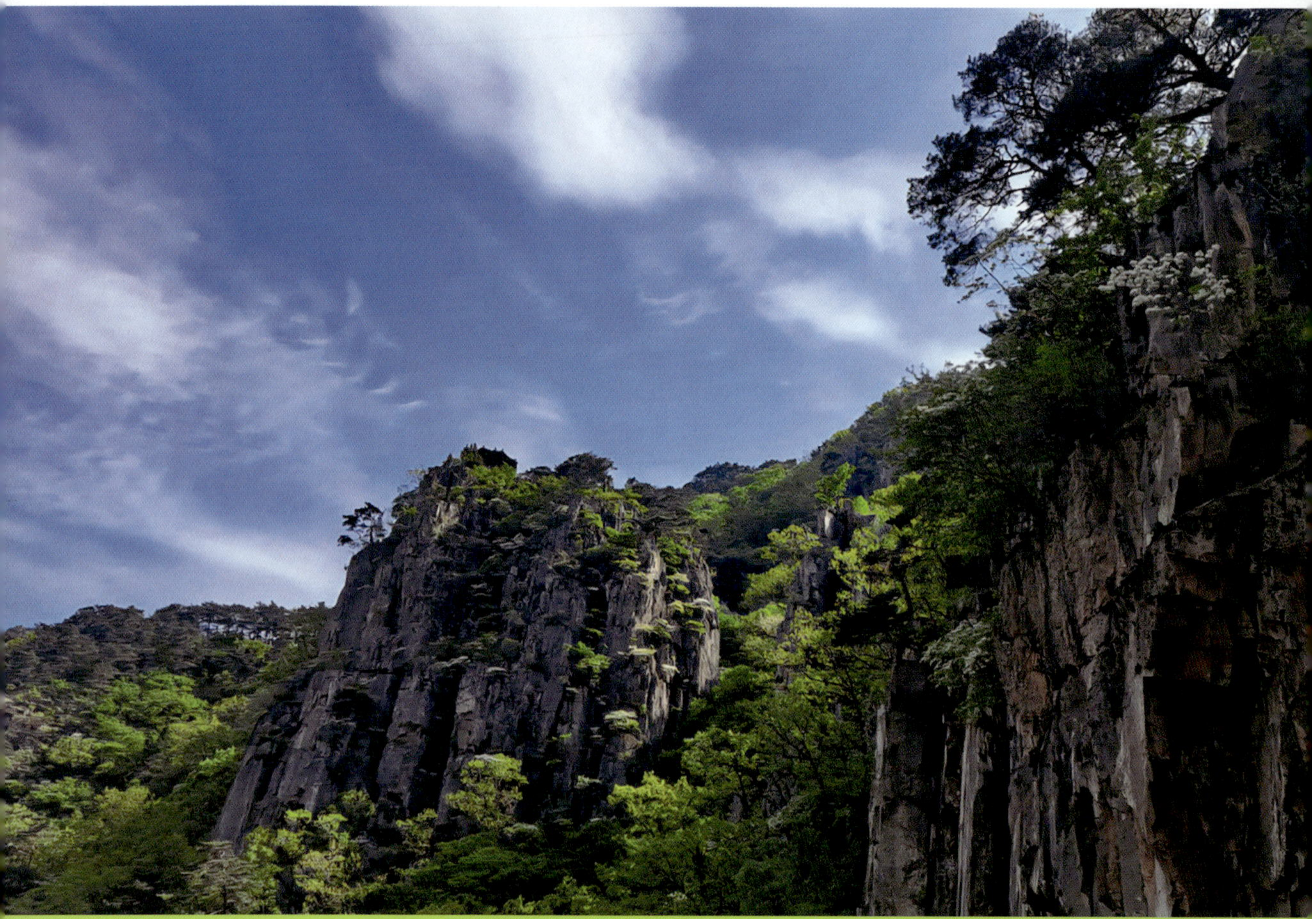

신선대와 선일대

도원경, 내연산

수수하게 특별함 없는
전형적인 육산의 외형
조용히 청하골 찾아 들면
꼭꼭 숨겨 놓은 신선의 세계
샹그릴라 도원경

천 길 낭떠러지 직벽단애
하얀 포말 맑고 깊은 소
저마다 자태 뽐내는
크고 작은 폭포의 향연
내가 신선인 양 빠진 착각

_ 2021. 4. 24. 토

내연산은 멀리서 보면 산세 자체가 그다지 눈에 띄지 않는 밋밋한 산으로 보이지만 산 안쪽 청하골(보경사계곡)은 물론 잘 알려지지 않은 덕골, 뒷골 등으로 들어서면 수많은 기암절벽, 단애(깎아지른 듯한 낭떠러지), 폭포 및 소(沼) 그리고 울창한 숲이 서로 어울려 멋진 비경을 연출한다고 한다. 1983년 군립공원을 거쳐 2023년 시립공원으로 지정되었다.

신라 진평왕 때(603년) 동해안 명산에 팔면보경을 묻고 법당을 세우면 왜구를 막고 삼국을 통일한다고 하여, 오색구름이 덮인 이곳에 지명법사가 절을 세웠다고 한다.

▶ 은폭포(隱瀑布)

원래 폭포 형상이 여성의 음부(陰部)를 닮았다 하여 음폭(陰瀑)이라 했으나 상스럽다고 하여 숨을 은(隱) 자를 사용, 은폭(隱瀑)이라 했다는 설과 용이 숨어 산다 하여 숨은 용치라 하는데 이에 따라 은폭이라 했다는 설도 있다고 안내판에 적혀 있다.

▼ 관음폭포〔觀音瀑布, 중폭(中瀑)〕

내연산 12폭포 중 가장 아름다운 폭포라 하며 폭포 아래 소(沼)를 감로담(甘露潭)이라 한다. 감로담은 한 방울만 마셔도 온갖 괴로움이 사라지고 산 자는 장수하고 죽은 자는 깨어난다는, 천상의 이슬이 내려 고여 있다는 도리천의 감로수에 비유한 것이라고 한다.

내장산
內藏山

전북 정읍시, 순창군과 전남 장성군 경계로 하는 해발 763m의 산. 호남 5대 명산 중 하나로 1971년 8번째 국립공원으로 지정되었다. 호남의 금강산이라 하며 원래 이름은 산 아래에 있는 영은사(靈隱寺)의 이름을 따서 '영은산'으로 불리다가 산 안에 감춰진 것이 무궁무진하다고 하여 감출 장(藏) 자를 사용하여 내장산이 되었다.

불출봉, 서래봉 모습

천의 얼굴, 내장산

산 안에 감춰진 것이
무궁무진하다 하니
내장산, 넌 비밀의 산

하늘 닿은 열 개 암봉
말발굽 모양이라니
내장산, 넌 천마의 산

형형색색 만추 단풍이
조선 8경에 속한다 하니
내장산, 넌 미인의 산

산악국립공원으로
도심 가까이 있으니
내장산, 넌 나눔의 산

너는 천의 얼굴을 가진
하늘도 탐을 낼
호남 제일의 명산이로구나

_ 2021. 2. 7. 일

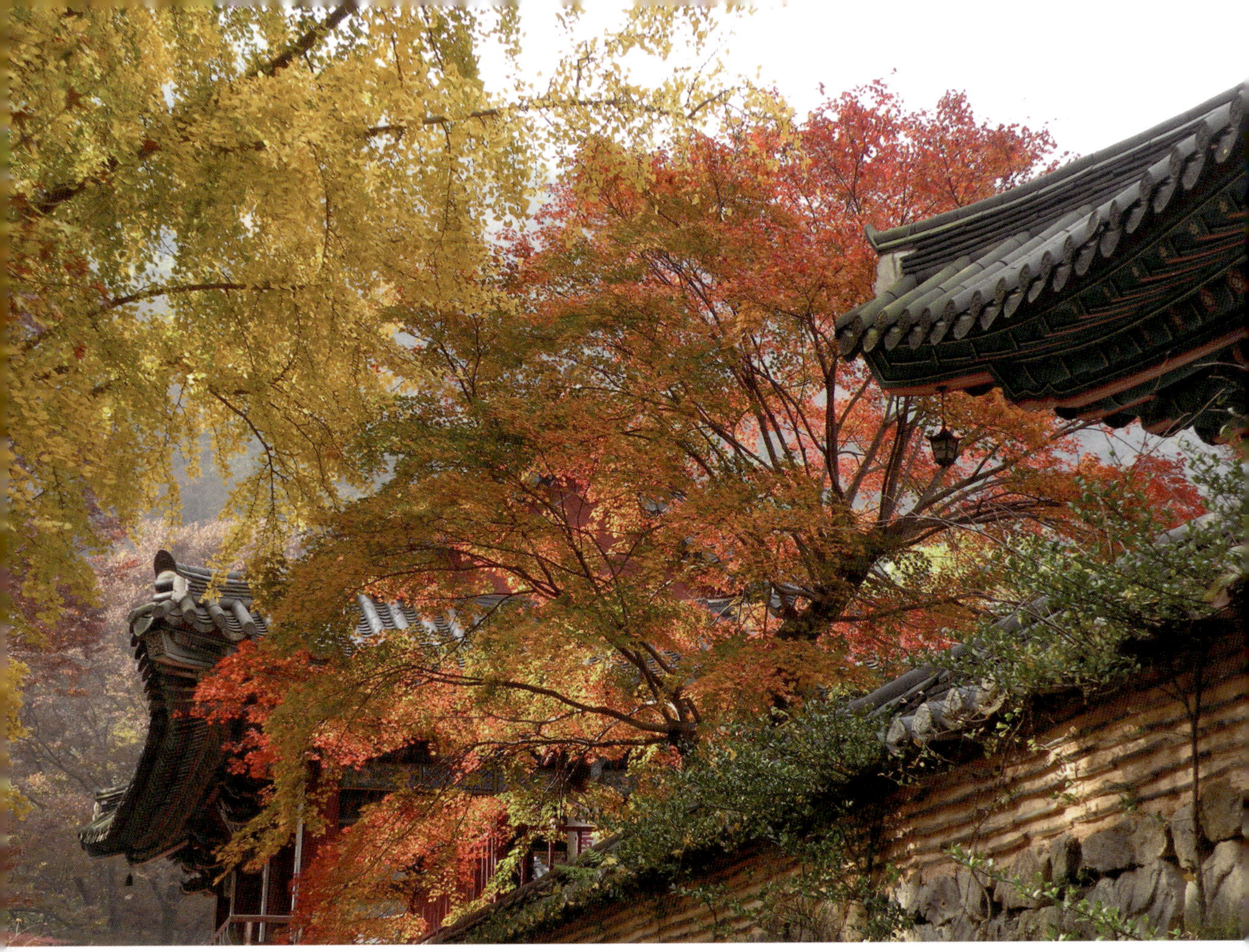

▲ 내장산 단풍

내장산은 노령산맥 중간 지역에 있으며 주봉 신선봉(神仙峯, 763.2m)을 중심으로 연지봉(蓮池峯, 670.6m), 까치봉(717m), 장군봉(將軍峯, 696.2m), 연자봉(燕子峯, 675m), 망해봉(望海峯, 679.3m), 불출봉(佛出峯, 622.2m), 서래봉(624m), 월영봉(月影峯, 427m)이 말발굽 모양으로 둘러싸고 있다. 내장산국립공원은 내장산지구와 백양사지구로 나누어지는데, 봄은 비자나무 숲이 절경인 백암산, 단풍이 유명한 가을은 내장산이라고 하지만, 백암산 단풍도 절경이다.(사진: ⓒ 지성사)

▼ 연자봉 가는 암릉 구간

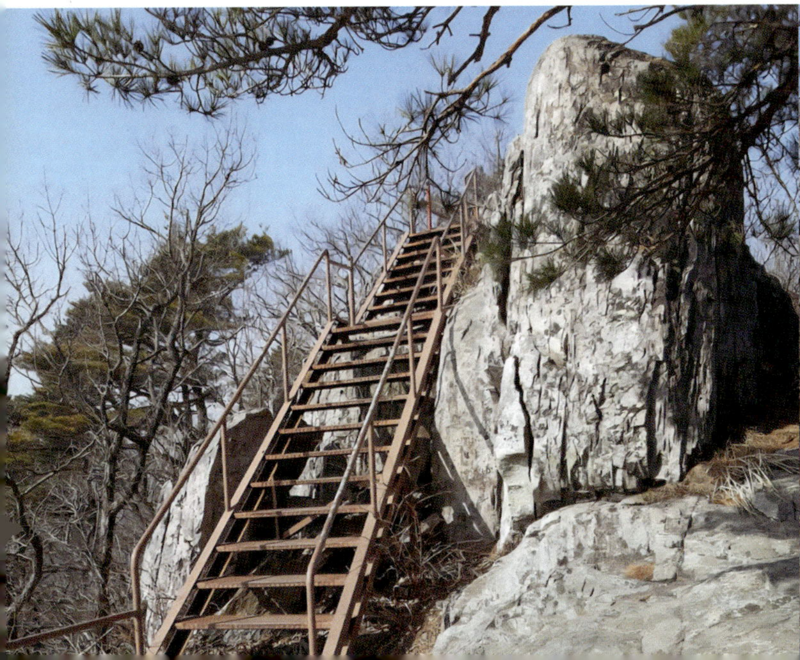

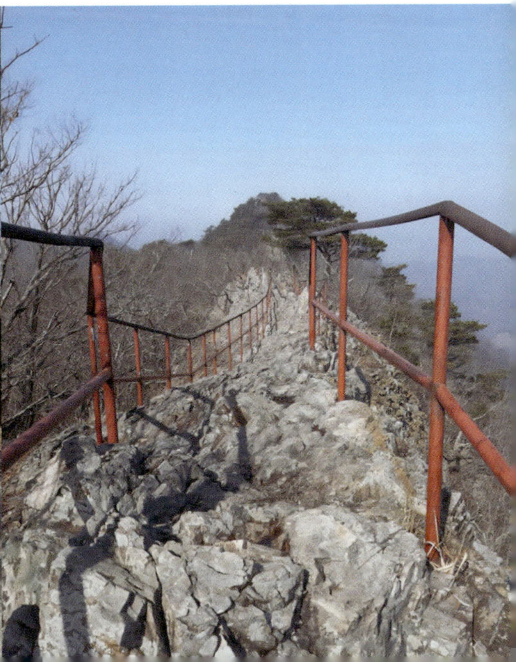

▲ 주 능선, 연자봉(오른쪽)과 신선봉(왼쪽)

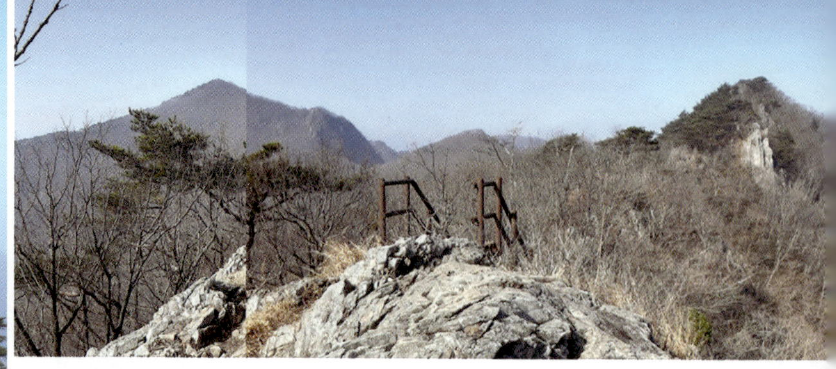

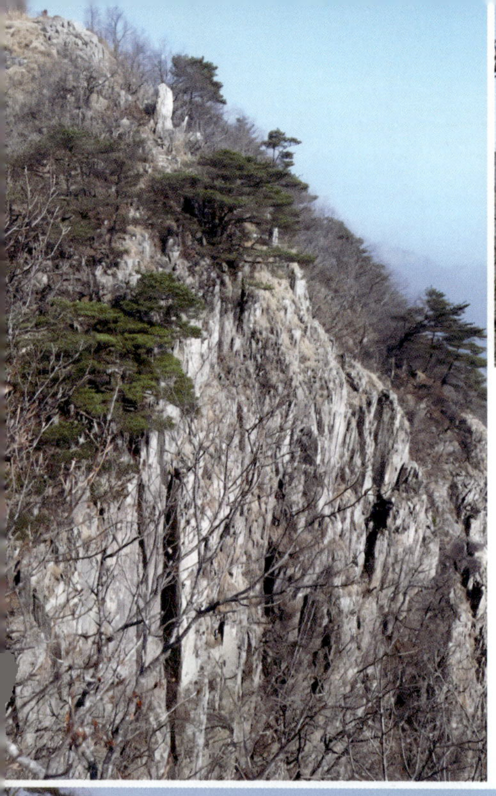

내장산 최고봉 신선봉은 정상에 신선이 내려와 선유를 했는데 봉우리가 높아 그 모습이 보이지 않아 신선봉이라 했다는 전설이 있다.

◀ 까치봉에서 능선을 따라 걷다 만난 깎아지른 듯한 낭떠러지

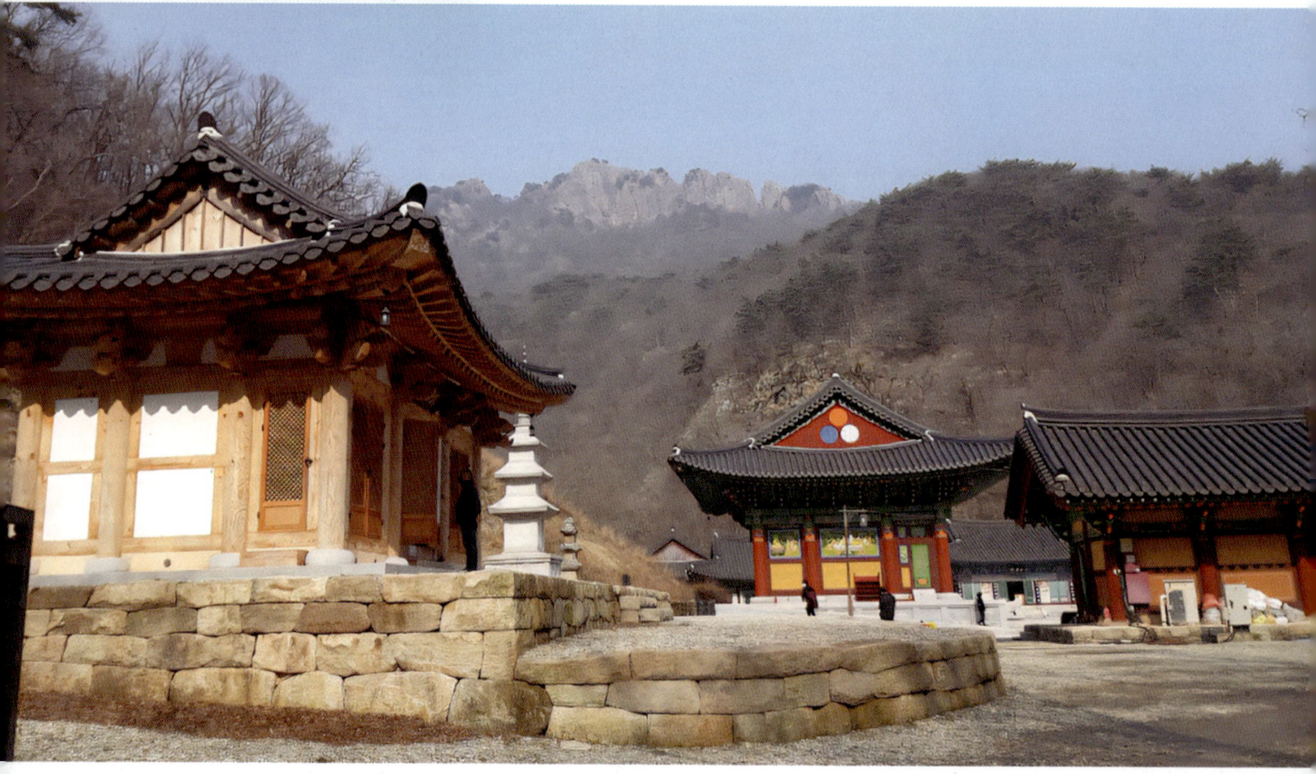

▲ 내장사(內藏寺)

백제 제30대 무왕 37년(636년)에 영은조사가 창건하여 영은사라 하였다고 한다. 이후 고려 숙종 3년(1098년) 행산선사가 중창했다는 기록이 있을 뿐 자세하게 밝혀진 연혁이 없다고 한다. 국립공원 내 사찰은 대부분 큰 규모인 게 보통인데 내장사는 크지 않은 아담하고 소박한 모습이라 오히려 더 정감이 간다.

▶ 신선제와 신선폭포

우화정이 있는 소류지를 막아 놓은 제방을 신선제(神仙堤)라고 한다. 제방이 오래되어 낡아 안전에 우려가 있고 자연경관을 보호하기 위해 자연석으로 쌓으면서 앙증맞은 인공폭포가 만들어져 이를 신선폭포(神仙瀑布)라고 하였다. 이곳은 임진왜란 때 왜군과 싸운 곳이라 한다.

▼ 우화정(羽化亭)은 정자에 날개가 돋아 승천했다는
　전설을 품고 있다.

달마산
達摩山

땅끝마을 전남 해남군, 호남정맥의 끝자락에 위치한 해발 489m의 산. 남도의 금강산으로 불리는 산이며, 산줄기는 마치 공룡의 등껍질 같은 울퉁불퉁한 암봉 능선이 계속되어 설악산 공룡능선의 축소판 느낌이 물씬 풍긴다.

주 능선 정상 방향, 맨 뒤 암봉이 정상 달마봉이다.

달마산

이 나라 땅끝마을
다도해와 나란히 늘어선
남도 금강산 달마산
동쪽 온 달마가 생각난다.

십오 리 길 주 능선
기기묘묘 암릉단애
낮음 비웃던 산나그네
겸손의 지혜를 배운다.

암릉 속 도솔암
파란 하늘 흰 구름 아래
점점이 섬 품은 다도해
포용의 참뜻을 알려준다.

산 아래 미황사
빙그레 웃음 짓는 달마대사
부드러운 묵언으로
해탈의 법문을 던진다.

_ 2021. 5. 8. 토

▲ 오른쪽 사진에서 맨 뒤 안테나가 세워진 봉우리가 도솔봉이다. 달마산은 인도로부터 전파된 미황사의 전설과 연계하여 인도 승려로서 중국 선종의 비조인 달마대사의 이름을 사용한 것으로 판단된다는 설이 있다. 달마산은 산 이름부터 달마봉, 도솔봉, 도솔암, 관음봉 등 산 전체가 불교의 성지 같은 느낌이다. 달마산은 삼황(三黃)이라고 하는데 불상, 바위, 석양빛이 조화를 이룬 산이라는 의미를 가지고 있다.

의상대사가 창건한 암자로 미황사를 창건한 의조화상이 이곳에서 수행했다고 하며, 정유재란 때 소실되었다가 2002년 법조스님이 3일간 선몽에 의해 32일 만에 법당을 복원하였다고 한다.

미황사는 인도에서 직접 불교를 전파한 사찰이라고 하며 신라 경덕왕 때 세워졌다. 어느 날 인도에서 불상과 경전을 싣고 해남 사자포구(현 갈두항)으로 배가 들어왔고, 그 불상과 경전을 의조화상(義照和尙)이 소 등에 싣고 오다가 소가 드러누운 자리에 절을 짓고 미황사라 하였다고 한다.

대둔산
大芚山

충남 논산시, 금산군과 전북 완주시에 걸쳐 있는 해발 878m의 산. 호남의 '소금강'이라고도 한다. 충남과 전북 두 지역에서 모두 도립공원으로 지정한 산이지만 전북 완주 쪽의 면적이 가장 넓고 정상 마천대도 완주시에 속해 있다. 생애대(아래)는 충남 금산에 속한 바위로 마치 상여(충청도에서는 생애라고 부른다고 한다)를 닮았다 하여 상여바위가 생애대로 불렸다는 이야기가 있다. 암릉 위 죽은 소나무와 산 소나무를 배경으로 한 일출 장면이 대둔산의 숨은 절경이라고 한다.

생애대

대둔산

비 내리는 배티재, 이치
왜란 역사 숨결을 품고
급경사 돌계단 하나 둘
솔잎 사이 똑똑 빗방울 소리
저기 어디 맑은 풍경 소리
이곳 찾은 나그네 사색에 잠긴다

짙은 운무 속 생애대
고고한 한 그루 푸른 솔
운무 위 솟은 낙조대
황홀한 하얀 구름바다
연이은 기묘한 암릉능선
이곳 찾은 나그네 사색에 잠긴다

운무 걷힌 어느 청명한 날
직벽단애 깊은 골 푸른 숲
무릉도원 신선의 세상
가까이 다가가 마주 서면
정상 마천대 높은 인공 탑
이곳 찾은 나그네 깊은 사색에 잠긴다

_ 2021. 8. 29. 일

대둔산의 원래 이름은 한듬산이었는데 일제 강점기에 이름을 한자화하여 한은 대(大)로, 듬은 이두식으로 가까운 소리가 나는 둔(屯) 또는 둔(芚)자로 고쳐서 대둔산이 되었다는 설이 있다. 한듬산에 대해서는 한은 '큰'의 뜻을 지녔고, 듬은 두메, 더미, 덩이 등의 뜻이 있어 큰 두메의 산, 큰 바위덩이 산을 의미하므로 한듬산이 되었다는 설과 산의 모습이 계룡산과 비슷하지만 산태극수태극의 큰 명당자리를 계룡산에 빼앗겨 한이 들었다고 해서 한듬산이 되었다는 설도 있다. 1977년 도립공원 지정 때 만든 금강구름다리, 1985년에 만든 신선계단이 유명하며 1999년에는 케이블카도 설치하였다.

주위에 배나무가 많아 배나무고개라는 의미에서 '이치(梨峙)'라 하다가 우리말로 바뀌는 과정에서 배티로 불리게 되었는데 티도 고개, 재도 고개를 뜻하니 고개가 중복해 들어갔다는 이야기도 있다. 임진왜란 때 권율(權慄) 장군이 이끄는 관군과 의병이 호남의 곡창지대를 지킨 3대 대첩의 하나로 꼽는 이치대첩이 일어났던 곳이라고 한다.

낙조대(落照臺, 859m)는 대둔산 제2봉으로 일몰과 일출의 모습이 대둔산 설경과 함께 최고의 절경이라고 하며, 특히 해가 질 무렵 낙조대에서 바라보는 경치가 아름다워 원효대사도 가사를 벗어던지고 춤을 추었다는 이야기가 전해 내려온다.

대야산
大耶山

경북 문경과 충북 괴산에 걸친 해발 930.7m의 산. 예전에는 대하산(大河山), 대화산, 대산, 상대산 등으로도 불렸으며 1984년 속리산국립공원으로 편입된 산이다. 대야산으로 불리게 된 것은 첫째, 대홍수 때 정상이 대야만큼 남았다 해서, 둘째, 아버지를 뜻하는 야(耶)에 큰아버지라는 의미에서, 셋째, 산 정상이 대야를 엎어 놓은 형상이라고 해서 대야산으로 불리게 되었다고 전해진다.

6월의 대야산

대야산

구름 위 펼쳐진 세상
신이 만든 천상계
꿈속에서 그리던 그곳

달변의 웅변도
현란한 수식도
세속적 번뇌도
뜨거운 열정도
의미 없는 곳

그냥 이대로
그대 품속에
조용히 묻혀 있고 싶다

_ 2020. 10. 25. 일

▲ 정상에서의 일출과 이후 풍경

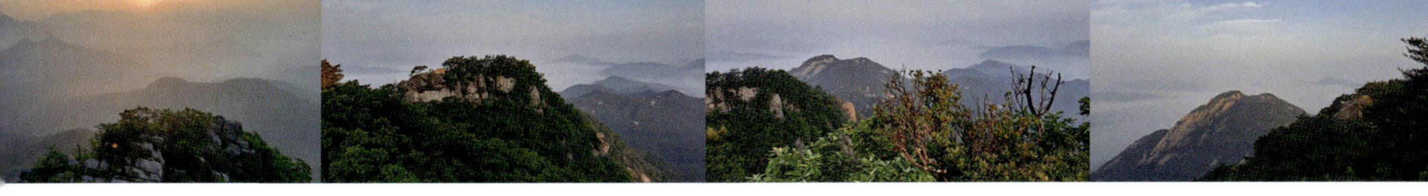

대야산은 백두대간 속리산 권역의 주 능선에 위치하며, 약 5.5km의 대야산~버리미기재 구간은 백두대간 종주 구간 중 빼어난 산세와 조망을 보여주는 하이라이트 구간이라 할 수 있으나 거대한 직벽단애와 암벽 등으로 산행 난도가 최상급이라 사고 위험이 있어 비법정탐방로로 지정되어 있다. 경북 쪽의 선유동계곡, 용추계곡, 충북 쪽의 화양구곡이 대표적이며, 문경 가은에 위치한 용추계곡은 최치원의 세심대, 황청담, 옥하대, 영차석 등 암석 음각과 다양한 설화가 전한다.

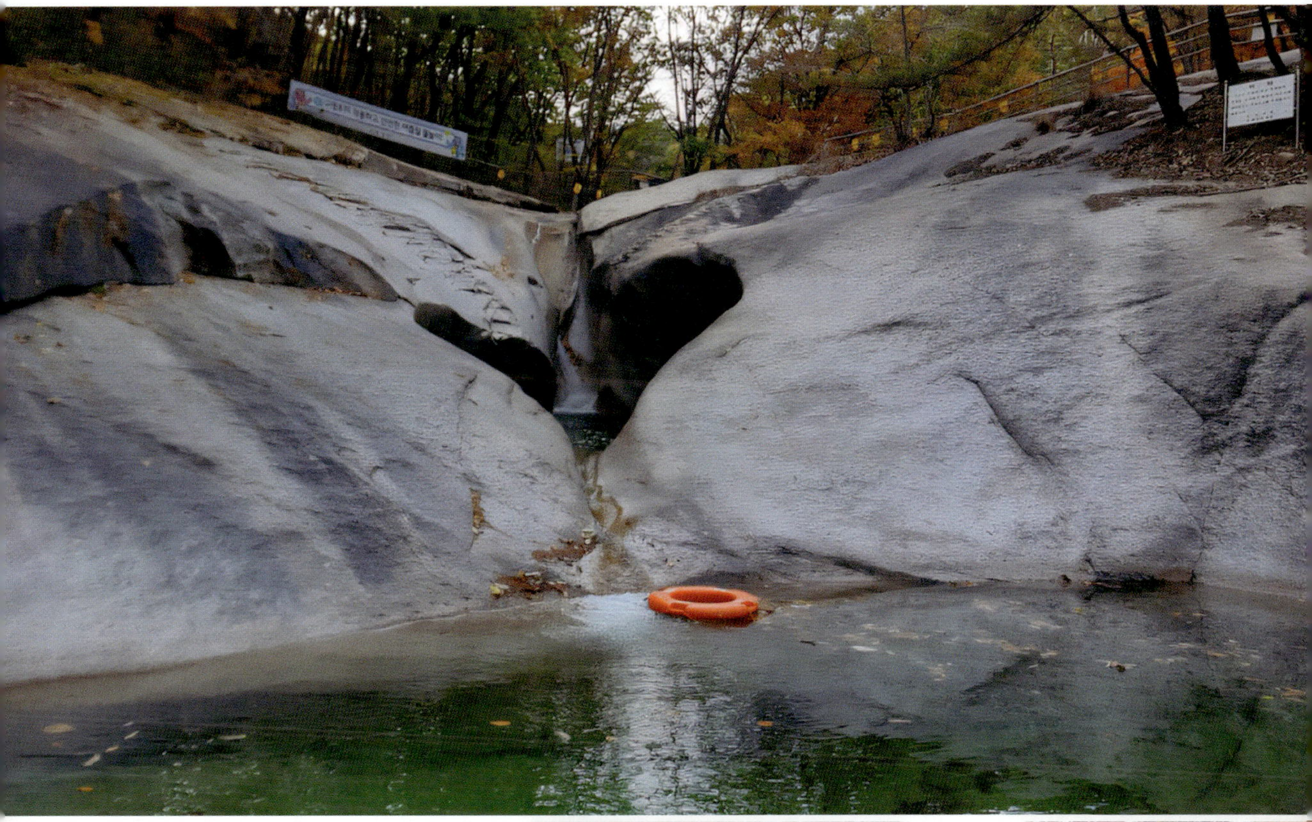

▲ 용추(龍湫)

이곳에 살던 암수 두 마리의 용이 하늘로 오른 곳이라는 전설이 있다. 용추에서 조금 내려가면 두 마리 용이 승천할 때 용트림을 하다가 발톱이 찍힌 자국이 선명하게 남아 있다는 용소바위, 즉 용소암(龍搔巖)이 있다.

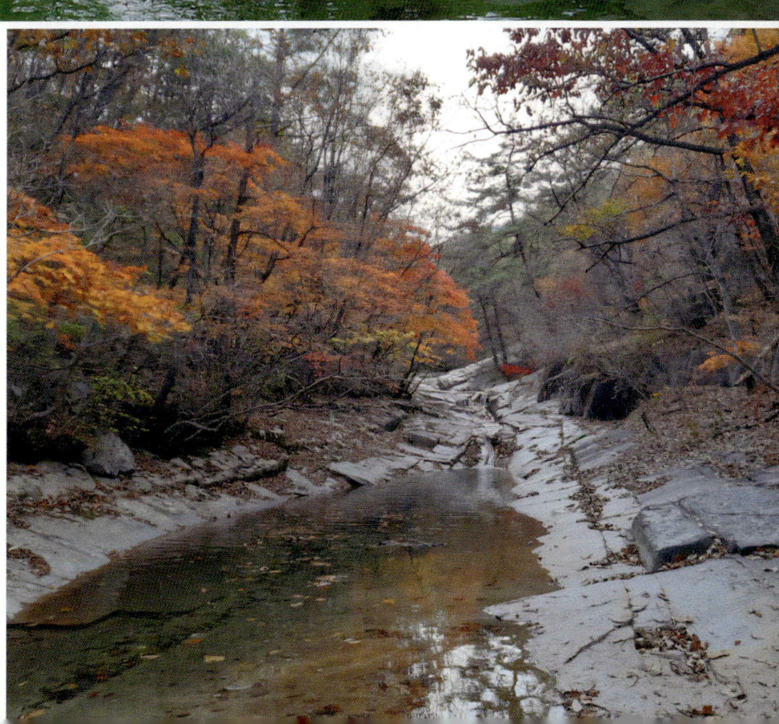

▶ 월영대(月影臺)

용추에서 밀재로 좀 더 오르면 밝은 달이 뜨는 밤에 계곡물에 비치는 달빛이 아름다운 곳, 월영대가 있다.

덕룡산
德龍山

전남 강진군에 위치한 해발 432.9m의 전형적인 바위산. 산 높이에 비해 산세가 상당히 험한 악산으로 백제에서 '실어산'이라 불렸다고 한다. 그 이후에는 '청룡산', '득룡산'으로 불리다가 임진왜란 때 용이 조화를 부려 마을에 먹구름을 덮어 큰 화를 피하게 하였고, 용의 은덕에 보답하고자 덕룡산이라고 하였다는 전설이 있다.

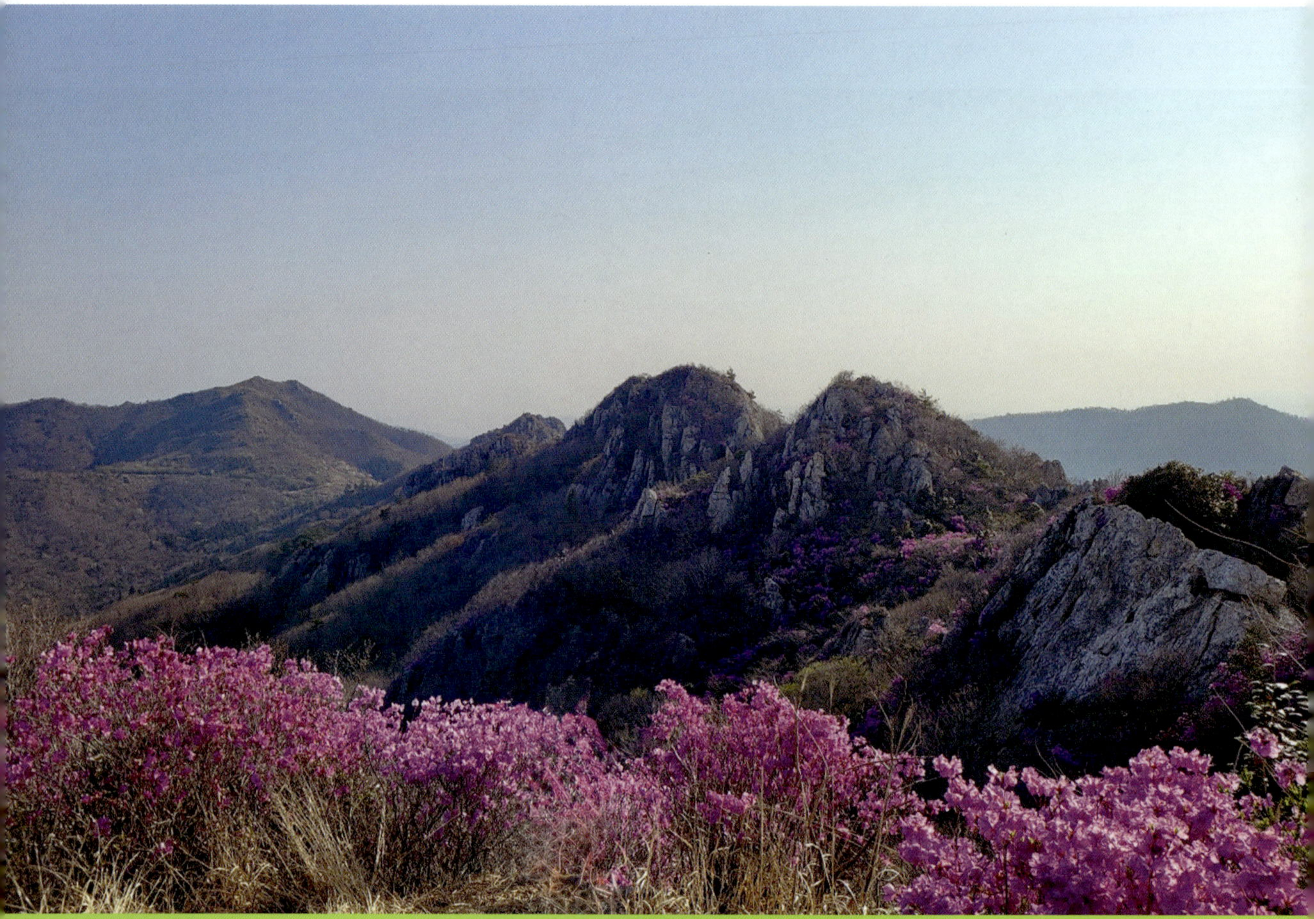

덕룡산

고봉준령 자랑 마라   기기묘묘 자랑 마라   영웅호걸 자랑 마라
하늘 아래 같은 존재   알을 품은 봉황   천하 길지의 명당
우뚝 솟은 암봉   은덕 품은 청룡   미륵의 화신
온 누리를 거둔다   여의주를 물었다   새로운 세상을 연다.

_2021. 12. 22. 수

1. 서봉에서 바라본 동봉, 강진만 그리고 천관산

2. 서봉 지나 두륜산 가는 주 능선

3. 4월 초 일출

산 모양이 '봉황이 알을 품고 용이 여의주를 물고 있는 형국'이다. 새로운 세상을 여는 미륵의 화신으로, 용과 봉황 같은 영웅이 출현할 길지로서 풍수지리상 전국 3대 명당 중 한 곳이라고 한다. 실제 석문산~덕룡산~주작산으로 이어지는 암릉은 마치 용의 등지느러미 같은 느낌을 물씬 풍기며 공룡능선이라 부르기도 한다. 인근 만덕산(408.6m) 아래 정약용의 유배지 다산초당(茶山草堂)과 세자에서 멀어진 효녕대군이 8년간 머물렀다고 하는 백련사(白蓮寺)가 있다.

4. 수양마을 갈림길 전 암릉에서, 주작산이 보인다.

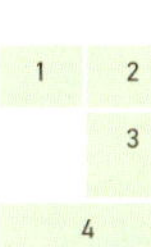

덕유산
德裕山

경남 거창군, 함양군과 전북 무주군, 장수군에 걸친 해발 1,614.2m의 산. 어머니같이 덕이 많고 너그러운 산이라 하여 명명한 산이다. 예부터 많은 선비와 도인들이 모여 도를 닦고 공부를 했던 곳으로 원래 이름은 '광여산'이었는데 임진왜란 때 수많은 사람들이 이곳으로 피신해 있자 신기하게 왜병들이 지나갈 때는 짙은 안개가 드리워졌다고 한다. 산속의 숨은 사람들을 가려주는 광여산의 신비로움에 감탄하여 덕이 넉넉한 산이라는 의미로 덕유산이라 부르게 되었다고 한다.

동엽령 가는 능선에서 바라본 정상 방향, 백암봉, 중봉, 향적봉 등이 보인다.

덕유산 행복 찾아가는 길

산으로 간다
포근하고 너그러운
엄마 같은 산
해맑은 행복 찾아
덕유산에 간다

화려함 없으나
푸른 하늘 흰 구름
높고 넓은 천상의 화원
깊은 골 맑은 물
엄마의 품이 된다

아들이 되고
아버지가 되고
할아버지가 되어도
엄마의 품 그리워
덕유산으로 간다

산으로 간다
때 묻은 몸과 마음
씻고 다듬어줄
엄마같이 인자한
덕유산에 간다

_ 2021. 10. 3. 수

남덕유산에서 바라본 월봉산, 금원산

조선 태조 이성계가 조선 건국 후 전국 명산에서 산신제를 지내고 태자를 낳아 덕유산이라고 했다는 전설도 있는 덕유산은 우리나라에서 네 번째로 높은 산이다. 1975년에 10번째로 국립공원으로 지정되었으며 주 능선 전체가 백두대간 길이다. 무주 구천동 33경, 고위평탄면 백두대간 주 능선의 겨울 눈꽃이 압권이며, 경남 함양군과 전북 장수군 경계에 있는 육십령(六十嶺, 730m)부터 무주군 설천면의 무주 구천동 주차장까지 32km의 육구종주(六九縱走)는 우리나라 3대 종주 중 한 곳이다. 무주 구천동에서 향적봉 아래 설천봉(雪天峯, 1,525m)까지 곤돌라가 운행 중이다.

▲ 겨울에 중봉에서 바라본 능선 풍경
(사진: ⓒ 지성사)

▲ 할미봉(1,026m)

삼국시대 당시 백제, 신라의 접경지로서 명덕산성에 병사들이 먹을 쌀을 쌓아놓았다 하여 합미성(合米城)이라 하였고, 이후 합미성에서 다시 할미봉으로 변했다 한다.

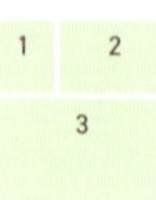

1. 육십령 표지석

육십령(六十嶺, 730m)은 이 고개에 도적들이 많아 고개를 안전하게 넘으려면 최소 장정 60명이 함께 넘어야 된다고 하여 붙인 이름이다.

2. 할미봉에서 바라본 서봉과 남덕유산

3. 설천봉, 2025년 2월 화재 이전의 상제루 쉼터(오른쪽 건축물, 사진: ⓒ 지성사)

1. 빼재(신풍령, 新風嶺, 920m)

표지석에는 주위 경관이 수려하다는 의미
로 수령(秀嶺)이라고 적혀 있다. 이곳 사람
들은 빼재라고 하는데 삼국시대에 신라와
백제의 잦은 전투로 수많은 전사자와 식량
으로 먹었던 동물의 뼈 등이 묻힌 고개라
하여 뼈재라고 했으나 뼈가 경상도 발음으
로 빼가 되어 빼재가 되었다고 전한다. 산
아래 신풍령휴게소가 들어서면서 최근에
는 신풍령이라 부른다고도 한다.

2. 무룡산(舞龍山, 1,491.9m)

부처님 그림자가 비친다고 하여 '불영봉(佛
影峯)', '불영산(佛影山)'이라고 하였는데 산
의 형상이 마치 춤추는 용과 같다 하여 무
룡산이라 하였다는 이야기가 있다.

3. 칠연폭포

덕항산
德項山

강원 삼척시 신기면, 하장면 사이에 있는 해발 1,072.9m의 산. 옛날 삼척 사람들이 이 산을 넘어오면 화전을 할 수 있는 평평한 땅이 많아 덕을 봤다고 해서 '덕메기산'이라 하였으나 한자로 표기하면서 덕항산이 되었다고 한다. 아래 귀네미마을은 산세가 소의 귀를 닮은 산 너머에 있는 마을이라는 뜻, 또는 "귀하고 아름다운 것이 온다"라는 뜻의 '귀래미(貴來美)'에서 비롯된 이름이라고도 한다.

환선봉 전망대에서 바라본 귀네미마을

덕항산

백두대간 마루금 능선길
무명 봉우리 오르고 내리고
터벅터벅 걷다 보면
특별함 찾아볼 수 없는
아주 특별한 너를 만난다

유배된 어느 임금의 굴곡짐도
아홉 지아비 아낙의 애절함도
몸을 휩쓸고 간 화마도
어느 산행 대장 거둔 애꿎음도
너는 말없이 품고 있구나

너의 품속에 안긴
기암괴석 천하절경 무릉천
억겁이 만든 석회동굴 환선굴
유명세 모두 내어주고
정상석 대신 낡은 이정목 하나

굵은 땀 흘리며
이곳 지나는 산나그네
무거운 발걸음 멈추게 하고
동해의 시원한 바람
그대는 말없이 내어주네

_ 2021. 4. 25. 일

▲ 건의령 가는 길 조망(산불 피해로 산림복원 중)

건의령(巾衣嶺, 840m)은 삼척으로 유배 온 고려 공양왕이 살해되자 신하들이 이 고개를 넘으며 다시는 관직에 나아가지 않겠다면서 관모와 관복을 이곳에 걸어놓고 태백산에 들어갔다 하여 건의령이라 했다고 전하며, 한의령(寒衣嶺)이라고도 한다. 2017년 5월 삼척 대산불로 이곳 건의령 일대를 포함한 약 110ha의 임야가 피해를 입었고 현재 복원작업을 하고 있다.

▶ 구부시령 가는 길(산불 피해로 산림복원 중)

구부시령(九夫侍嶺, 1,007m)은 이 고개 동쪽 한내리마을에 팔자가 기구한 아낙이 계속 서방이 죽어 무려 9명이나 되는 서방을 모시고 살았다는 전설에서 붙인 이름이다.

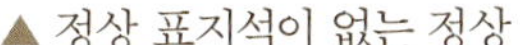

▲ 정상 표지석이 없는 정상

▲ 능선에 핀 진달래

도락산
道樂山

충북 단양군에 속한 해발 964m의 산. 속리산과 월악산 중간에 위치했지만 월악산국립공원에 속한 바위산이며, 예부터 도락산은 '도(道)를 즐기는 산'으로 알려졌는데 조선 후기 재상 우암 송시열이 이 산에 왔다가 깨달음을 얻으려면 나름 길이 있어야 하고 또한 즐거움이 있어야 한다고 하여 도락산이라 불렀다고 한다. 재미난 속설로는 돌로 이루어진 악산, 즉 돌악산인데 연음법칙에 의해 도락산으로 불리지 않았을까 하는 이야기도 있다.

운무 속 산그리메

도락산

바쁜 척한 세상 뒤로하고
무작정 찾은 도락산
촉촉히 뿌리는 가을비
눈앞 펼쳐진 구름바다
신선의 세상인가

마음속 감춰둔
집착과 탐욕의 번뇌
도락산은 아는지
살며시 다가와
비구름과 친구하라네.

_ 2020. 3. 8. 일

1. 신선봉에서

신선봉 바위 위에 있는 작은 웅덩이에서 숫처녀가 물을 퍼내면 금방 소나기가 쏟아져 다시 물이 채워진다는 전설이 있다.

2. 바위틈의 고사목

3. 운무 속 작은 암자

신선봉으로 향하는 길목에 자리한 상선암(上禪俺)은 운무 속 비까지 내려서 그런지 참 아담한 암자다.

4. 하산길 상선암 아래 전경

도락산은 돌로 이루어진 악산, 즉 돌악산인데 연음법칙에 의해 도락산으로 불리지 않았을까 하는 이야기도 있다. 산 북쪽에 사인암이, 서쪽에는 신선이 하늘에서 가장 먼저 머물던 곳 상선암(上仙岩)을 비롯해 중선암, 하선암 등 이른바 단양 8경 중 4경이 모여 있을 정도로 주위 경관이 아름답다. 정상 부근에는 신라시대에 축성한 수천 명이 머무를 정도로 큰 산성이 있었다고 하며, 산성 안에 광덕암이라는 암자가 자리하고 있다.

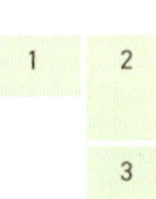

도봉산
道峯山

서울시, 경기 의정부시·양주시 경계에 있는 해발 740m의 산. 조선왕조를 여는 길을 닦았다는 의미와 뜻있는 선비들이 그 뜻을 키우고자 학문을 연마하고 백성을 구제하고자 도를 닦은 곳이라 하여 도봉산이라 하였다는 이야기가 전해진다.

도봉산 삼형제봉(왼쪽 선인봉, 가운데 만장봉, 오른쪽 자운봉)

홀로서기 도봉산

눈만 뜨면
흘러나오는 악마의 소리
정신적 병증까지 깨운다
가족도, 친구도
사랑하는 연인도
물리적 거리가 필요한 시간이다

혼잡한 도시
대중 문명에 익숙해진 심신
이제는 홀로서기를 배워야 한다.
도봉산 암릉에 홀로 선
저 솔의 고고한 자태
홀로서기 고독의 결실을 배운다

_ 2020. 3. 17. 토

1. 자운봉

최고봉 자운봉(紫雲峯)은 거대한 직벽단에 암봉
으로 암벽등반 전문 산악인이 아닐 경우 오를
수 없는 곳이라 실제 정상은 맞은편 신선대(神仙
臺, 726m)이다. 정상 남쪽에 만장봉(萬丈峯), 선인
봉(仙人峯)이 있고, 서쪽에 암봉 5개가 나란히 줄
지어 있는 오봉(五峯)과 여성봉(女性峯) 등 거대
한 암봉이 압권이다.

2. Y자 계곡

암벽등반 전문꾼들의 성지이자 일반 산객들 입
장에서는 가장 위험한 곳, Y자 계곡이다.

3. 천축사(天竺寺)와 선인봉(仙人峯, 708m)

자운봉 앞쪽에 위치한 바위에 선인, 즉 신선이
살고 있어 선인봉이라 하였고, 도봉산의 깨끗
한 자연을 지키며 수행을 통해 인간의 마음을
정화하고자 했다고 전해진다. 선인봉은 자운봉
(739.5m), 만장봉(718m)과 함께 도봉산 삼봉, 삼
형제봉으로 불리기도 한다. 자운봉은 붉은빛의
아름다운 구름이 걸려 있다는 뜻이고, 만장봉
은 높고 웅장한 바위 봉우리라는 의미이다.

4. 신선대에서, 북한산 방향

강원도 철령에서 시작된 광주산맥의 지맥이 도
봉산과 북한산에 이르러 비로소 긴 여정을 마감
하는데 무릇 그 거리가 500리이다. 조선왕조 흥
업 500년도 500리 광주산맥의 정기가 도봉산으
로 모였기 때문이라는 전설이 있다.

5. 포대능선 전망대에서, 수락산과 별내읍

우이령(牛耳嶺)을 두고 북한산과 독립된 산이지
만 1983년 북한산국립공원에 편입되어 같은 산
군으로 확장되었다. 무학대사가 이성계를 위해
기도했다는 관음암, 석굴암이라는 절이 있는 등
도봉산에는 꽤 재미난 전설과 설화가 있다.

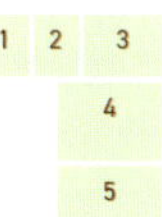

동악산
東樂山

전남 곡성군에 위치한 해발 735m의 산. 안산으로도 불리며 고장에 좋은 일이 생기면 산이 울리고 노래가 흘러나왔다는 전설에 따라 '방장산'으로 불리게 된 곡성군의 진산이다.

춤추는 동악산

동악산 오르면서
만나는 수많은 돌탑
깊은 합장으로 소원을 빈다

능선 봉우리 오르며
쏟아지는 땀의 결실
풍요의 들녘에 취한다

정상에 서서
하나로 묶인 하늘, 땅, 나
자연에 동화된 나에 감사한다

하산하는 길
벗이 된 맑은 청류구곡
내 자신 춤추는 동악이 된다

_ 2021. 7. 25. 일

▲ 동악산 공룡능선

▲ 신선바위 전망, 곡성읍

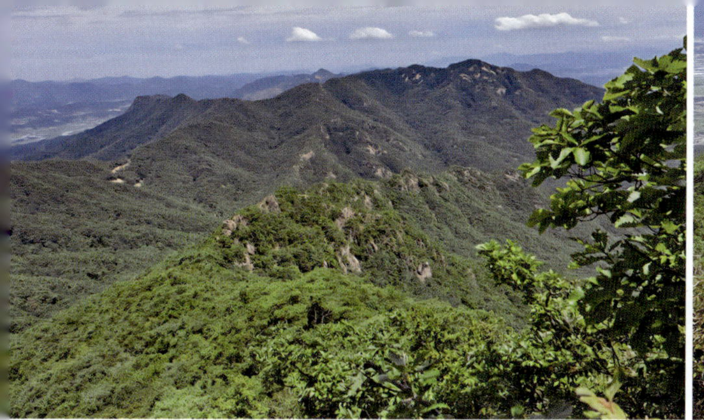

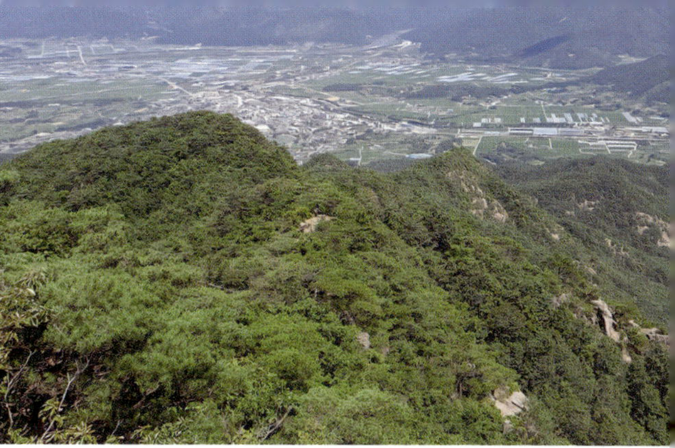

동악산은 배넘이재를 중심으로 남서쪽에 형제봉이, 북동쪽에 동악산이 나누어져 있으나 같은 동악산이고, 최고봉은 형제봉(성출봉, 758m)이다. 실제는 북동쪽 동악산(735m)이 주봉 역할을 하고 있는데 그 이유는 알 수가 없다. 동악산에는 원계동(元溪洞), 고반동(考槃洞), 청류동(清流洞), 서계동(西溪洞), 삼인동(三仁洞), 청계동(清溪洞)이라는 6개 계곡이 부챗살처럼 동쪽으로 펼쳐져 있고 원계동, 고반동, 청류동 3곳의 계곡에는 구곡이 있다.

원효대사가 길상암을 짓고 수도를 할 때 16아라한(나한)이 꿈속에 나타나 성출봉에 올랐더니 16아라한 석상이 솟아 있었고 이를 길상암에 모시자 육시(六時)만 되면 하늘에서 음악이 울려 퍼졌다는 전설이 있다. 또 다른 전설은 곡성 사람이 장원급제를 하면 산이 흔들리며 노랫소리가 나왔다 하여 동악산이라 했다고 한다. 두 전설 모두 산이 울리고 노래가 흘러나왔다는 공통점이 있다.

▶ 청류구곡 중 8곡 해동무이

청류계곡 아홉구비 암반 위에 새겨진 선인들의 흔적

① 쇄연문(鎖烟門)
② 무태동천(無太洞天)
③ 대천벽(戴天壁)
④ 단심대(丹心臺)
⑤ 요요대(樂樂臺)
⑥ 대은병(大隱屏)
⑦ 모원대(暮遠臺)
⑧ 해동무이(海東武夷): 하늘의 뜻을 살피고, 땅의 일을 헤아려라.
⑨ 소도원(小桃源)

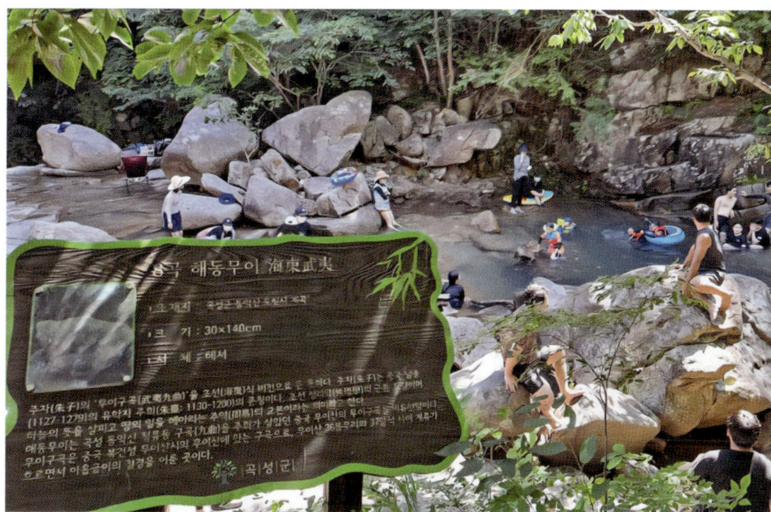

▼ 돌로 쌓은 불탑

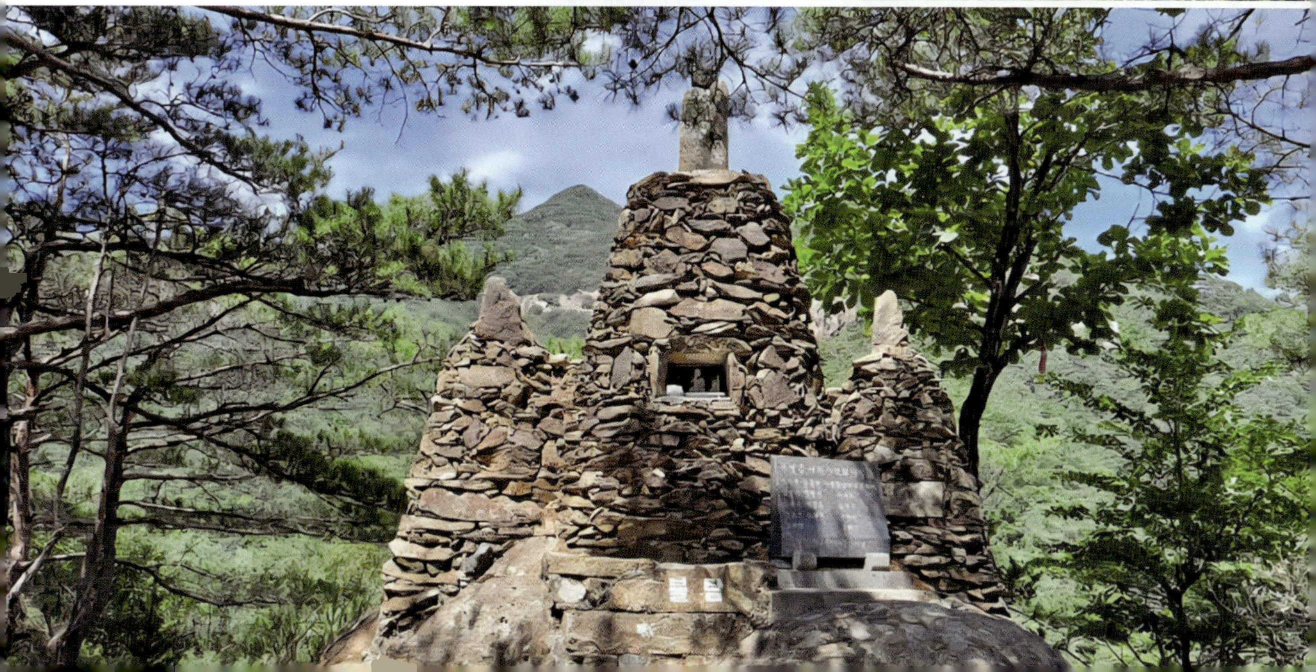

두륜산
頭輪山

전남 해남군에 위치한 해발 703m의 산. 산 모양이 둥글게 사방으로 둘러서 솟은 둥근머리산 또는 날카로운 산정을 이루지 못하고 둥글넓적한 모습이라고 하여 두륜산이라 했다고 하며, 중국 곤륜산의 륜과 백두산의 두를 딴 이름이라고 《대둔사지(大芚寺志)》에 기록되어 있다고 한다. 최고봉 가련봉은 초의선사가 "마치 갓 피어난 연꽃을 연상하는 봉우리"라 해서 붙인 이름이다.

두륜봉에서 바라본 가련봉, 노승봉, 고계봉, 주 능선

한듬뫼, 두륜산

둥근 큰 산 한듬뫼, 두륜산
멀리서 보니 아름답고
가까이 자세히 보니 재미나구나

십오하고 미려한 글로
널 꾸미고 의미를 부여했지만
어찌 너의 본 모습을 표현하리

꾸밈이 없는 그대로의
네 모습이 더 아름다운 것은

속세에 때 묻지 않은
너의 고고함 때문인가?

역사의 질곡을 보듬어준
너의 넉넉함 때문인가?

인생 한 갑자 돌아보니
한결같이 변함없는 그대가
진정한 나의 스승이구나

_ 2022. 3. 26. 토

1. 가련봉 전망대에서 바라본 두륜봉

산 아래 대둔사(大芚寺) 사찰 이름을 따서 대둔산이라 하다가 대둔사가 대흥사(大興寺)로 바뀌자 대흥산이 되기도 했다. 대둔산의 명칭은 산이란 뜻의 '듬', 크다는 뜻의 '한'이 붙어 한듬 → 대듬 → 대둔으로 변한 것으로 보이며, 과거 대둔사는 한듬 절로 불리기도 했다고 한다. 두륜산은 8개 봉우리가 대흥사를 중심으로 연꽃처럼 둘러싼 모습이라고 한다. 고계봉(高髻峯, 638m)~노승봉(老僧峯, 685m)~가련봉(迦蓮峯, 703m)~두륜봉(頭輪峯, 630m)~도솔봉(兜率峯, 672m)~연화봉(蓮花峯, 612.5m)~혈망봉(穴望峯, 379m)~향로봉(香爐峯, 469m)이 원을 그린다.

2. 대흥사 전경

신라 진흥왕이 어머니 소지부인(昭只夫人)을 위해 창건했다는 대흥사(大興寺)는 한국의 다성(茶聖)으로 추앙받는 초의선사(草衣禪師) 장의순(張意恂)이 40년 동안 이곳에서 수도하면서 다선일미(茶禪一味)를 설파했던 우리나라 차 문화의 성지(聖地)라 한다.

3. 오심재에서 바라본 고계봉

1

2

3

두타산
頭陀山

강원 동해시와 삼척시 경계의 해발 1,353m의 산. 산의 형상이 누워 있는 부처의 모습이라고 하여 두타산이라 하였다고 한다. '두타'란 마음의 번뇌를 털어버리고 엄격히 불도를 닦는 수행을 의미하며, 승려들이 수행하기 좋은 심산유곡이라는 뜻에서 두타산으로 한 듯하다고 전해지고 있다.

정상에서 바라본 산그리메

수도자의 산, 두타산

가득 쌓인 번뇌 버리고
마음속 부처 찾으러
이곳 무릉계를 찾았던
앞선 수도자의 해탈의 길

어디에 있을까?
무릉계곡 물 따라
대간 능선 바람 따라
해동삼봉 구름 따라갔을까?

어리석은 산객 알 길 없고
선인의 무릉반석 새긴 글
그곳에 해탈지도(解脫之道)
한 줄의 글 더하고 싶어진다

_ 2024. 8. 5. 월

두타산은 능선과 산정보다는 박달령을 사이에 두고 서로 마주 보고 있는 청옥산과 두타산이 품고 있는 기암괴석, 암릉단애, 폭포와 소 등이 가득한 무릉계곡의 빼어난 비경이 유명하다. 봉래 양사언, 매월당 김시습 등 수많은 시인 묵객들의 시가 새겨져 있으며, 예부터 삼척 지방의 영적인 모산(母山)으로 숭상되었다고 한다. 또한 댓재~두타산~청옥산~고적대~상월산으로 이어지는 주 능선은 백두대간 3대 난코스 구간으로 유명하며 두타산, 청옥산(1,404m), 고적대(1,354m)를 '해동삼봉'이라 한다.

하늘나라의 질서를 위반한 선녀가 벌을 받아 속세로 내려와 이곳 무릉계곡에서 삼베 세 필을 짜고 개과천선하여 승천했다는 전설이 있다. 하늘에서 선녀가 내려와 비단을 짜는 베틀을 닮았다 하여 붙인 이름이다.

옛날 산을 찾았던 선인들의 기록에 있는 미륵봉으로, 보는 각도에 따라 미륵불, 선비, 부엉이의 모습을 닮았다고 한다.

마니산
摩尼山

인천시 강화군 화도면에 위치한 해발 472.1m의 산. 나지막한 산으로 마리산(摩利山), 마루산, 두악산(頭嶽山)이라고도 하는데 이곳 지역 주민들은 마리산이라고 한다. 마리산은 머리(頭)를 가리키는 옛말 마리에서 유래한 듯하며, 두악산이란 한자 명칭도 마리산이 머리산이란 뜻일 가능성이 있다고 주장하는 사람도 있다.

단군의 혼, 마니산

나라를 지키는 산
작지만 무거우며
낮지만 고귀하다

오천 년 역사
밤하늘 별무리
은하수 정기 담아
대지에 뿌리며
홍익인간 꿈을 열었다

굴곡의 역사
한마음 한뜻으로
지켜낸 나라
단군의 혼으로
홍익인간 꿈을 이룬다

_ 2021. 9. 25. 토

강화군 화도면(華道面)은 원래 고가도(古加島)라는 독립된 섬이었으나 1706년 숙종 때 간척사업으로 강화도와 연결되었고, 마니산은 백두산과 한라산의 중간이라고 알려져 있는데 실제는 백두산이 30km 더 멀다고 한다.

▲ 마니산 정상

강화도는 국토 지리적 측면보다는 정치 역사적 측면에서 더 많은 이야기를 품고 있는 곳이다. 고려 고종 때 몽골의 침략에 대응하기 위해 개경에서 도읍지를 옮긴 곳이며, 왕실의 대표적 유배지이기도 하였다. 구한말 때는 병인양요, 신미양요 및 강화도 조약 등 제국주의 침략의 교두보였던 굴곡진 역사를 품은 곳이며, 조선시대에는 나라의 심장과 같다고 하여 심도(沁都)라고도 하였다고 전한다. 바로 이 강화도의 진산이 마니산이다.

▲ 참성단(塹星壇)

산 정상에 있는 제단으로 정확한 축조 시기는 알 수 없지만 고려 태조 왕건 이전부터 단군왕검에게 제사를 지냈다고 한다. 일부에서는 단군왕검 때 이미 만들어졌다고도 한다. 광복 후 개천절이 제정되면서 제사를 지냈으며 전국체전 등 주요 국가 행사 때는 성화를 채화하기도 한다. (사진: ⓒ 지성사)

마이산
馬耳山

전북 진안군에 위치한 해발 687.4m의 산. 통일신라 때는 '서다산(西多山)', 고려 때는 봉우리 2개가 높이 솟아 있어 '용출산(聳出山)', 조선 초에는 '속금산(束金山)'이라 하였다가 조선 태종이 나란히 솟은 두 암봉 형상이 마치 말의 귀와 흡사하다고 하여 마이산이라 하였고, 동쪽 암봉을 동봉 또는 수마이봉, 서쪽 암봉을 서봉 또는 암마이봉이라 하였다고 한다. 봄에는 돛대봉, 여름은 용각봉, 가을은 마이봉, 겨울에는 문필봉이라고 부르기도 한다.

마이산 사랑

기묘하고 거대한 암봉
멀리서 보면
영락없는 말의 귀
인간 세상 마이산이라 하네

암마이봉과 수마이봉
억겁을 마주 보고만 있으니
이루어질 수 없는 사랑에
애간장 타는 범인(凡人)들

음양오행 정명암
첫날밤 증표 청실배나무
기원 담은 탑사 돌탑
천지음양의 이치 담아
영원한 사랑 이루시길

_ 2021. 4. 23. 토

▲ 비룡대(飛龍臺, 527m), 나옹암

비룡대는 멀리서 보면 용이 승천하는 모습이라 하여 붙인 이름이며, 팔각정이 있는 곳이 용의 머리에 해당된다. 나옹암(懶翁岩)이라고도 하며, 고려 말 나옹선사가 수도하였다는 나옹암(懶翁庵, 예전의 금당사 金塘寺, 고금당古今塘이라고도 함)이 이곳에서 약 1.5km 떨어진 곳에 있어 이곳 비룡대 정상을 나옹암이라고도 부른 듯하다.

▲ 은수사와 수마이봉

은수사는 탑사의 돌탑을 쌓은 이갑용 처사가 머물렀던 곳이며 태조 이성계가 꿈속에서 신선에게 받았다는 금척(金尺, 금으로 만든 자)과 100일 기도를 하면서 심었다는 청실배나무, 물이 은과 같이 맑다고 해서 은수사라고 했다는 등의 이야기가 전해지고 있다.

▲ 탑사(塔寺)

전북 임실에 살던 이갑용이라는 사람이 25세가 되던 1885년(고종 25년)에 마이산 은수사에 입산수도하던 중 계시를 받고 30여 년에 걸쳐 천지음양의 이치와 8진도법을 사용하여 120여 기의 돌탑을 쌓았다고 한다. 현재는 80여 기가 남아 있다고 한다. 1억 년 전 호수였던 마이산은 국내 유일하게 자갈, 모래, 진흙이 쌓여 만들어진 암석, 즉 역암(礫岩)으로 이루어졌다. 바위 곳곳에 자갈이 빠져나간 자국을 타포니(tafoni)라 하는데 진흙, 모래로 이루어진 바위 내부에 스며든 습기가 얼었다 녹았다를 반복하며 내부가 팽창하면서 외부로 돌을 밀어내는 현상이라고 한다.

▶ 탑영제(塔影堤)

탑사의 탑이 비쳤으면 하는 바람으로 만들었다는 저수지로, 이곳에서 바라본 정상의 모습이 아름답다.

명지산
明智山

경기 가평군에 위치한 해발 1,267m의 산. 과거에는 산세가 마치 주위의 많은 산들을 거느리고 있는 우두머리 같다 하여 '맹주산(盟主山)'으로 불렸다고도 하며, 이후 맹주산이 명지산으로 바뀌었다 한다.

명지 제2봉

하나 된 명지산 연인산

첫사랑 그리워
연인산을 찾았는가?
그댈 찾는 운무 속에서도
심장 뜨거워지더이다
첫사랑 느낌 그대로이더이다.

그대와 사랑에 취해
세상 모습 보이지 않더이다
그대와 사랑 농익을 즈음
빛 비추며 가르침 주더이다.

끊임없이 서로
이해하며 격려하며 함께 살라
밝은 지혜, 명지 주시오니
이 어찌 연인·명지가
하나 됨이 아니겠습니까?

_ 2021. 3. 21. 일

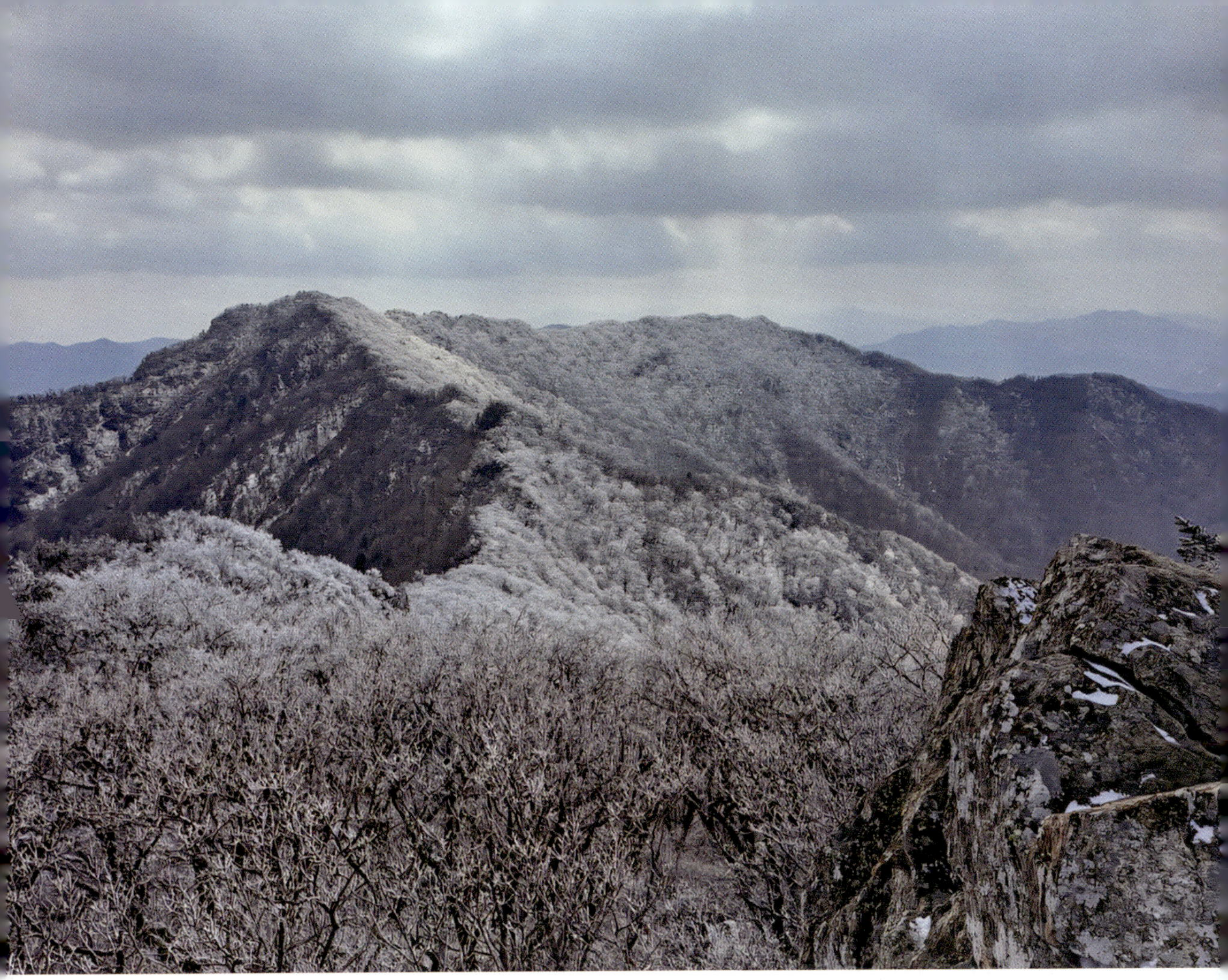

▲ 명지 제3봉과 2봉의 명지산 주 능선

명지산은 산 아래 명주실 한 타래를 풀어도 바닥에 닿지 않는다는 깊은 명지폭포가 있어 명지산으로 했다는 설이 있는데 이 설은 앞뒤가 뒤바뀐 느낌이 든다. 어쨌든 명지산은 고봉준령이 포진한 광주산맥에 속해 있고, 경기에서는 화악산(1,468m) 다음으로 높은 산이다. 1991년 군립공원으로 지정되었고 명지산에 속했던 연인산이 도립공원으로 지정되면서 명지산은 다소 억울한(?) 산이 되었다. 명지산은 전형적 육산으로 기암괴석 가득한 수려한 산과는 거리가 있지만 산정에서 바라보는 고봉들의 장쾌한 마루금이 압권이며 웅장한 산세, 울창한 숲, 깊은 계곡, 맑고 풍부한 수량 등으로 용추 9곡, 명지 단풍 등은 물론, 귀목봉(鬼木峯, 1,036m) 아래 귀목고개 귀신 출몰, 바느질하던 처녀가 경치에 취해 빠져 죽었다는 처녀소와 아재비고개 전설 등 수많은 전설과 명소가 포진해 있다.

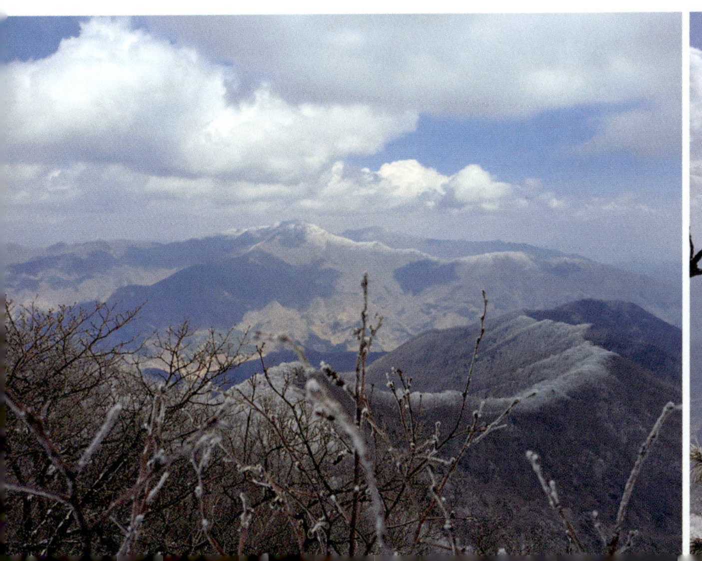

▼ 정상에서 바라본 화악산

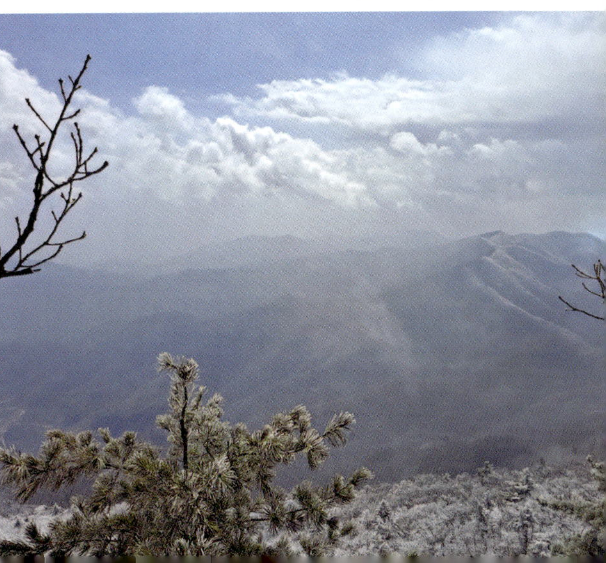

▼ 연인산 방향 주 능선

모악산
母岳山

전북 전주시, 완주군과 김제시에 걸쳐 있는 해발 794m의 산. 정상의 큰 바위가 아기를 안고 있는 어머니 모습이라고 하여 모악산이라 했다는 설이 있으며, 큰 산이라는 의미를 가진 뫼(산)를 '엄뫼', '큰뫼'라고 하는데 엄뫼는 어머니산이라 하여 모악산이 되었고, 큰뫼는 큼으로 음역해서 금, 뫼는 산, 따라서 금산이었을 것이라는 이야기도 전해지고 있다.

정상에서 바라본 구이저수지

모악산

아기를 품은 어머니산
사랑, 헌신, 자애의 상징
거룩한 어머니의 힘

선녀와 나무꾼 사랑바위 전설
선남선녀의 애틋한 사랑
이루어지게 해주소서

물의 왕, 수왕사 석간수
김제·만경평야 젖줄 되어
풍요로운 세상 되게 해주소서

미륵불 금산사 불경 소리
혼탁한 세상, 고통받는 백성
행복한 삶 이루게 해주소서

_ 2019. 5. 22. 토

한국 최대 곡창지대라 하는 김제·만경평야
의 젖줄 물줄기가 이곳 모악산에서 시작된다
고 한다. 진달래와 철쭉이 유명한 호남 4경
중 한 곳으로 1971년 도립공원으로 지정되
었다. 호남의 불교 미륵 사상은 이곳 모악산
을 중심으로 개화되었다고 하며, 신라 불교
5교 9산의 하나였다고 한다.(사진: 위키미디어.
ⓒ 성일한)

고구려 보덕화상(普德和尙)이 창건한 암자로
'물왕이절', '무량이절'로 불렸던 것을 한자로
수왕사라 하였다. 물 중의 왕이라 하여 전통
주를 공부하는 사람에게 널리 알려진 사찰
이다.

백제 법왕 원년(599년)에 창건되었으며, 이후
통일신라의 진표율사(眞表律師)가 미륵사찰
로 중창하면서 대사찰의 면모를 갖추게 되었
다. 후삼국시대 후백제의 군주 견훤이 아들
신검 등에 의해 금산사에 유폐되었다가 탈출
하여 왕건에게 투항한 사건이 역사책에 등장
하면서 세인에게 널리 알려졌다.(사진: 위키미
디어, ⓒ 한국불교문화사업단)

무등산
無等山

광주광역시, 전남 화순군, 담양군에 걸쳐 있는 해발 1,187m의 산. 등급이 없는 산이라는 뜻이다. 삼국시대에는 광주를 무주, 무진주라 하여 '무악' 또는 '무진악'으로 불렸고, 고려 때는 성스러운 돌이 있는 산이라 하여 '서석산'이라 했다. 또한 예부터 무속인들이 많이 찾는 산이라 하여 '무당산' 등으로도 불렸다가 1972년 도립공원 지정 때 무당들을 일제히 정리하면서 무당산 이름도 사라졌다고 한다.

서석대에서 바라본 정상(인왕봉, 지왕봉, 천왕봉)

무등산 미소

등급을 매길 수 없다 함은
높고 낮음도 없고
크고 작음도 없음이니
차이·차별 없는 완전 평등이리라

산 아래 빛고을마을
수천, 수만 년 동안
인간 세상 질곡
말없이 내려다보았겠지

인간이 만든 그대의 이름
다름과 차이 없는 세상
무슨 의미가 있을지
천왕봉은 그저 미소 짓고 있네

_ 2021. 12. 5. 일

96

서석대 표지석에서 내려다본 광주 시내

〈디지털광주문화대전〉에는 이성계가 조선을 개국할 때 여러 산신이 축하하였는데 무등산 산신만은 불참하였다고 하여 이성계가 등수에도 끼워주지 않아 무등이 되었다는 전설과 이성계의 명에 불복한 무등산을 '무정산(無情山)'이라 불렀다는 전설이 있다고 소개한다. 또한 광주의 옛 이름인 무들(물이 많은 들판인 물들에서 무들로 변함)을 음차하면서 뜻이 좋은 이름을 위해 불교 용어 무등을 차용했을 가능성이 있다는 설도 있다. 군사시설로 통제된 정상 3봉(천왕봉, 지왕봉, 인왕봉)이 아쉽지만 분단의 현실에서 어쩔 수 없이 받아들여야 할 일이다.

장불재, 서석대와 정상이 보인다.

장불재 또는 장불치(長佛峙, 919m)는 긴 골 또는 장(長)골 위에 있는 고개라 하여 장골재라고 했는데 인근에 장불사(長佛寺)가 생기고 나서 장불재 또는 장불치라고 불렀을 것으로 추정한다.

무등산 삼대 석경(石景)

약 8,500만 년 전에 형성된 주상절리(柱狀節理, 돌기둥)가 무등산 곳곳에 있는데 그중 가장 대표적인 서석대(瑞石臺), 입석대(立石臺), 광석대(廣石臺) 세 주상절리를 삼대 석경이라고 한다. 무등산의 얼굴이라고 할 수 있으며, 2018년 유네스코 세계지질공원 등재의 주인공이다. 입석대, 광석대는 풍화작용이 심해 돌기둥형이고 서석대는 병풍형이라고 하며 광석대의 규모가 가장 크다고 한다. 해발 1,000m 고산지대의 주상절리는 무등산이 유일하다고 한다. 이 중 저녁노을 햇살에 반사되면 수정처럼 반짝거리기 때문에 수정병풍이라 불렸고, 옛날에 무등산이 서석산이라 불린 연유가 된 서석대가 가장 유명하다. 광석대 아래 규봉암(圭峯庵)을 보지 않고 무등산을 보았다고 하지 말라는 말이 있다.

광석대 아래 있는 규봉암의 가을 풍경(사진: 셔터스톡)

(왼쪽부터) 또 다른 주상절리, 능선암(陵線巖, 920m), 낙타봉(930m)

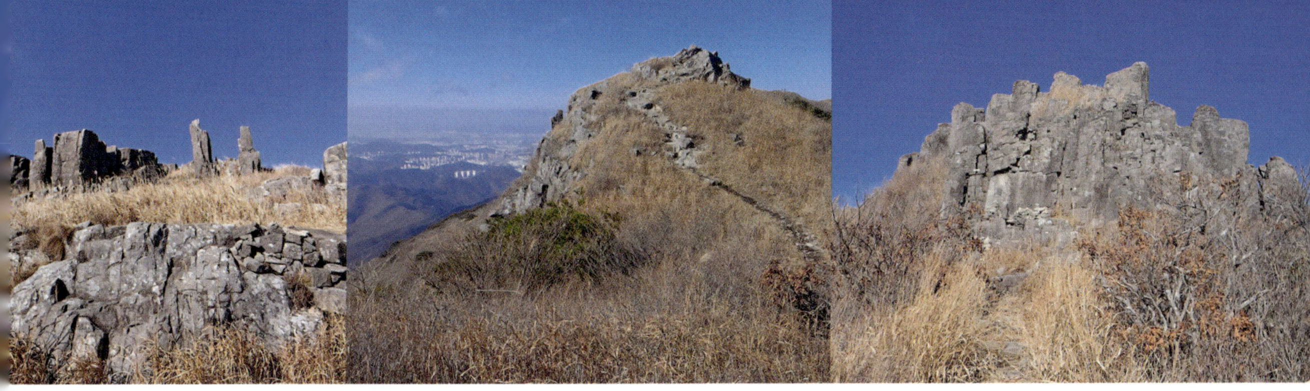

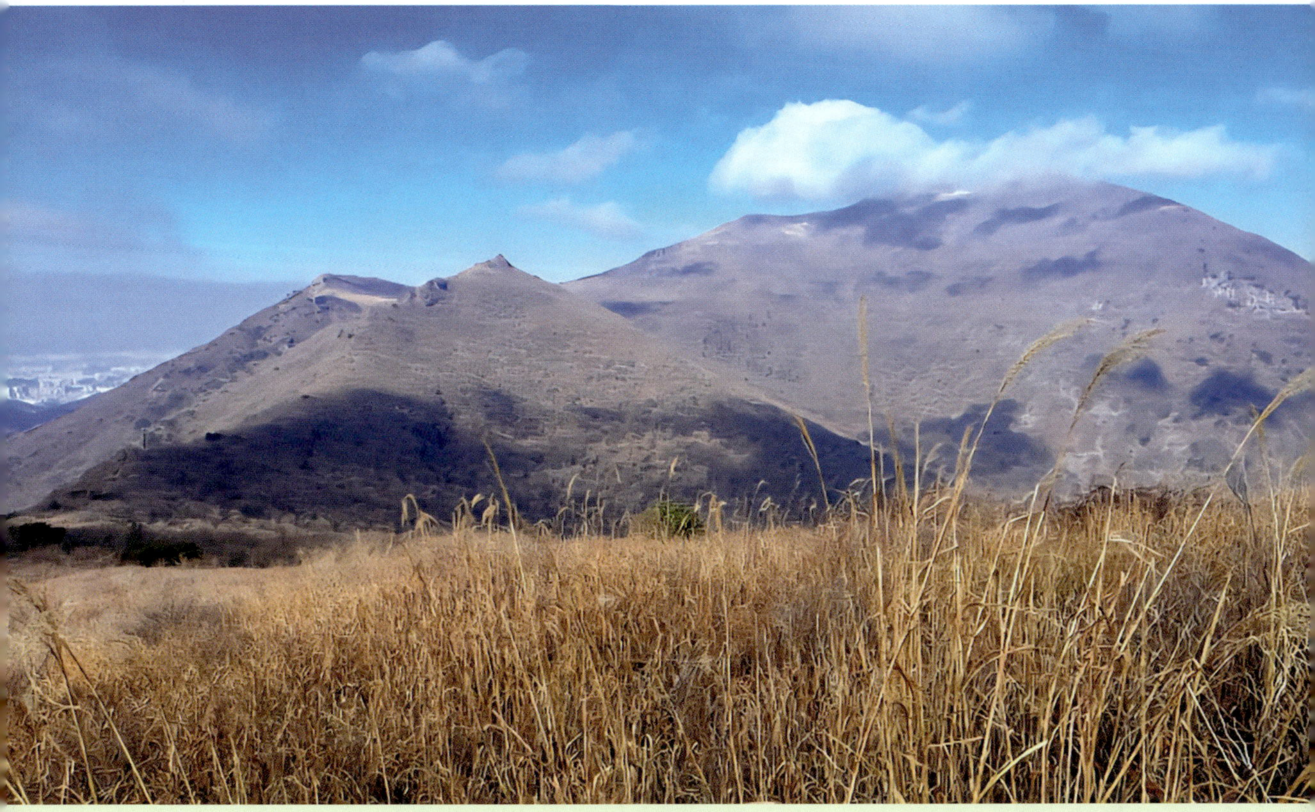

안양산에서 바라본 주 능선과 정상

안양산(安養山, 853m)은 무등산 남쪽에 위치하며, 이름은 겨울에도 따뜻하여 초목이 잘 자란다는 뜻에서 유래했다고 한다.

민주지산
珉(岷)周之山

충북 영동군, 전북 무주군, 경북 김천시 등 삼도(三道)에 걸쳐 있는 해발 1,241m의 산. 〈대동여지도〉 등 고문헌에 '백운산(白雲山)'으로 표기되어 있는 산이며, 원래 지역 주민들은 '민두름산(밋밋한 산)'이라고 불렀다고 한다. 일제 때 한자로 음차하면서 두름에 대응하여 두루 주(周) 자를 따고 산이름 민(岷) 또는 옥돌 민(珉) 자를 사용, 민두름을 '민주지(珉周之)'라 명명하였다고 한다. 따라서 세인들이 생각하는 민주주의와는 아무런 상관이 없다.

전망대에서 바라본 민주지산 정상과 그 뒤로 석기봉

화합의 민주지산

눈 내린 민두름산
참선의 마음으로
하얀 능선길 홀로 걷는다

바람도 잠든 세상
눈 밟는 소리마저 아쉬운
고요의 바다에 빠지고 싶다

봉우리 봉우리마다
펼쳐주는 온 누리 세상
고요함을 잠재우고

삼도봉 세찬 바람
어리석은 산객에게
화합의 세상을 일깨운다

_ 2021. 1. 31. 일

▶ 각호산에서

각호산(角虎山, 1,202m)은 옛날 옛날에 이곳에 뿔 달린 호랑이가 살고 있었다 하여 뿔 각(角)과 범 호(虎) 자를 합친 이름이라고 한다.

▶ 도마령〔道(刀)馬嶺, 800m〕

말을 키우던 마을의 고개라는 뜻, 또는 칼을 찬 장수가 말을 타고 넘던 고개라 하여 길 도(道) 또는 칼 도(刀) 자를 사용하여 붙인 이름이라고 한다.

▶ 석기봉에서 바라본 삼도봉

▼ 정상에서, 덕유산 방향

민주지산은 최고봉보다 백두대간 능선에 위치한 3도(三道)가 만나는 삼도봉(三道峯, 1,176m)과 국내 최대 원시림 중 한 곳인 물한계곡이 일반인에게 널리 알려져 있다지만 정상에서 바라보는 조망이 압권이다. 1998년 4월 제5공수 특전여단이 이곳에서 천리행군 훈련을 하던 중 혹독한 기상 이변으로 저체온증과 탈수 현상으로 6명의 장병이 순직한 참사가 일어나 세인의 안타까움을 자아냈는데 산 아래 물한계곡 입구에 위령비가 세워져 있다.

방장산
方丈山

전북 정읍시, 고창군과 전남 장성군 경계에 위치한 해발 734m의 산. 산세가 깊고 험하여 예부터 도적 떼가 많았다고 하며, '방등산'이라고 불렀다가 근래 들어 산이 넓고 커서 백성을 감싸준다는 뜻으로 방장산이라 고쳐 부르게 되었다고 한다.

정상 조망, 봉수대와 쓰리봉(734m)이 보인다.

꿈꾸는 방장산

꿈을 꾼다
각본 같은 세상
꽉 막힌 답답함
푸른 억새봉 활공장에서
자유의 날개짓을

꿈을 꾼다
이기적인 세상
소원해진 부부애
방등산가 노랫가락으로
영원한 사랑을

꿈을 꾼다
어지러운 세상
고통받는 만백성
크고 넓은 그대 품에서
고요한 안식을

_ 2021. 8. 15. 일

▶ 양고살재(楊古殺岾)

고창읍 석정리와 장성 죽청리를 넘나드는 고개로 1636년 병자호란 때 박의(朴義) 장군이 청나라 태조 누루하치의 사위 양고리(楊古利)를 사살한 기념으로 붙인 고개 이름이라고 한다.

▶ 봉수대에서

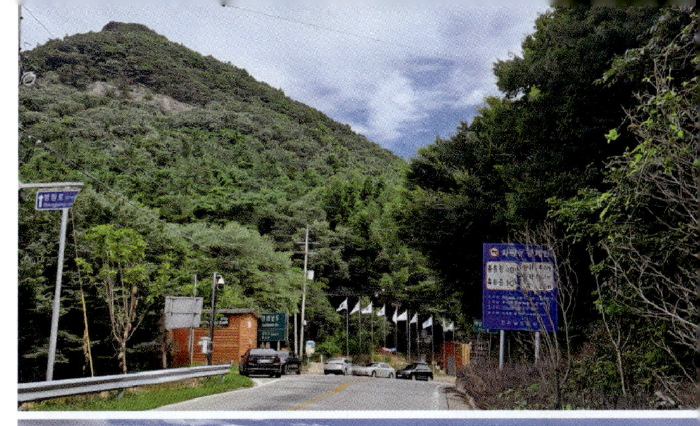

방장산은 호남 삼신산(三神山) 중 하나라고 알려져 있다. 삼신산은 지리산, 무등산, 방장산이라는 설과 방장산, 정읍 영주산(두승산), 변산(봉래산)이라는 설이 있는데 어쨌든 방장산은 삼신산에 속해 있다. 《고려사》 〈악지〉에 다섯 편의 백제가요 중 '방등산곡(方登山曲)'이 전해지는데 도적 떼에게 잡혀간 여인이 자기를 구하러 오지 않는 남편을 애통해한다는 내용으로 가사는 남아 있지 않다고 한다.

▶ 벽오봉(640m)

우리나라 최고의 명당자리라고 하여 풍수지리를 배우는 사람들은 이곳을 반드시 찾는다고 한다.

▼ 패러글라이딩 활강장에서 조망하다.

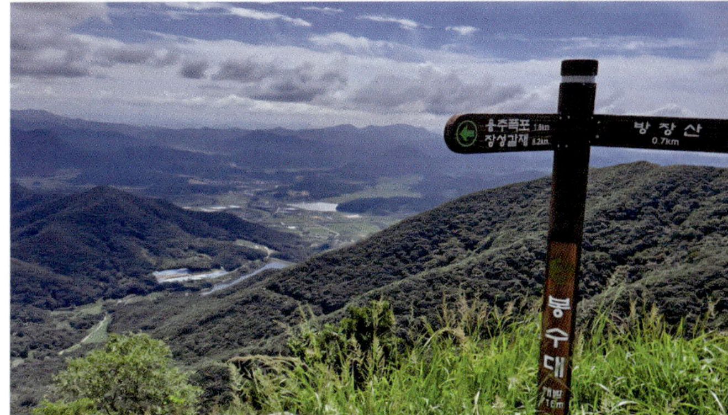

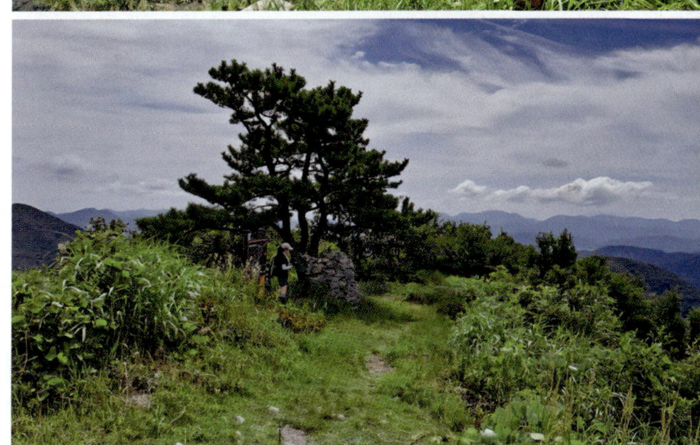

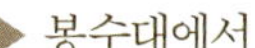

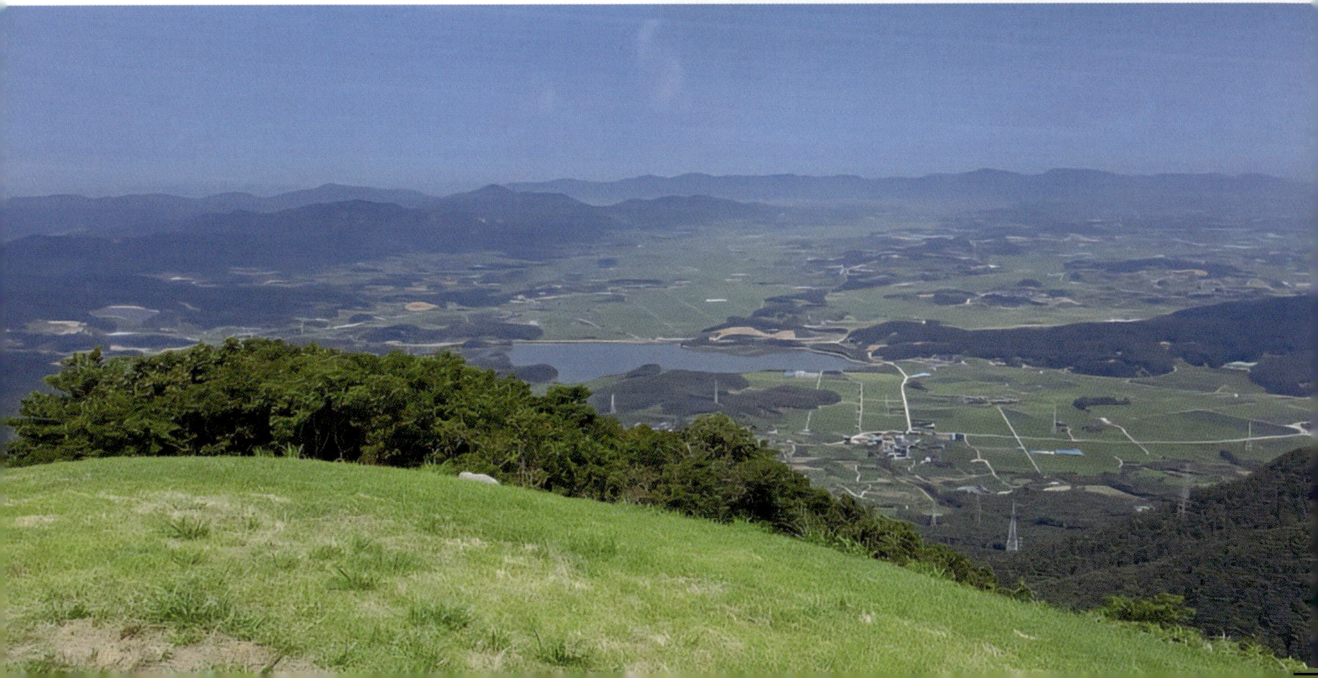

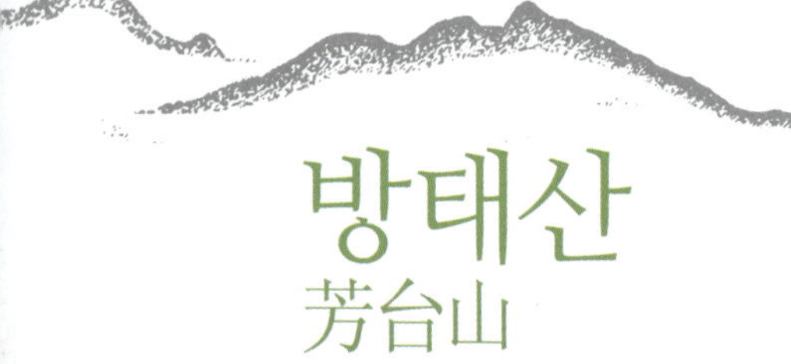

방태산
芳台山

강원 인제군과 홍천군 경계에 위치한 해발 1,444m의 산. 1916년 행정구역 통폐합으로 방동(芳洞)과 동리(東里)를 병합하여 방동리라고 했는데 원래 방동의 방(芳)과 주변에서 가장 높은 정상에 평평한 곳이 있다고 해서 대(臺) 자를 합쳐 '방대산'이 되었고, 이후 대(臺)가 태(台)로 바뀌어 방태산으로 불리게 된 것이라는 주장이 있다. 산 정상은 그 모습이 마치 주걱처럼 생겼다고 해서 주걱봉으로 불리다가 주억봉으로 바뀌었다고 한다.

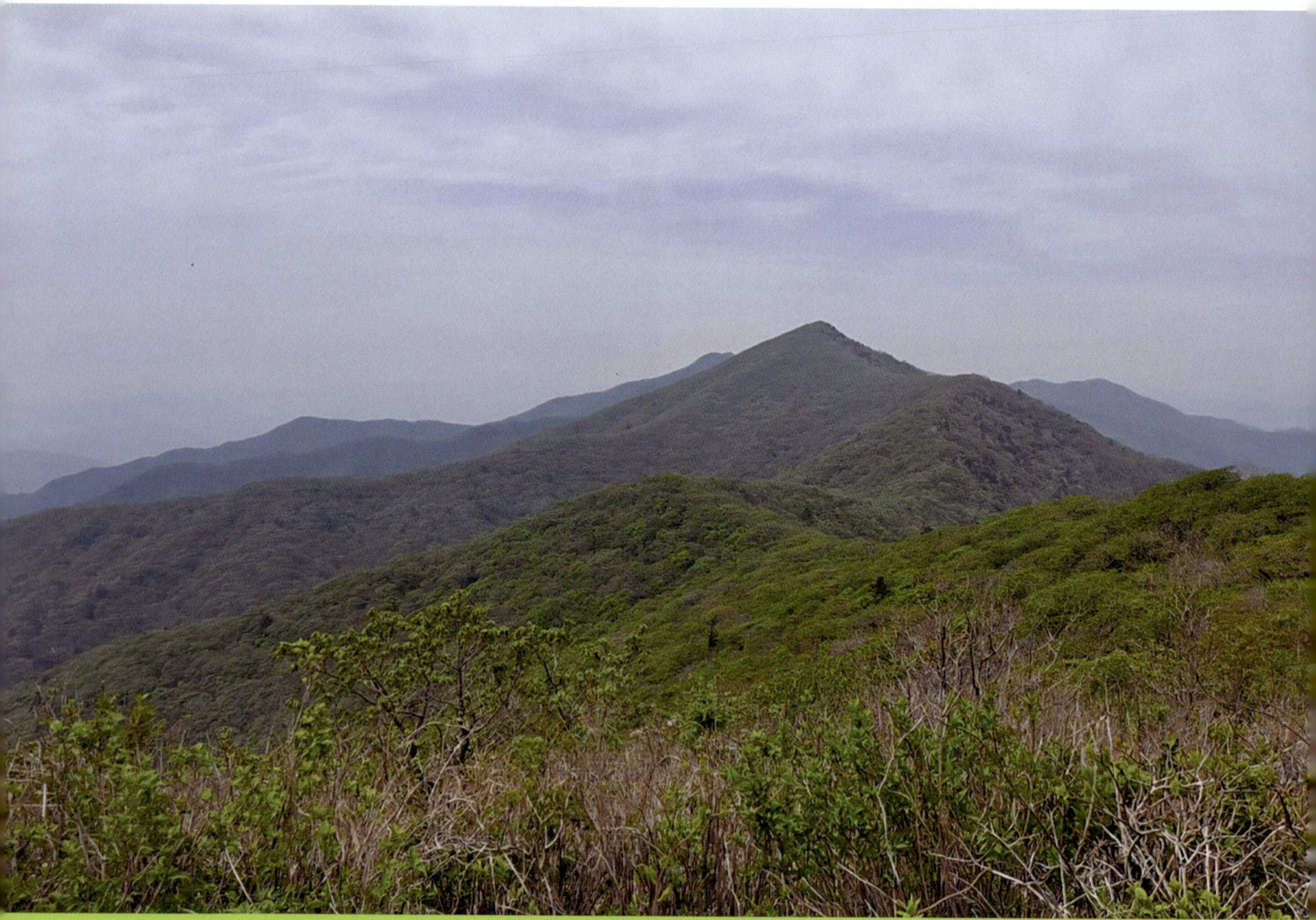

구룡덕봉에서 바라본 주억봉

방태산

구릉지 밀림 같은 산허리
수억 년 전 운석의 흔적
저당골 수십 갈래 물줄기
적가리폭포와 소를 만드네

급경사 구간 힘겹게 오르면
겨우내 움츠렸던 산중 평원
곰취 참취 봄나물 지천이고
얼레지 금강나리 구룡덕봉 화원이네

고고한 주억봉을 중심으로
설악산, 오대산, 응복산이 감싸고
북한강, 소양호가 휘감고 있으니
삼재불입지처 허언이 아니로구나

_ 2021. 5. 23. 일

▲ 정상 가는 길, 운무 속 고개 내민 설악산

▲ 정상에서 바라본 구룡덕봉과 주 능선

방태산은 《정감록》에서 피장처(避藏處), 삼재불입지처(三災不入地處. 물, 불, 바람 3가지 재난이 들지 않는 곳)로 꼽은 '삼둔 사가리'이며, 거주하는 사람도 거의 없을 정도의 첩첩산중 오지(奧地) 중의 오지로서 우리나라 원시 생태환경을 지닌 최대 자연림 지역 중 하나라고 한다. 방태산은 주위의 설악산, 오대산, 점봉산 등과 같은 유명 산의 명성에 가려 잘 알려지지 않았고, 역사지리지에도 나오지 않으며 임진왜란 및 6.25전쟁 때도 피해를 입지 않았을 정도로 오지이다.

구룡덕봉(九龍德峯, 1,388m)은 방태산 최고봉 주억봉 서쪽에 위치한다. 예전에 군부대가 주둔했는데 1994년에 군부대가 이전하면서 개방되었고 현재 산림복원 중이다. 정상 주위에 나무 데크 전망대가 여러 곳 설치되어 있으며 오대산, 설악산, 점봉산, 가리산 등이 조망된다.

적가리계곡

방태산에는 3둔(屯) 4가리가 유명하다. '둔'은 평평한 산기슭이라는 뜻으로 홍천군 내면 미산리에 있는 살둔(생둔), 월둔, 달둔이고, '가리'는 경작지가 있는 계곡이라는 뜻으로 아침가리, 적가리, 연가리, 명지가리가 있다. 이 중에 아침가리와 적가리가 대표적이고 아침가리는 조경동(朝耕洞)이라고도 하는데 워낙 깊은 계곡이라 해가 빨리 떨어져서 아침 일찍부터 밭일을 해야 된다는 의미 또는 아침나절만 밭 갈 정도밖에 안 되는 좁은 골짜기라는 뜻이 있다고 한다.

백덕산
白德山

강원 영월군 무릉도원면과 평창군 평창읍 경계에 위치한 해발 1,350m의 산. 겨우내 내린 눈이 늦봄까지 산봉우리를 덕스럽게 덮고 있다 하여, 또는 흰 구름(白雲)이 뒤덮인 산정의 경관이 아름답다고 하여 흰 백(白)에 큰 덕(德) 자를 붙여 백덕산이라고 하였다고 전한다. 백덕산 명칭에서도 알 수 있듯 겨울 눈 산행이 유명하다.

운무에 싸인 백덕산 정상

백덕산 노래

하얀 눈 덕스러운 정상을 바라보니
동서남북 재물 가득한 사재산이로구나
발원된 물줄기 평창강, 주천강 이루고
쉬리, 피라미 노는 모습 정겹다

인적 드문 문재길을 오르면
화려한 기암괴석 무슨 소용이랴
재잘대는 산새들 합창 소리 흥겹고
때 늦은 큰앵초, 쥐오줌풀 내음 싱그럽다

암릉 위 우뚝 솟은 정상에 서서
운무에 잠긴 고봉준령 아쉬워 마라
하늘 아래 서로 엉켜 함께하니
가리왕산, 청옥산 그곳이 이곳이라

_ 2021. 5. 22. 토

▲ 정상에서 바라본 산그리메

백덕산은 예부터 4가지 재물, 즉 동쪽 옻나무(동칠-東漆), 서쪽 산삼(서삼-西蔘) 그리고 흉년에 먹는다는 흙이 남(남토-南土)과 북(북토-北土)에 있다고 하여 사재산(四財山)이라고도 한다.

▲ 겨울의 법흥사

불가(佛家)에서는 백덕산 아래 남서쪽 기슭에 있는 법흥사(法興寺)가 신라 불교 구문선산(九門禪山)의 하나인 사자산파 본산이라 하여 백덕산을 사자산으로 불리기도 하였으나 현재는 법흥사 뒤쪽에 별개의 사자산(獅子山, 1,120m)이 있다. 법흥사는 우리나라 5대 적멸보궁(寂滅寶宮) 중 한 곳이다.(사진: 셔터스톡)

▲ 백덕산 명물 서울대나무

정상에 오르는 방향에서는 N자 모습이 서울대 로고와 비슷하다 해서 서울대나무라 하며, 정상에서 하산하는 방향에서는 W자로 보인다.

▶ 백덕산계곡

백암산
白岩山

내장산국립공원에 속한 해발 741m의 산. 전북 순창군과 정읍시, 전남 장성군에 걸쳐 있으며 산 아래에서 바라보면 산 중턱에 학이 날개를 편 듯한 하얀 바위가 가파르게 솟아 있는데 이를 백학봉(白鶴峯, 651m)이라 하면서 산 이름도 흰 백(白)에 바위 암(岩) 자를 합쳐 백암산이라 하였다고 전한다. 산 아래 천년 고찰 백양사와 관련해서 백양산으로 불리기도 하였다고 한다.

쌍계루와 백학봉

백암산 만추(滿秋)

상왕봉 아래 약수동 계곡
노랑·빨강 물감이 뿌려졌다.
팔레트 물감의 향연
알록달록 산새들도 신이 났다.

재잘재잘 뽀로롱 뽀로롱
흥겨운 노랫가락 뽐내고
산새들도 합창 가락
낙엽 실은 계곡물
이리저리 춤사위를 자랑한다.

신이 난 산신령 휘파람 소리
산꾼마저 흥겨움에 빨려들고
하나 둘 셋 가벼운 세 박자 장단
공중돌기 5회전 시전 중인
물감 들인 낙엽과 춤을 춘다.

_ 2021. 11. 14. 일

▲ 사자봉(723m)에서 바라본 (앞에서부터) 도집봉, 가인봉 그리고 장성호

백암산은 봄이 되면 천연기념물로 지정된 비자나무 숲의 신록이 절경이라 하여 봄은 백암산, 단풍이 유명한 내장산은 가을이라는 말이 생겨났다고 한다. 백암 산도 가을 단풍이 내장산 못지않게 절경인데 특히 가을에 물든 단풍과 함께 백 양사 아래 쌍계루(雙溪樓) 누각과 연못 그리고 백양사 뒤에 우뚝 솟은 거대한 암 봉 백학봉의 조화가 환상적이라 백암산 제1의 절경이 아닐까 한다.

▲ 구암사(龜巖寺)

▲ 백양사에서 바라본 백학봉

백제 무왕 37년(636년) 숭제선사가 창건한 절이다. 동쪽에 수거북 모양의 바위, 대웅전 아래에 암거북 모양의 바위가 있어 구암사라 하였고, 절 뒤쪽 산을 영구 산(靈龜山)이라 불렀다고 한다. 구암사에는 보물 《월인석보》가 소장되어 있다고 전한다.

백양사(白羊寺)는 백제 무왕 33년(632년) 여환이 창건 하여 백암사라고 불렀는데 조선 선조 때 환양이 백 학봉(학바위) 아래에서 제자들에게 설법하고 있을 때 백양 한 마리가 이를 듣고 깨우침을 얻어 눈물을 흘 렸고 이에 백양사가 되었다는 전설이 있다.

▼ 호수와 단풍

광양 백운산
白雲山

전남 광양시에 위치한 해발 1,222m의 산. 호남정맥이 마무리되고, 지리산 노고단 다음으로 전남에서 높은 산이며, 《세종실록지리지》에서는 '백계산(白鷄山)'으로 기록되어 있다. 봉황, 돼지, 여우 등 세 가지 동물의 신령한 기운을 간직한 산이라 한다.

신선대에서 바라본 정상 상봉과 그 뒤로 노랭이봉

백운산 흰 구름 되어

산정에 걸린 흰 구름
저기 신선대 흰 구름
어디서 왔다가
촉촉한 이슬 뿌리고
어디로 가는가?

다가서면 달아나는
저기 저 흰 구름
나도 흰 구름 되어
유유자적 둥실둥실
자유로운 영혼이고 싶다

_ 2021. 12. 11. 토

정상석 뒤로 신선대, 따리봉, 지리산 주 능선이 보인다.

백운산이 섬진강을 사이에 두고 지리산과 마주하여 서 있는 모습이 마치 하얀 닭이 두 발을 딛고 날개를 펼쳐 북쪽을 향해 날아오르는 형국이라 해서 '백계산'이라 불렸다고 한다. 이후 산정에 가끔 안개가 피어오르면서 마치 구름 위에 있는 듯한 느낌을 주는데 이 모습에 흰 구름이 머무는 산 백운산이라 하였고, 정상 능선의 암봉은 신선들이 내려와 놀던 곳이라 하여 신선대(神仙臺)라 하였다고 전한다. 백운산은 유명세가 없어 산객들 인적이 드물었던 영향인지는 모르겠지만 원시림이 울창하여 성불계곡, 동곡계곡, 어치계곡, 금천계곡 등 4대 계곡이 있으며 동곡계곡은 길이 10km가 넘는다고 한다. 또한 900여 종의 희귀식물이 자생하고 있고 고로쇠가 유명하다.

▲ 신선대에서 바라본 지리산 주 능선

신선대(神仙臺, 1,198m) 암봉 정상에서 바라본 경치가 너무 좋아 신선들이 이곳에 내려와 놀던 곳이라고 하여 신선대라 불렸다고 하며, 산 아래 동곡마을 사람들은 바위가 장롱같이 생겨 농바구(바구는 바위의 사투리)라 부른다고 한다.

▶ 억불봉(億佛峯, 1,008m)

정상 아래 동굴이 있어 엄굴산(嚴窟山)이라 했고 억불봉으로 바뀌었다고 하는데 이유는 알 수 없다. 하동 사람들은 정상이 소쿠리를 뒤집어 놓은 것 같다고 하여 '소쿠리산'으로 부른다고 한다.

영월 백운산
白雲山

강원 정선군과 평창군에 걸쳐 위치한 해발 882.4m의 산. 지역 주민들은 '배비랑산' 또는 '배구랑산'이라 부르기도 한다. 산정에 흰 구름이 늘 끼어 있다고 해서 백운산이라 하였고 산 아래에는 굽이굽이 휘도는 동강을 품고 있다.

산 아래 굽이굽이 휘도는 동강

동강 백운산

완만한 흙무덤
직벽 기암괴석 두 얼굴
태고의 신비 동강 수호자
높은 골짜기 배구랑산

기암단애 병풍 아래
굽이굽이 휘몰아치는
검푸른 동강 물결
청룡의 거대한 용틀임

새벽녘 물보라 헤치는
줄 나룻배 늙은 사공
정선아리랑 콧노래 소리
흰 구름산 신선을 깨우네

_ 2020. 3. 29. 일

▶ 백운산 정상

생태보전지역으로 지정된 동강 유역의 중간 지점에 위치한 백운산 절벽 기슭에는 강원고생대국가지질공원의 일부이자 천연기념물 제60호인 석회암 동굴 백룡동굴이 있다. 또 능선 부근에는 삼국시대에 축성된 것으로 보이는 산성 흔적이 있다. 고구려와 신라가 서로 한강 유역을 차지하기 위해 축성한 것으로 알려져 있고, 인근에 있는 고성산성과 비슷한 시기에 축성되었을 것으로 추측된다는 안내문이 있다.

▲ 칠족령에서 바라본 동강

▲ 암벽 구간에 핀 동강할미꽃

옛날 옻칠을 하며 살아가는 가난한 선비가 있었는데, 어느 날 선비집의 개가 발에 옻 칠갑을 하고 고개로 도망을 쳤다. 선비가 그 발자국을 따라 가보니 그 고개의 멋진 풍경이 장관이었다고 하여 옻 칠(漆)과 발 족(足) 자를 붙여 칠족령(漆足嶺)이라 했다는 전설이 있다. 칠족령 전망대에서 바라본 동강! '태고의 신비, 천혜의 비경' 최고의 조망을 선물한다.

북한산
北漢山

서울 강북구와 경기 고양시에 걸쳐 있는 해발 835.6m의 산. 서울의 옛 이름인 한성(漢城)의 북쪽에 있는 산이라 하여 북한산이 되었다. 정상에 백운대(白雲臺, 835.6m), 인수봉(仁壽峯, 811.1m), 만경대(萬景臺, 800.6m)가 삼각으로 놓여 있어 '삼각산(三角山)' 또는 '삼봉산(三峯山)'이라고도 했고 도읍지의 진산이라는 뜻으로 화산(華山)이라고도 했으며 삼국시대 때는 산세가 아이를 업고 있는 형상이라 하여 '부아악(負兒岳)'으로 불렸다고 한다.

문수봉 능선에서 바라본 북한산 정상

북한산

그냥 산이 아니다
수많은 범인들이
희로애락 함께 나누고
삶의 활력을 충전하는
넌 우리네 생활 도량(道場)이다

그냥 산이 아니다
수천만 시민들이
공유하는 휴식처이고
정성으로 가꾸는
넌 우리네 도시 정원(庭園)이다

그냥 산이 아니다
오천 년 살아 숨 쉬는
우리 겨레의 혼이고
나라의 흥망성쇠 함께한
넌 역사의 산증인이다

_ 2022. 9. 10. 토

정상에서, 인수봉 그 뒤로 도봉산 오봉과 자운봉 등이 보인다.

북한산은 조선 숙종 때(1711년)에 축성된 북한산성, 진흥왕 순수비 터, 신라 도선대사가 창건한 도선사 등 수많은 문화재가 전해지며 거대한 암릉 능선과 봉우리 및 계곡 등으로 시민들의 사랑을 받고 있다. 특히 산악인들의 암벽 릿지 본산이라 할 수 있으며 1983년 국립공원, 2003년 명승으로 지정되었다.

영봉능선에서 바라본 인수봉과 백운대, 만경대

정상 백운대는 산정에 흰 구름이 머무는 누대(樓臺)라 하여 붙인 이름일 것이라고 이해가 되는데 인수봉에 대해서는 유래를 찾기가 어렵다. 일부 호사가들 중에는 백운대는 태조 이성계를 의미하고 제2봉인 인수봉은 조선 개국의 최대 공신인 아들 이방원을 의미하는 봉우리일 것이라고 평하는 사람도 있다. 한양에 이방원과 관련된 인수궁과 인수부가 있었다고 하면서…. 한편 만경대는 만 가지 경치를 품은 누대라는 의미를 가진 봉우리로 정상 백운대, 인수봉과 함께 삼봉산, 삼각산으로 불렸다. 암벽 릿지하는 산악인들이 인수봉과 같이 많이 찾는 곳이며 일부는 출입이 통제되어 있다.

◀ 정상에서 바라본 노적봉, 의상능선과 그 너머 문수봉

노적봉(露積峯, 716m)에는 임진왜란 때 왜군에 패한 조명연합군이 북한산에 머물 때 밥할머니가 봉우리 위에 있는 노적가리는 곡식 더미이고 계곡 흐린 물은 쌀 씻은 물이며 산 위로 나는 연기는 밥을 짓는 연기라고 왜군을 속여 왜군을 패퇴시키고 북한산을 탈출했다는 전설이 있다.

◀ 족두리봉(370m)

멀리서 보면 마치 족두리를 쓴 모습과 같다고 하여 붙인 이름이며, 또한 독수리의 머리처럼 보인다 하여 수리봉, 인수봉을 닮았다고 작은 인수봉으로 부르기도 한다. 북쪽으로 경기 5악의 한 곳인 개성 송악산(松岳山, 488m)으로 판단되는 곳도 조망된다.(사진: ⓒ 지성사)

▼ 비봉 정상에서, 거북바위와 문수봉

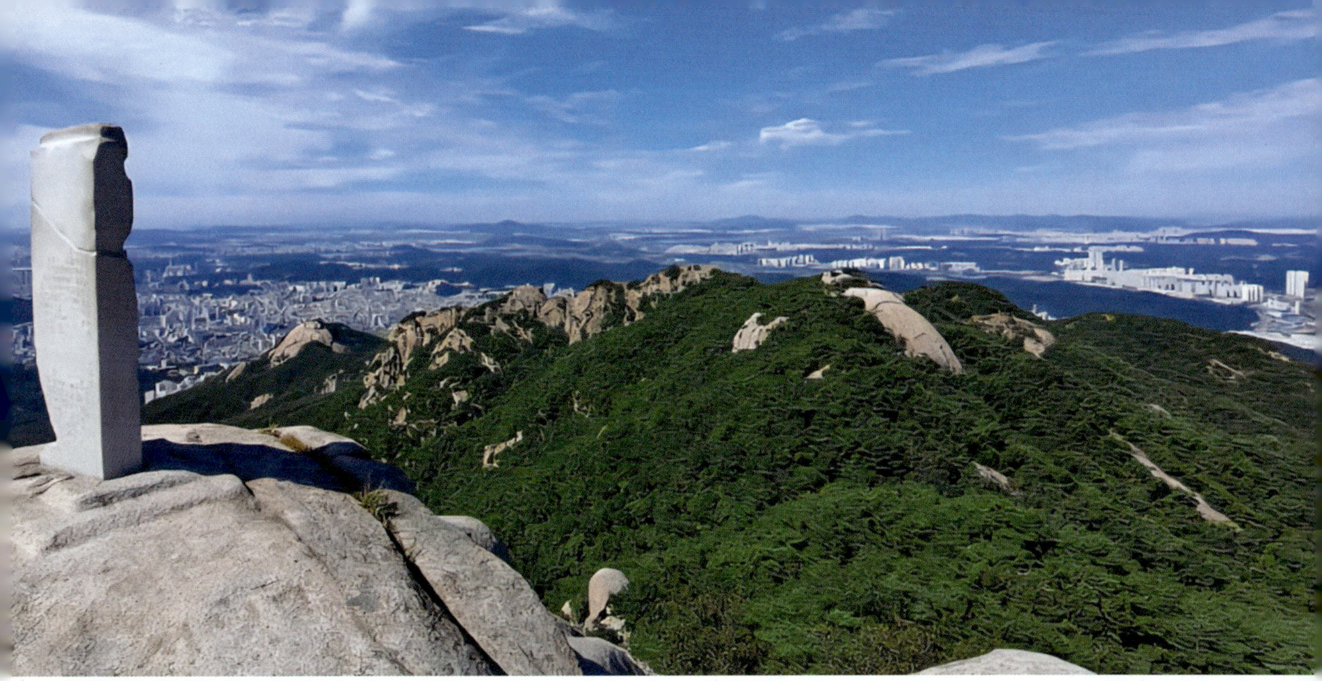

비봉(碑峯, 560m)

신라 진흥왕이 영토 확장을 하면서 주요 전략 요충지 등에 세운 4곳의 순수비 중 하나를 이곳에 세웠다고 해서 비봉이 되었다고 한다. 비봉 정상에 오르려면 다소 위험을 감수하고 암벽 릿지를 하여야 한다. 안전장치가 없으면 자칫 수백 미터 아래로 추락할 수가 있다. 바위틈에 몸을 끼워 오르거나 좁은 바위에 나 있는 홈을 손발로 기어서 올라야 한다.

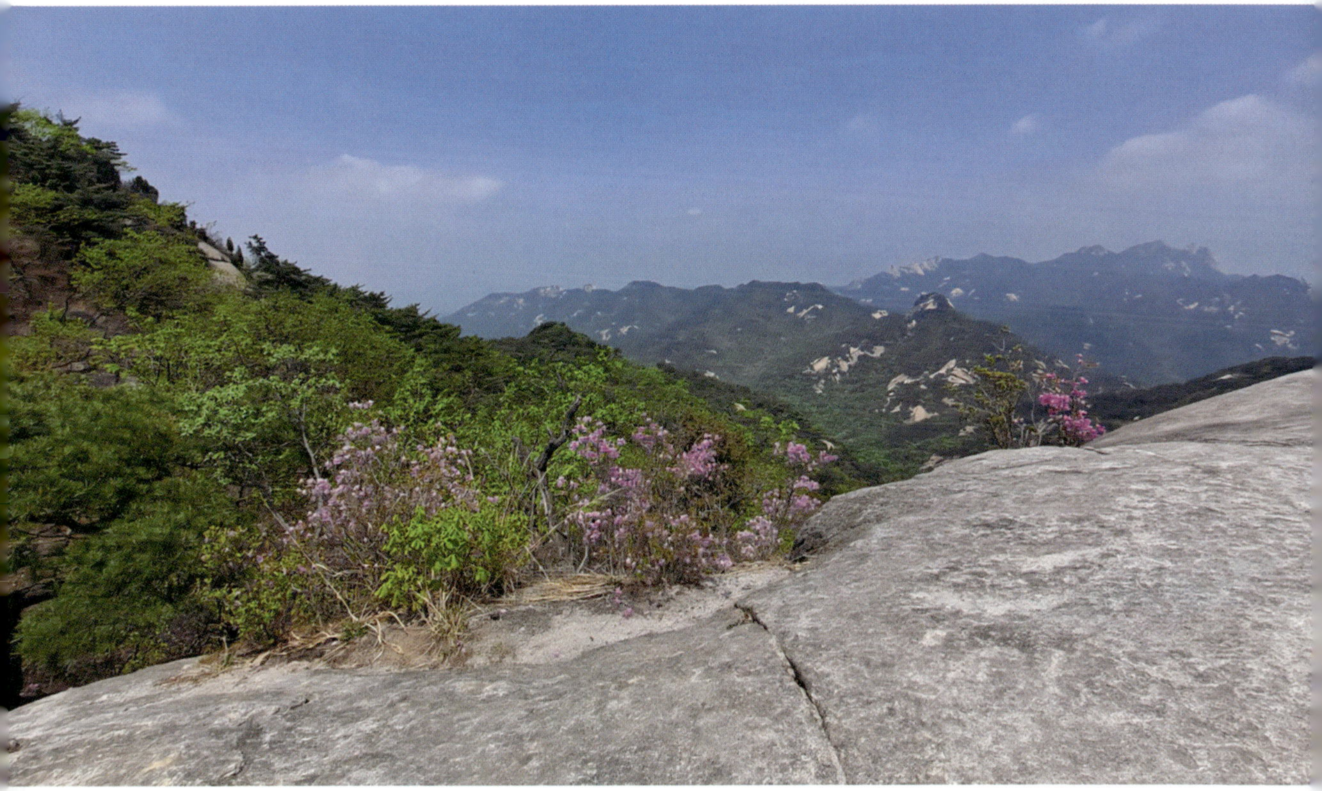

영봉능선에서 바라본 도봉산 마루금

불갑산
佛甲山

전남 영광군과 함평군에 걸쳐 있는 해발 516m의 산. 어머니같이 아늑하다 하여 '모악산'이라 했는데 백제 침류왕 때 인도 고승 마라난타가 백제 최초로 창건한 절의 이름이 불갑사(佛甲寺)라 하여 불갑산이 되었다고 한다.

비 오는 불갑산에서

비구름 벗 삼아 오롯이 홀로
불갑사 산길을 걷는다
빗소리, 멧비둘기 울음소리
이중주 화음으로 반겨주네

자취 감춘 한국호랑이
깊은 흔적만 남기고
불갑산 호령했던 산신령
어느 곳에 있을까?

애절한 사랑 그리웠던 개난초
무리 지어 불갑산 뒤덮고
온 세상 붉게 물들일 상사화
어느 가을에 만날까?

은은한 불갑사 풍경소리
흐트러진 옷매무새 가다듬고
참식나무 염주에 기원 담아
백팔배를 올린다

_ 2021. 5. 16. 일

118

1907년 이곳에서 우리나라 마지막 호랑이가 포획되었다고 하니 나지막한 산이지만 호랑이가 살 만큼 산세가 깊다는 것을 방증하는 듯하다.

2. 9월의 불갑사 꽃무릇

불갑사에는 상사화라고도 불리는 꽃무릇(석산)이 유명하며 고창 선운사, 함평 용천사와 함께 우리나라 3대 꽃무릇(석산) 군락지라고 한다.(사진: ⓒ 지성사)

3. 불갑사

인도 고승 마라난타가 서기 384년(백제 침류왕 원년)에 법성포로 들어와 이곳에 백제 최초의 사찰을 짓고 사찰의 으뜸이 된다는 뜻으로 첫째 갑(甲) 자를 넣어 불갑사라 하였다고 한다.

4. 탑원

불갑사 아래 간다라 지역의 사원 가운데 가장 잘 남아 있는 탁트히바히 사원의 주탑원을 본떠서 조성한 탑원(塔園)이라고 안내판에 적혀 있다. 인도 승려가 백제 최초로 창건한 사찰이 불갑사라고 하니 충분히 이해가 된다. 아름답다.

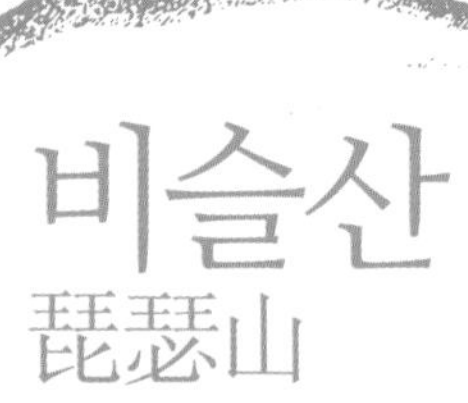

비슬산
琵瑟山

대구 달성군과 경북 청도군, 경남 창녕군 경계의 해발 1,084m의 산. 산의 명칭 유래에 대해서는 여러 설이 있으나, 신선(神仙)이 비파(琵瑟) 타는 모습과 닮았다고 하여 붙인 이름이라고 널리 알려져 있으며, 예전 문헌에는 '포산(苞山, 수목이 덮여 있는 산)', '소슬산(所瑟山)'으로 기록되어 있다고 한다.

비슬산을 오르며

꿈속에서 들렸나 비파 소리 찾아서
번뇌 깊은 몸으로 비슬산을 오른다

유가사 독경 소리 운무에 잠기고
수성골 물소리 땀방울을 식힌다.

참싸리 꽃 환영받아 정상에 오르니
은은한 바람 소리 비파의 소리인가?

정상 한 켠 자리 잡은 천왕봉 아래
고작 한 뼘 인간 세상 발아래 놓인다

알록달록 참꽃 무리 숨어버린 평원
시간의 소중함을 일깨우는구나

만물상에 둘러싸인 대견사 삼층석탑
무엇이 보이는가 화두를 던진다

_ 2021. 7. 4. 일

▶ 조화봉 갈림길에서 바라본 정상

비슬산을 대구에서는 '남비슬', '북팔공'이라 하고 팔공산은 남성미, 비슬산은 여성미를 상징한다고 하며 비슬산은 참꽃(진달래) 군락지로 유명하다. 비슬산 최고봉은 천왕봉(天王峯, 1,084m)이나 예전에는 대견봉(大見峯, 1,034m)이었다 하는데 2014년에 국가지명위원회에서 높이가 확인된 천왕봉으로 변경하였다고 한다. 천왕봉은 비슬산 산신 정성천왕(靜聖天王)이 머무는 곳으로 알려져 있어 기도를 하면 한 가지 소원은 꼭 들어준다는 전설을 간직하고 있다.

▲ 능선 아래 대견사

대견사(大見寺)는 당나라 문종이 절 지을 곳을 찾다가 어느 날 세숫물 받은 대야에서 절 지을 곳을 보았는데 그 터를 중국에서는 찾지 못해 신라로 사람을 보내서 이곳을 찾아 절을 짓게 되었고, 대국에서 본 터라 하여 대견사라 했다는 전설이 있다고 한다. 크게 보고, 크게 느끼고, 크게 깨우친다는 의미에서 대견사라고 했다는 이야기 또한 전하고 있다. 1917년 일제 때 대견사가 폐사되었는데 대웅전이 일본 쪽으로 향해 있어 대마도를 끌어당기고 일본의 기를 꺾는다는 이유로 총독부가 없앴다고 한다.

▲ 유가사(瑜伽寺)

827년(신라 흥덕왕 2년) 도성(道成)이 창건한 절이다. 이 절이 소장한 괘불은 가뭄과 질병, 왜군 침략 때마다 마을 주민들이 찾아가 소원을 빌던 유물이라고 한다. 부속 암자인 수도암(修道庵)은 비구니절, 도성암(道成庵)은 경북 3대 수도처라고 한다.

▲ 조화봉(照華峯, 1,058m)

신라에 있던 당나라 사람들이 고국을 그리워하며 이곳을 바라보니 중국의 모습이 보였다고 해서 비칠 조(照), 빛날 화(華) 자를 사용하여 조화봉이라고 하였다는 전설이 있다. 현재 이 봉우리에는 기상관측 레이더기지가 있다.

121

삼악산
三岳山

강원 춘천시 서면, 신동면에 위치한 해발 654m의 산. 강원도 기념물 제16호이며 주 능선에 최고봉 용화봉(龍華峯, 654m)과 청운봉(靑雲峯, 546m), 등선봉(登仙峯, 632m) 등 3개 암봉이 있다고 해서 붙인 이름이며 '삼학산(三鶴山)'으로도 불렸다고 한다.

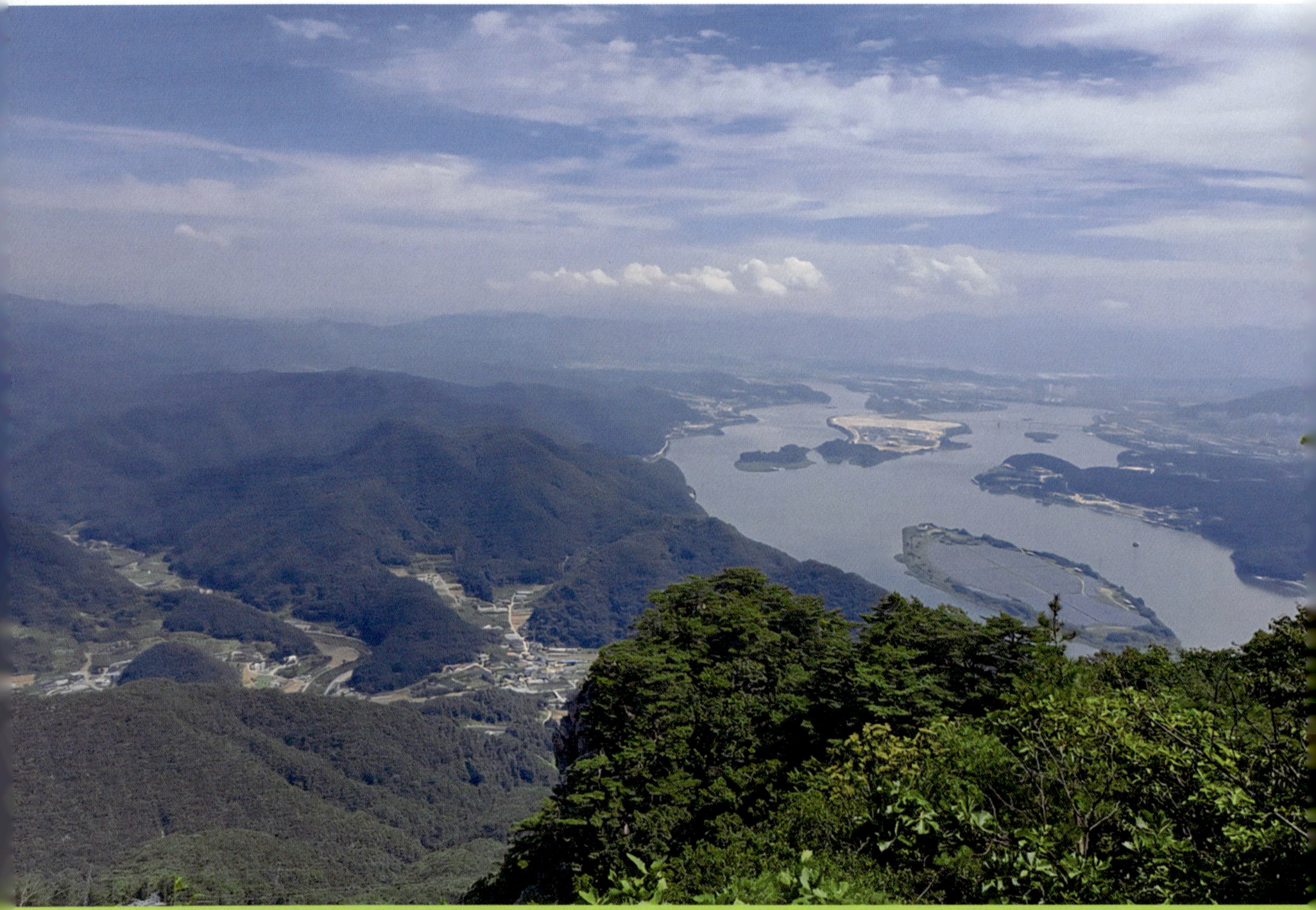

삼악산

하늘 뚫을 용의 기세
암릉 세 봉우리
화악·명지 고봉준령의
호위를 받는구나

억겁의 흔적 기암단애
하늘도 숨을 등선협곡
맥국, 궁예 태봉의
천혜 요새였구나

우뚝 솟은 삼악산 용화봉
휘감아 굽이치는 아리수
의암호 푸른 물결에
비칠 듯 당당하구나

_ 2021. 7. 24. 일

삼악산은 오대산의 웅장함과 설악산의 아름다움을 축소한 듯
한 산이다. 산세가 웅장하거나 크지는 않지만 기암괴석으로 이
루어져 경관이 수려하다. 예부터 험준한 산세를 이용한 천혜의
요새로 이용되어 왔으며 삼국시대 이전의 맥국(貊國)이 쌓았다
는 산성터가 있다. 일부에서는 태봉국을 세운 궁예가 철원에서
왕건에게 패한 후 샘밭 삼한골을 거쳐 이곳에 성을 쌓고 궁궐
을 지어 피신처로 이용했다는 전설이 있다. 또 춘천에서는 삼악
산이 조화를 부린다는 말이 있는데 정상에 검은 구름이 감돌면
옛날에 패망한 맥국의 원한이 검은 구름으로 감돌다가 비바람
을 몰아치게 한다는 전설이다.

오대산 노인봉에서 20여 년간 산장지기를 했던 털보 성량수라
는 분이 오대산에서 쫓겨나 어렵게 살다가 삼악산성터에 산막
을 짓고 이동 양봉을 하였는데 지금은 폐가로 남아 있고, 한 켠
에 노인봉 털보 인생 이야기 책을 소개하는 현수막만 덩그러니
걸려 있다.

선운산 禪雲山

전북 고창군 아산면과 심원면 경계에 있는 해발 336m의 산. 1979년에 도립공원으로 지정되었으며 예전에는 도솔산(兜率山)이라 하였으나 백제 때 창건한 선운사(禪雲寺)가 유명해지면서 선운산으로 이름이 바뀌었다고 하며, 구름 속에서 참선을 한다는 의미를 지니고 있다.

도솔봉과 그 너머 선운사가 있다.

선운산 두 얼굴

선운산 정상 수리봉 가는 길　　　　소리재 지나 천마봉 가는 길
바람도 잠든 무더운 능선길　　　　골바람 시원한 암릉 바윗길
지지배배 찌르르 맴맴맴　　　　　용문골 낙조대 병풍바위
산새 산곤충의 세상일세　　　　　온 세상 기암괴석 천국일세
어찌 그대 산꾼은 어울리지 못하고　어찌 그대 산꾼은 어울리지 못하고
오로지 홀로 걷기만 하는가?　　　오로지 홀로 감탄만 하는가?
하루살이 날파리　　　　　　　　기기묘묘 암릉단애
그대 좋아 귓가에 앵앵거리는데　　그대 좋아 눈가에 펼쳐주는데

　_ 2021. 7. 10. 토

1. 선운산 마애불

이 석불은 약 3,000년 전 검단선사의 진상이라고 하며 석불의 배꼽 속에는 신기한 비결이 들어 있다고 한다. 그 비결이 나오는 날에는 한양이 몰락한다는 말이 자자하였고, 동학농민혁명 직전에 무장 대접주 손화중이 동학 교세를 확장하기 위해 석불의 배꼽 부근에 있던 비결을 꺼냈다는 전설이 있다고 한다.

2. 정상 수리봉을 지나 전망대에서

나지막한 높이에 비해 산세가 수려하고 웅장하다. 화산작용으로 형성된 암석들이 거대한 기암절벽을 이루고 있어 호남의 금강산으로 불린다고 하며 천연기념물 184호 동백나무 숲이 유명하다. 산 이름까지 바꾸게 만든 선운사는 신라 진흥왕이 창건했다는 전설과 백제 위덕왕 때 검단선사가 창건했다는 전설이 있다.

3. 천마봉(天馬峯, 284m)

장군봉이라고도 하며 낙조대와 함께 선운산 최고의 조망을 제공하는 곳으로 산객에게 인기가 높다. 말이 하늘을 날아오르는 형상을 지녔다 해서 천마봉이라 했다고 하는데 일부에서는 동학혁명 때 관군과의 전투에서 말 천 마리가 죽어 이곳에 묻었다고 하여 천마봉이라고 했다는 이야기가 있다.

4. 낙조대에서, 정상 수리봉과 주 능선

5. 용문굴(龍門窟)

선운사 도솔암 인근에 있는 용문굴에 관한 이야기가 전한다. 선운사는 원래 용이 사는 용추라는 연못이었는데 백제의 고승 검단선사가 절을 짓기 위해 숯을 가져와 연못을 메울 때 용추에 있던 용이 도망가면서 뚫린 곳, 즉 용문굴이라는 전설이다. 선운사 창건의 또 다른 설화는 신라 진흥왕이 미륵삼존불의 꿈을 꾼 뒤 왕위를 내려놓고 이곳에 와서 선운사를 창건하고 수도했다는 이야기이다.

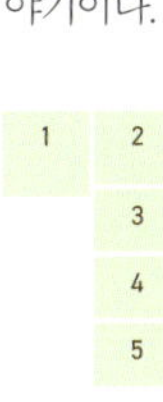

설악산
雪嶽山

강원 속초시, 양양군, 인제군, 고성군에 걸친 해발 1,708.1m의 산. 추석부터 이듬해 하지까지 눈이 쌓여 있다고 해서 설악산이라 하였고 '설산', '설화산', '설봉산' 등으로도 불렸다고 하며, 우리나라에서 세 번째로 높은 산이다. 1965년 천연기념물, 1970년 5번째로 국립공원, 1982년 유네스코 생물권보전지역으로 지정·관리되고 있다.

10월의 설악산, 금강굴 앞에서

설악산 일기(日記)

동해 수평선 위 타오르는 일출
붉은 대지 박차고 흰 구름 뚫을 듯
천상으로 솟은 수직 암릉과 암봉
형용할 수 없는 신비로운 세상

새벽이슬 마신 거대한 공룡
황금빛 여명 속 아홉 마리 황룡
더 넓고 더 높은 이상향 향한
들릴 듯 들리는 듯 포효 소리

새벽 여명 비밀 속살 드러낸
깊은 계곡 맑은 물 폭포와 소
물줄기 따라 펼쳐진 오색 무지개
번뇌 없는 세상 기원하는 마음

푸르디푸른 하늘과 동쪽 바다
저 멀리 아스라이 보이는 산야
운무 걷힌 산정 산나그네 등 뒤
어느새 가득한 황금빛 노을

_ 2025. 9. 27. 토

1. 5월의 설악산, 전망대에서 바라본 오세암

설악산은 공룡능선을 기준으로 내설악, 외설악, 남설악으로 구분한다. 내설악은 서쪽 인제군의 귀때기청봉~대승령~십이선녀계곡을 잇는 서북 능선과 마등령~봉정암~백담사 쪽을, 외설악은 동쪽의 동해에 접한 속초, 양양, 고성 지역에 위치한 대청봉~공룡능선~천불동계곡과 울산바위 쪽을, 남설악은 대청봉 남쪽의 오색~한계령~주전골 쪽을 말하며 탐방 금지 지역으로 지정된 미시령~황철봉~마등령 쪽은 굳이 구분하면 북설악이라고 할 수도 있을 듯하다.

2. 5월의 설악산, 마등봉에서 대청봉, 공룡능선, 용아장성

설악산 최고봉 대청봉(大靑峯, 1,708m)은 '청봉(靑峯)', '봉정(鳳頂)'이라 했는데 정상이 푸르게 보인다 하여 청봉이라 했다고 한다. 이후 설악산 주봉을 대청봉으로, 인근 봉을 중청봉(中靑峯, 1,665m), 끝청봉(1,610m), 소청봉(小靑峯, 1,581m)으로 부르게 되었다.

3. 10월의 설악산, 공룡능선

공룡능선(恐龍稜線)은 생긴 모습이 공룡이 용솟음치는 것처럼 힘차고 장쾌하게 보인다 하여 붙인 이름으로 국립공원 비경 100선 중 제1경이라고 불릴 만큼 아름답고 신비로운 경관을 보여준다.

1
2
3

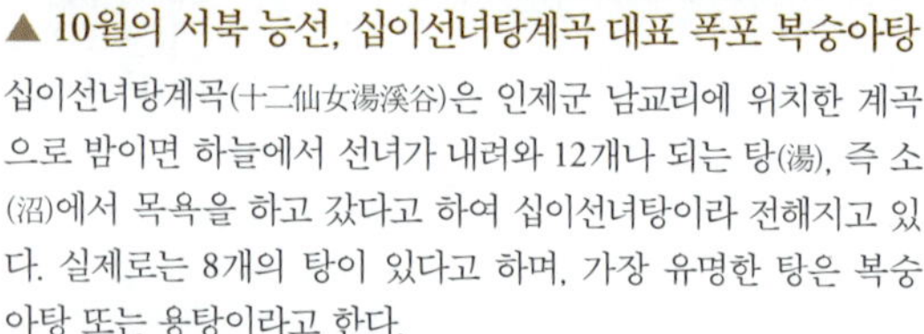

▲ 10월의 서북 능선, 십이선녀탕계곡 대표 폭포 복숭아탕

십이선녀탕계곡(十二仙女湯溪谷)은 인제군 남교리에 위치한 계곡으로 밤이면 하늘에서 선녀가 내려와 12개나 되는 탕(湯), 즉 소(沼)에서 목욕을 하고 갔다고 하여 십이선녀탕이라 전해지고 있다. 실제로는 8개의 탕이 있다고 하며, 가장 유명한 탕은 복숭아탕 또는 용탕이라고 한다.

▲ 10월의 설악산, 천불동계곡 폭포

천불동계곡(千佛洞溪谷)은 설악골계곡이라고도 하는 설악산의 대표 계곡으로 지리산 칠선계곡, 한라산 탐라계곡과 함께 우리나라 3대 계곡이다. 천불동계곡은 대표 폭포인 천불폭포에서 따온 이름이라 한다.

◀ 소청대피소에서 바라본 용아장성

용아장성(龍牙長城)은 용의 이빨처럼 날카로운 9개의 암봉이 연이어 성(城)처럼 길게 둘러쳐져 있다고 하여 붙인 이름이다. 워낙 위험한 지역에 인명 피해도 나는 곳이라 출입 통제구역이다.

▲ 10월의 설악산, 중앙의 가장 높은 하얀 암봉이 금강굴이 있는 장군봉이다.

금강굴(金剛窟, 600m)은 비선대에서 마등령으로 오르는 초입에 위치한 장군봉 해발 600m 지점에 원효대사가 수도했다는 자연 석굴이다. 굴 앞에서 바라본 천불동계곡의 암릉, 암봉 및 단애가 환상적이다.

▼ 10월의 설악산

울릉도 성인봉
聖人峯

우리나라 최동단 경북 울릉군에 있는 해발 986m의 산. 산 모양이 성스럽다 하여 또는 영험한 능력이 있다고 하여 성인봉이라고 불렀다는 설이 있다. 인간의 간섭 등이 거의 없는 곳이라 원시림이 잘 보전되어 있고 섬노루귀, 섬말나리, 섬바디 등 이곳에서만 자생하는 희귀식물이 많다. 특히 한라산, 지리산, 백두산 다음으로 특산 식물이 많은 곳이라 하며 1967년에 천연기념물 189호로 지정되었다.

성인봉 정상석

울릉도 성인봉 일기

해맞이 첫 동네
동쪽 끝 섬나라
오백 리 바닷길
돌고래 환영 길
파도에 몸을 싣고
설렘에 빠진다

배꼬리 포말 길에
춤추는 갈매기
푸른 바다 뚫고
하늘로 솟아오른
기암단애 암봉 비경
황홀경에 빠진다

감쳐둔 억겁의 비밀
가까운 동쪽 바다
또 다른 외로운 섬
담아둘 내 작은 그릇
터질 듯한 심장으로
경외심에 빠진다

_ 2025. 11. 11. 화

비가 많이 오기로 유명한 울릉도에 석 달간 비가 오지 않자 점쟁이가 성인봉 꼭대기를 파보라고 하여 정상을 파보니 연기가 솟았고, 더 깊이 파자 오래되지 않은 시신이 나왔다. 이는 성인봉 정상이 영험한 명당이라 묘를 쓰면 자손이 번성한다고 하여 몰래 묘를 쓰기 때문이라고 한다. 또한 성인봉 정상에 제단처럼 생긴 바위에 장군 발자국이라 전하는 왼발 족적이 있는데 울릉도 어딘가에 오른발 족적도 있을 것이라는 전설이 있다.

높이 30m의 3단 폭포로 중국 전설 속 신선이 산다는 봉래산(蓬萊山)의 의미를 차용한 이름이다. 신선이 쉬어갈 만큼 신비롭고 아름다운 자연경관을 지닌 곳으로 여겨져 붙인 이름이라고 한다.

내수전(內水田)전망대는 울릉도 동쪽 저동에 가까운 해발 약 450m에 위치하며 저동항, 죽도, 관음도 등 울릉읍 해안을 한눈에 조망할 수 있고 일출 명소로도 유명한 곳이라고 한다. 예전에는 '지전포'라고도 불리던 곳으로 울릉도 개척 시기에 제주 대정 출신 김내수라는 사람이 이 지역에서 화전을 일구며 살았던 곳이라 하여 불리게 된 이름이라고 한다.

▲ 칼바위

▼ 도동에서의 일출

▲ 나리분지의 초가집

▼ 독도

소백산
小白山

충북 단양군과 경북 영주시, 봉화군에 걸쳐 있는 해발 1,439.5m의 산. 1987년 12월 국립공원으로 지정되었다. 희다, 높다, 거룩하다 등을 뜻하는 '밝'에서 유래된 여러 백산(白山) 중 작은 백산이라는 뜻이다.

제1연화봉에서 연화봉 가는 능선에서

소백산에 서다

가슴 열어 하늘을 본다
얼기설기 얽힌 마음
하나둘 풀리고
푸른 하늘이 된다

가슴 열어 하늘을 본다
이곳저곳 무거운 육신
하나둘 사라지고
하얀 구름이 된다

가슴 열어 하늘을 본다
여기저기 막힌 정신
하나둘 뚫리고
자유로운 영혼이 된다

눈 시리게 푸른 하늘
여유로운 흰 구름
만발한 산정 꽃 무리
그렇게 소백산은 다가왔다

_ 2020. 5. 31. 일

▶ 국망봉에서, 지나온 상월봉 방향

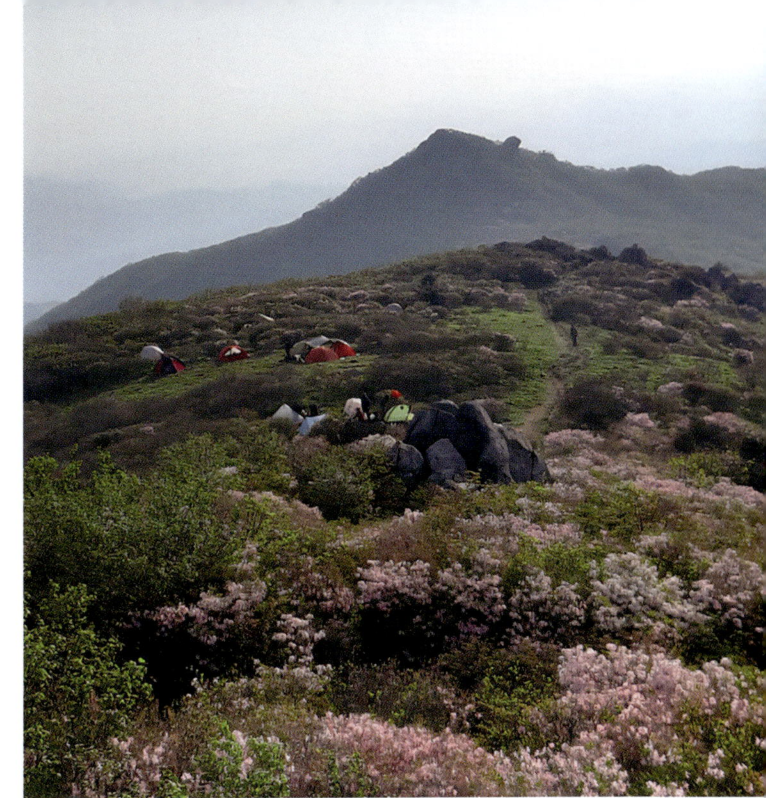

소백산은 정상 비로봉을 중심으로 일대가 전형적인 고위평탄면 지역으로 강풍 때문에 나무의 생육이 어려워 대부분 철쭉 같은 작은 관목과 초지로 형성되어 있고, 봄이면 철쭉이 압권으로 철쭉제가 열린다. 전설도 있는데 세종의 여섯째 아들 금성대군이 단종 복위를 꾀하다 발각되어 유배지 소백산 자락의 영주시 순흥면 내죽리에서 처형되었고 그 영혼이 소백산으로 들어가 산신이 되었다는 이야기다. 단종의 영혼은 태백산으로 들어가 태백산 산신이 되었다고 한다.

▼ 국망봉에서, 지나온 상월봉 방향 대간 마루금

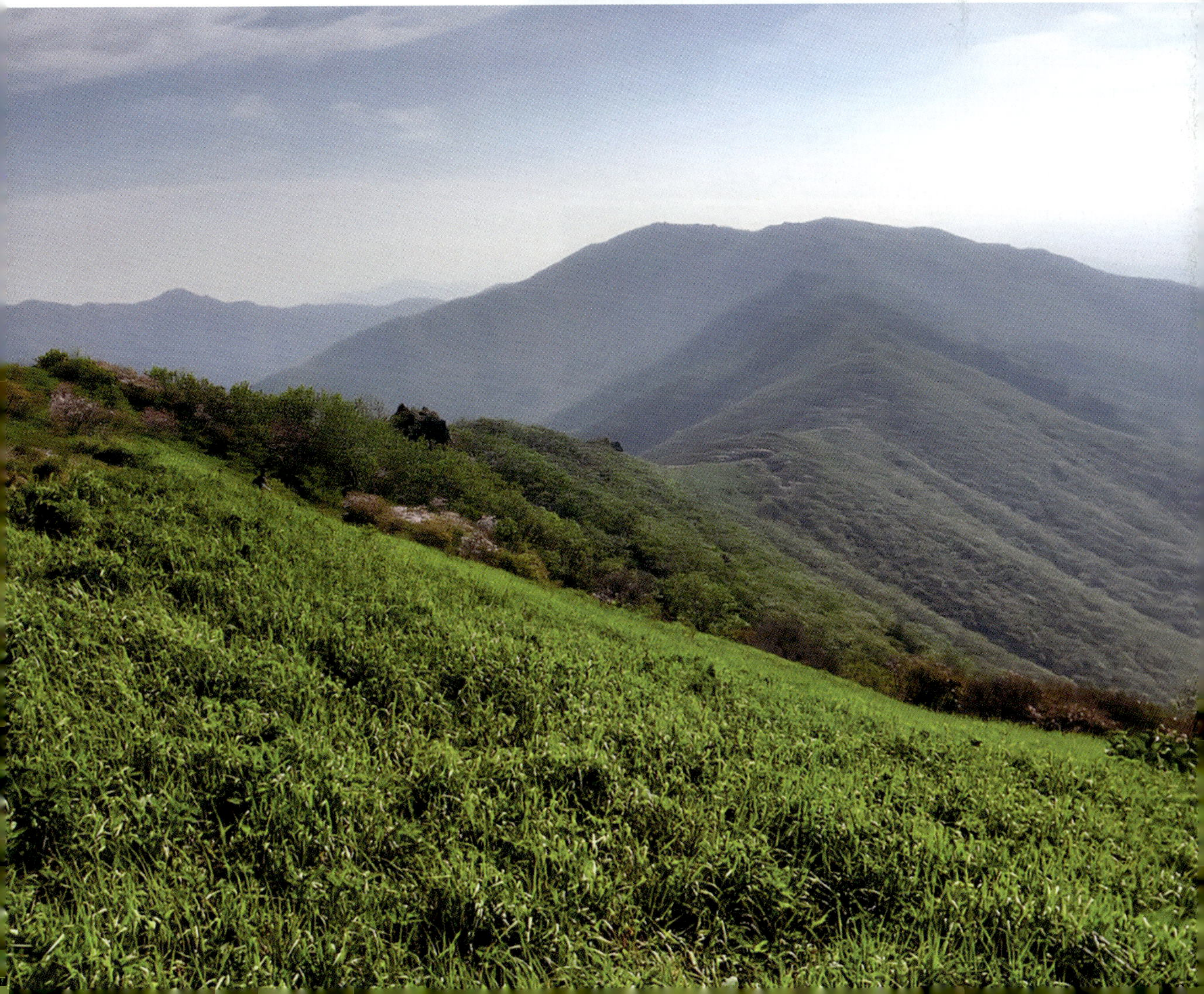

▲ 연화봉 아래에서, 천문대와 그 너머 레이더기지가
있는 제2연화봉

우리나라 산 중 대표적으로 깨끗한 청정지역으로 인정받은
소백산에는 최초로 현대식 망원경을 설치한 천문대가 있다.

◀ 고치령 산령각

고치령(古峙嶺, 760m)은 경북 영주시 단산면과 충북 단양군
영춘면을 잇는 소백산 3대 고개(죽령, 마구령, 고치령)에 속하
며, 옛날 옛고개라고 했던 것이 한자로 고치(古峙)재가 되었
고, 관적령(串赤嶺) 또는 관치령(串峙嶺)으로 표기되어 있지
만 고치령으로 부른다고 한다. 이곳에는 단종과 금성대군의
영혼을 달래는 산령각(성황당)이 있어 매년 제를 지내며, 일
반인도 이용하고 있다.

▲ 상월봉에서, 지나온 고치령 방향 대간 마루금

▶ 국망봉(國望峯, 1,420.8m)
신라의 마의태자가 망국의 슬픔에 눈물을 흘렸다 해서 국
망봉이 되었다는 전설이 있고, 또 다른 전설은 소수서원 창
건 때 대장장이 배순이 철물을 공급했는데 퇴계 이황이 직
접 칭찬할 정도였다고 한다. 배순은 퇴계가 죽은 뒤 쇠로 상
을 만들어 3년 상을 치렀고, 또 선조가 죽었을 때 북쪽 궁
궐을 향해 3년간 곡제사를 지냈다 하여 후대 사람들이 국망
봉이라 했다는 전설이 있다.

소요산
逍遙山

경기 동두천시, 포천시 경계에 있는 해발 587m의 산. 여유롭고 편안하게 거니는 산이라는 의미이다. 조선시대 화담(花潭) 서경덕, 매월당(梅月堂) 김시습 등이 이곳에서 소요(逍遙, 한가로이 편안하게 거니는 것)했다고 해서 소요산이 되었다고 한다.

정상 의상대에서, 감악산 방향

소요산

고봉준령 아서라
높지 않으나 수려하고
웅장하지 않으나 섬세한
유유자적 한가로운 산

민중 해탈 나무아미타불
고행 수도 소승거사
요석공주와 사랑 이야기
수천 년 지나도 애절하네

부채꼴 여섯 봉우리
원효의 봉은 어디일까?
이름이 뭐 그리 중요하리
모두가 똑같은 부처

깊어가는 소요산 늦가을
이성계, 화담, 매월당
재미난 옛이야기
자재암 풍경소리에 퍼져간다

_ 2019. 12. 1. 일

1. 진달래가 핀 봄의 소요산

소요산은 높이가 낮은 산이다. 만물상 같은 기암괴석이 가득하며 웅장하지는 않지만 산세가 수려하고 봄에는 진달래, 철쭉이 만발하고, 가을에는 수도권의 대표적인 단풍 명소이다. 그리고 조선 태조 이성계가 2차 왕자의 난 이후 이방원이 즉위하자 이에 반발하여 함흥 본궁에 가지 않고 이곳에 별궁을 짓고 거주했다는 이야기가 전한다. (사진: ⓒ 지성사)

2. 칼바위, 날카롭게 솟은 바윗길이라 붙인 이름이다.

3. 원효굴(왼쪽, 2015년 모습)과 자재암 일주문

신라 태종 무열왕의 딸 요석공주를 부인으로 맞이하여 설총을 낳은 뒤 파계승이 된 원효가 이곳에서 수행할 때 요석공주가 아들 설총을 데리고 와 소요산 자락에 별궁을 짓고 거주하면서 수행 중인 원효대사를 향해 조석(朝夕)으로 기원을 드렸다는 전설이 있다. 그 별궁의 정확한 위치는 알 수가 없고 그 근처에 있는 봉우리를 공주봉으로 불렀다고 전해진다. 원효가 수행을 하던 암굴을 원효굴이라 하여 현재도 전해지고 있으며, 암굴에서 조금 떨어진 위쪽에 암자를 지어 수행하던 중 관세음보살을 친견하고 무애자재(無碍自在)의 수행을 쌓았다고 하여 그 암자를 자재암(自在庵)이라 불렀다고 한다. (왼쪽 사진: 셔터스톡)

속리산
俗離山

충북 보은군, 괴산군과 경북 상주시, 문경시에 걸쳐 있는 해발 1,058m의 산. 속세에서 떠나온 산이라는 뜻이며, 광명산(光明山), 미지산(彌智山), 소금강산(小金剛山)으로도 불린다.

새벽 5시 20분 일출 전 속리산

속리산 화두

새들도 잠든 침묵의 밤　　　천 길 낭떠러지 암봉 위　　　여명에 비친 속리산 속살
별빛 아래 능선 바람 따라　　모진 풍파 이겨낸 고고한 솔　　붉게 타오르는 운해 일출
오체투지의 몸과 마음으로　　갈대 같은 내 마음 아는지　　터질 듯한 내 심장 아는지
너의 품속으로 조용히 다가서네　그림자로 다가와 살며시 안아주네　너는 왜 왔느냐 화두를 던지네

_2021. 5. 8. 토

정상 천왕봉

설악산, 계룡산, 월출산, 주왕산과 함께 우리나라 5대 암산(巖山)에 속하며, 주 능선 약 48km는 백두대간과 연결되어 있다. 1970년 3월 24일에 6번째로 국립공원으로 지정되었고 1971년에 주변 지역과 1984년에 추가로 화양동, 선유동구곡 등이 편입되어 총면적 274.5km²의 방대한 면적을 자랑하게 되었다. 속리산 묘봉~관음봉~문장대 구간, 늘재~밤티재~문장대 구간, 상학봉~활목재 구간은 비법정탐방로로 지정되어 있다.

문장대 방향 주 능선, 입석대가 보인다.

법주사 창건 233년 후 신라 선덕왕 5년(784년) 진표율사가 김제 금산사에서 이곳에 올 때 밭 갈던 소들이 무릎을 꿇고 율사를 맞이하는 것을 보고 "짐승까지 저러하니 참으로 존귀한 분일 것이다" 하고 입산수도하는 이가 많아졌고 이때부터 속세를 떠난다는 뜻으로 속리산이라고 했다는 전설이 있다. 속리산은 예부터 3무(三無), 즉 칡, 할미꽃, 모기가 없다고 한다.

문장대에서 바라본 봉우리들(왼쪽부터 천왕봉까지 주 능선, 관음봉 방향, 밤티재, 늘재 방향)

문장대(文藏臺, 1,054m)

암봉(巖峯)이 흰 구름에 싸인 듯하다 하여 운장대(雲藏臺)라고 하였으나 조선 세조가 여기서 시를 읊은 이후로 글월 문(文) 자를 붙여 문장대로 불렀다 한다.

▲ 등산화 모양의 바위(왼쪽)와 고릴라바위(오른쪽)

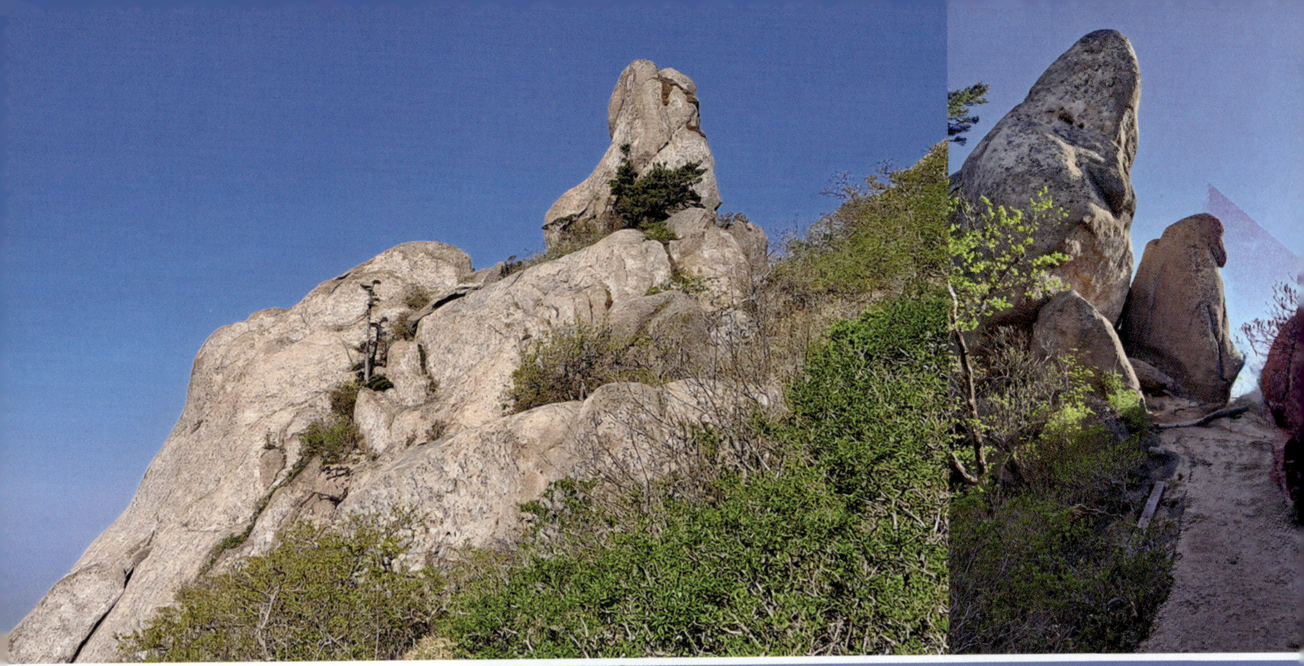

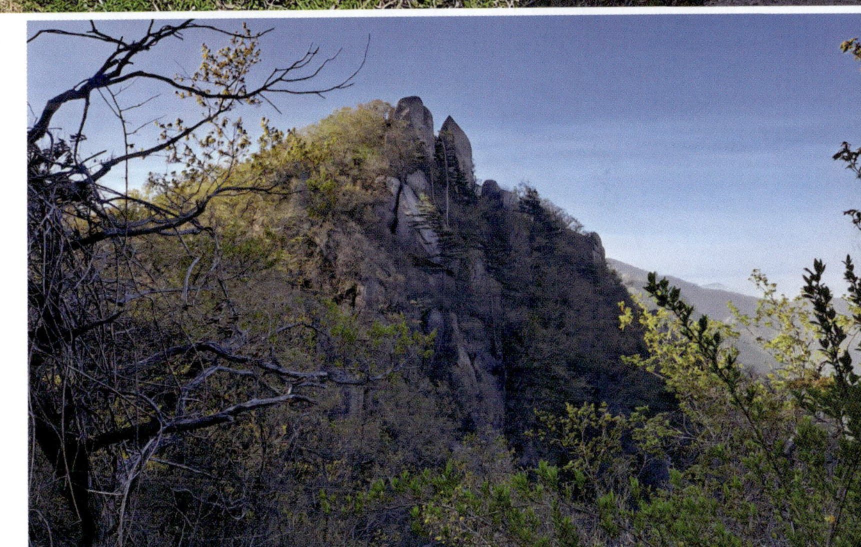

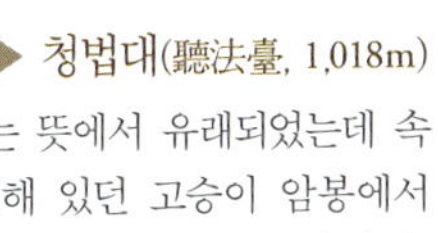

▶ 신선대(神仙臺, 1,026m)

고승이 청법대 독경 소리를 듣다가 남쪽의 암봉을 보니 백발성성한 신선이 놀고 있어 신선대라 했다고 전한다.

▶ 청법대(聽法臺, 1,018m)

독경을 듣는다는 뜻에서 유래되었는데 속리산 절경에 취해 있던 고승이 암봉에서 울리는 독경 소리에 정신을 차려 다시 수행 정진했다고 해서 청법대라 했다고 한다.

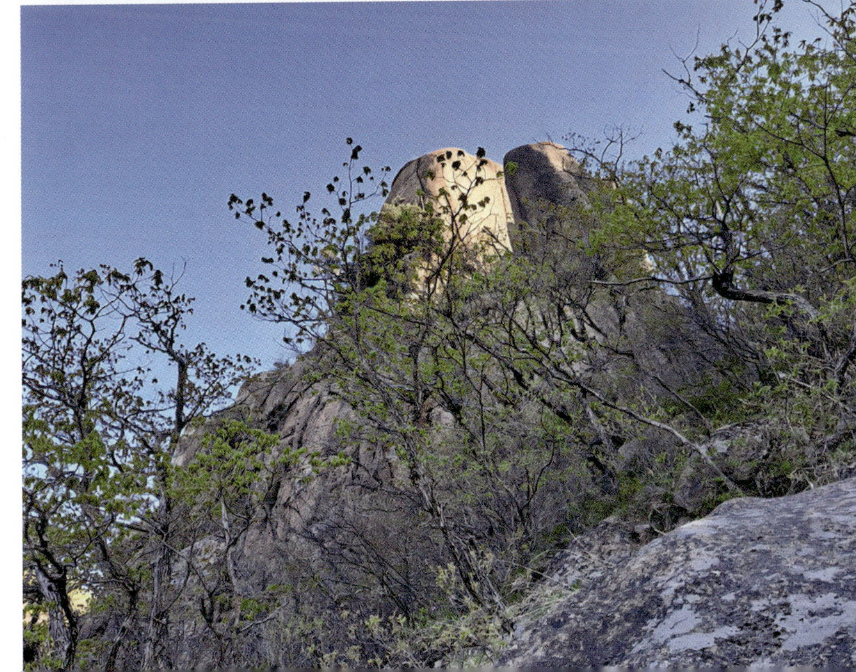

수락산
水落山

서울시 노원구, 경기 의정부시, 남양주시 경계에 위치한 해발 638m의 산. 북한산, 도봉산, 관악산과 더불어 서울 근교 4대 명산에 속하며, 내원암 일대 계곡에 벽처럼 둘러쳐진 바위에서 물이 떨어지는 모습이 아름답다고 하여 수락산(水落山)이라 하였다고 한다. 이 외에도 산정의 모습이 목이 떨어져나간 형상이라 하여 머리 수(首)와 떨어질 락(落) 자를 합친 이름이라는 설도 있다고 한다.

코끼리바위에서 바라본 정상 가는 주 능선, 배낭바위도 보인다.

수락산

수락아 수락아
꽃도 피우지 못한 채
하늘로 떠나간
애절한 너의 영혼
수락산 산신이 되었나

순수한 너의 넋
맑디맑은 눈물
하얀 암릉 폭포 되어
지치고 힘든 이들
씻어주는 안식처로구나

수락산 그대의
승화된 아름다움에
속세의 인간
간직한 고마움으로
맑은 청학골을 찾는다

_ 2020. 3. 15. 일

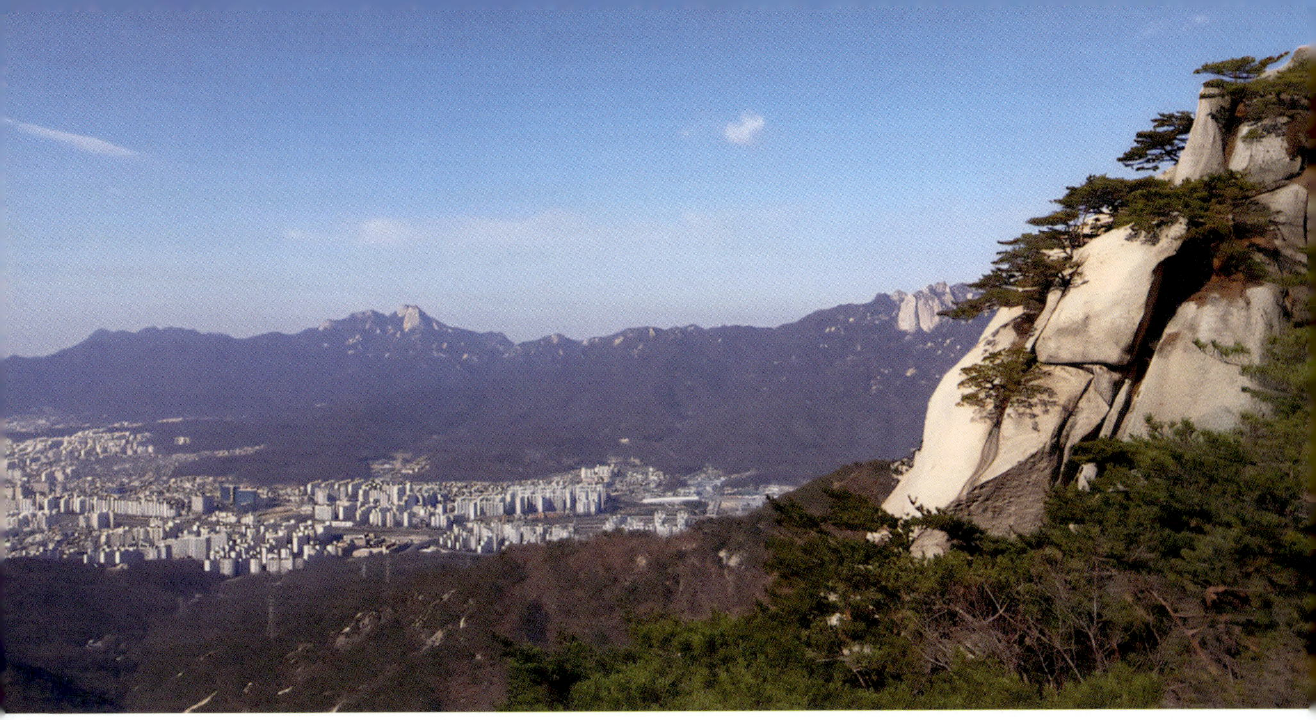

▲ 하강바위에서 바라본 도봉산과 북한산

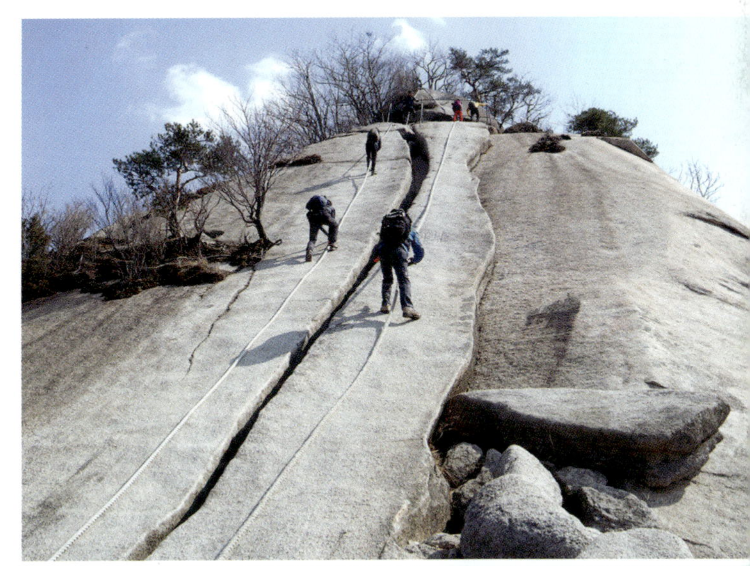

옛날 사냥꾼이 수락이라는 아들과 함께 호랑이 사냥에 나섰다. 갑자기 비를 만난 사냥꾼은 큰 바위 밑으로 피해 있다가 깜빡 잠이 들었고, 그사이에 아들이 호랑이에게 잡혀가는 참변을 당했다. 사냥꾼은 아들을 찾기 위해 산속을 헤매다 바위 아래로 떨어져 죽었다고 한다. 그 뒤로 비가 올 때마다 산속에서 "수락아! 수락아!" 하는 소리가 들려 수락산이 되었다는 전설이 있다.

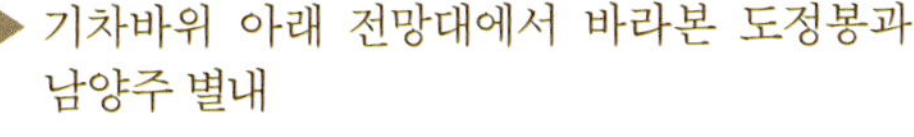

▶ 기차바위(홈통바위)

길게 늘어선 바위의 모습이 흡사 기차와 같다고 해서 기차바위라고 하며, 30m는 넘어 보이는 거대한 직벽에 가까운 암벽 중간에 홈통이 파여 있어 홈통바위라고도 한다. 수락산 최고의 인기 명물인 듯하다.(사진: 셔터스톡)

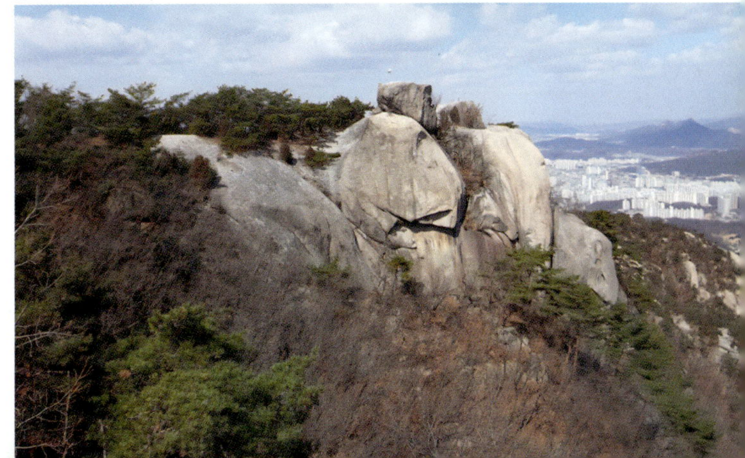

▶ 기차바위 아래 전망대에서 바라본 도정봉과 남양주 별내

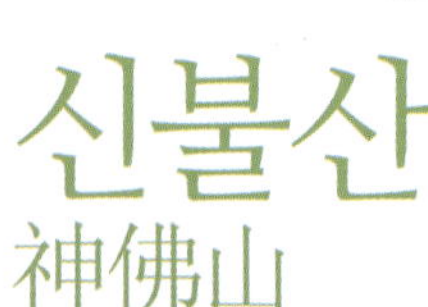

신불산
神佛山

울산시 울주군과 경남 양산시에 걸쳐 있는 해발 1,159m의 산. 신령이 불도를 닦고 있는 산이라 하여 신불산으로 불렸고 낙동정맥과 영남알프스에 속한다. 간월산~신불산~영축산으로 이어지는 고개(간월재와 신불재)에 대규모 억새평원이 장관을 이룬다.

신불산에서 바라본 억새능선 신불재와 영축산

신불산

영남알프스 신불산을 만난다
임진왜란 사명대사 본거지
빨치산 남도부사령부
내 아버지도 이곳에서
적의 총탄을 맞았다.

영남알프스 억새 뿌리
선조들이 뿌린 피 물들어
붉은 핏빛이련가?
신불평전 억새 물결소리
호국영령의 외친 함성
간직한 진혼곡이던가?

비오는 신불산은 묻는다
그대는 조국을 위해
피 흘릴 수 있는가?

대답 없는 산나그네 발걸음
신불재 억새 하염없이 물결치고
하늘의 잿빛 구름 눈물 뿌린다

_ 2021. 10. 24. 일

1. 신불산 정상 아래 전망대에서 바라본 영남알프스 최고봉 가지산과 낙동정맥 능선

영남알프스는 울산광역시, 경남 밀양시와 양산시, 경북 청도군과 경주시에 걸쳐 있는 해발 1,000m가 넘는 9개 산봉우리군이 유럽의 알프스와 같이 아름답다고 하여 붙인 이름이다. 고위평탄면 산정과 고갯마루에 출렁이는 억새 물결이 압권이다.

2. 신불산 오르는 능선에서 본 간월재, 뒤쪽 봉우리가 간월산이다.

간월산(肝月山, 1,069m)은 1,500여 년 전 산 아래 간월사라는 절의 이름을 붙인 바위 봉우리다. 간월산과 신불산 사이에 영남알프스 관문이라고 일컫는 고갯마루 간월재에서는 매년 가을이 되면 축제가 열린다고 한다.

3. 배내봉 (966m)

봉우리 아래 계곡의 물맛이 차고 달다고 해서 부르게 된 배내골의 이름을 따서 배내봉이라 했다고 하며, 배내봉 아래 배내골에는 고려시대 고려장을 했다는 저승골이 있다.

4. 신불산에서 영축산 가는 억새능선의 신불평전

신불평전에 신라가 가야를 경계하기 위해 축성했다는 단조성 터가 있다. 학의 머리 위에 한 점의 붉은 점처럼 솟아 있는 성이라 하여 단조성이라고 하였다 한다. 능선 동쪽은 암벽단애로 난공불락의 요새였지만 임진왜란 때 왜군의 포로가 된 아들을 구하려는 노파가 단조성으로 가는 비밀 통로를 알려주어 성안 사람들이 몰살당했다는 이야기가 전해지고 있다.

<table>
<tr><td colspan="2" align="center">1</td></tr>
<tr><td align="center">2</td><td align="center">3</td></tr>
<tr><td></td><td align="center">4</td></tr>
</table>

연인산
戀人山

경기 가평군 가평읍, 북면, 조종면에 위치한 해발 1,068m의 산. 명지산에 속한 무명봉이 었는데 이후 우목봉(牛牧峯, 소를 키우는 사람들이 사는 마을에 있는 봉우리) 또는 월출산으로 불렸다. 1999년 길수와 소정의 사랑의 전설에 기초한 연인들의 사랑이 이루어지는 산이 라는 의미를 부여하여 연인산으로 개명되면서 명지산에서 독립되었고, 2005년에는 도립 공원으로 지정되었다.

명지 2봉이 보인다.

짝사랑, 연인산

꽃필 무렵
담장 너머 살째기
훔쳐본 님

사랑 고백 전
눈 오는 날
떠나간 님

한 갑자 흘러
가슴속 새겨진
내 사랑 비밀

일깨워주러
하얀 이슬 타고
연인산에 오신 님

_ 2021. 3. 21. 일

연인산은 전형적인 육산으로 기암괴석 가득한 수려한 산과는 거리가 멀지만 산정에서 바라보는 고봉들의 장쾌한 마루금이 일품이다. 명지산과 연계 산행을 많이 하는데 거리가 약 18km나 되어 만만치 않은 난도를 보여준다. 연인산 옆 귀목봉(鬼木峯, 1,036m) 아래 귀목고개에 귀신 출몰, 바느질하던 처녀가 경치에 취해 빠져 죽었다는 처녀소 전설, 아재비고개 전설 그리고 용추 9곡, 가평 8경에 연인산 철쭉 등 많은 전설과 명소가 있다.

옛날에 계속된 가뭄과 기근에 굶주리던 임산부가 몸을 풀기 위해 친정으로 가는 도중에 고개에서 아기를 출산하였고 옆에 있던 물고기(혹은 닭, 돼지 등)를 잡아먹었다. 여인이 정신을 차리고 보니 잡아먹은 것이 자신의 아기였음을 알고 미쳐 버렸고, 그 후 아기를 잡아먹은 고개라는 뜻에서 아재비고개 또는 애재비고개라고 하였다는 전설이 있다. 옛날 화전민들의 고달픈 삶이 투영된 전설인 듯하다.

연인산 자락에서 숯을 구워 팔던 길수는 김 참판 댁 여종 소정과의 혼인을 위해 김 참판이 요구한 조 백 가마를 마련, 혼인을 청했으나 김 참판은 길수를 역적의 자식이라 모함한다. 끝내 두 사람은 사랑을 이루지 못하고 같은 자리에서 목숨을 끊었고, 그 자리에 신발 두 켤레와 철쭉과 얼레지꽃만 타지 않고 남아 있었다는 애틋한 전설이 내려온다.

오대산 노인봉

五臺山　老人峯

강원 강릉시 연곡면과 평창군 대관령면에 걸쳐 있는 해발 1,338m의 암봉. 황병산(黃柄山, 1,407m)과 비로봉(毘盧峯, 1,563m)의 중간 지점에 있고 백두대간이 지나가는 능선에 위치한다.

정상석 너머로 설악산이 조망된다.

오대산 노인봉

백발 암릉 봉우리　　　　인간 탐욕이 부른
세월의 흔적인가　　　　부정부패의 속세
억겁의 시간 동안　　　　암봉 위 흰 구름에
세상의 흥망성쇠　　　　동해 샛바람에
다 품고 있을 터인데　　소금강 맑은 물에
어찌 그대는　　　　　　모두 실어
한결같이 푸르고　　　　다시 올 수 없는
한결같이 맑은가?　　　저 먼 곳으로 보내주시게

_ 2025. 7. 12. 토

▲ 노인봉 정상에서 설악산 방향 풍경(왼쪽), 노인봉 정상에서 동해안 방향(오른쪽)

노인봉은 여느 오대산 구역과는 달리 기암괴석 가득한 암산으로 깊은 계곡에 폭포, 소가 어우러진 뛰어난 절경의 소금강계곡이 있어 오대산 최고봉인 비로봉 구역보다 더 많이 알려진 곳이다. 소금강계곡은 1970년에 우리나라 명승 1호로 지정된 곳이다. 노인봉에 대해서는 여러 이야기가 전한다. 첫째, 오대산에서 은거하며 수도를 하던 노승이 이곳 지방의 많은 중생을 가르치고 인도했던 공덕과 지혜를 기리기 위해 노인봉으로 불렀다는 설. 둘째, 멀리서 보면 정상의 화강암 봉우리가 마치 백발노인처럼 보인다고 해서 노인봉으로 불렀다는 설. 끝으로, 산삼을 캐기 위하여 치성을 드리면 노인이 나타나 산삼이 있는 곳을 알려준다고 해서 노인봉이라 했다는 설도 있다.

▼ 소금강계곡 구룡폭포(왼쪽)와 소금강계곡(오른쪽)

구룡폭포는 소금강 제1경으로 크고 작은 9개 폭포가 이어져 용 9마리가 하나씩 차지하고 있다 하여 유래된 이름이며 직접 볼 수 있는 폭포는 8폭, 9폭이다. 9개 폭포 중 가장 큰 규모는 제6폭포 군자폭포다.

◀ 소금강계곡 이능계

금강사 입구에 들어서면 '영춘대(詠春臺)', '소금강(小金剛)' 그리고 여러 사람의 이름과 함께 '이능계(二能契)'가 새겨진 커다란 바위가 있으며, 이 바위를 영춘대 또는 이능암이라고 한다. 특히 '二能契'는 "술과 글(시) 두 가지만큼은 누구보다도 능(能)한 모임"이라는 뜻이며, 소금강에서 노닐던 조선 선비들의 풍류를 엿볼 수 있다. 소금강이라는 글씨는 율곡 이이가 새겼다고 하는데 명확하지는 않다고 한다.

▼ 소금강계곡 귀면암

소금강(小金剛)은 율곡 이이가 34세 때 탐방한 후 그 소감을 글로 남긴 〈유청학산기(遊靑鶴山記)〉에서 산의 모습이 학이 날개를 편 듯하다 하여 청학산(靑鶴山)이라 하였고, 이후 이곳 경치가 마치 금강산을 닮았다 하여 소금강산이라 하였다. 약 8km 길이의 계곡에는 무릉계, 십자소, 연화담, 망경대, 식당암, 구룡폭포, 군자폭포, 만물상, 백운대, 귀면암, 광폭, 삼폭, 낙영폭포 등 수많은 폭포와 소, 기암과 소나무 등의 조화가 장관을 이루고 있고, 마의태자와 이이 등 많은 선비 그리고 선인들의 흔적이 남아 있다.

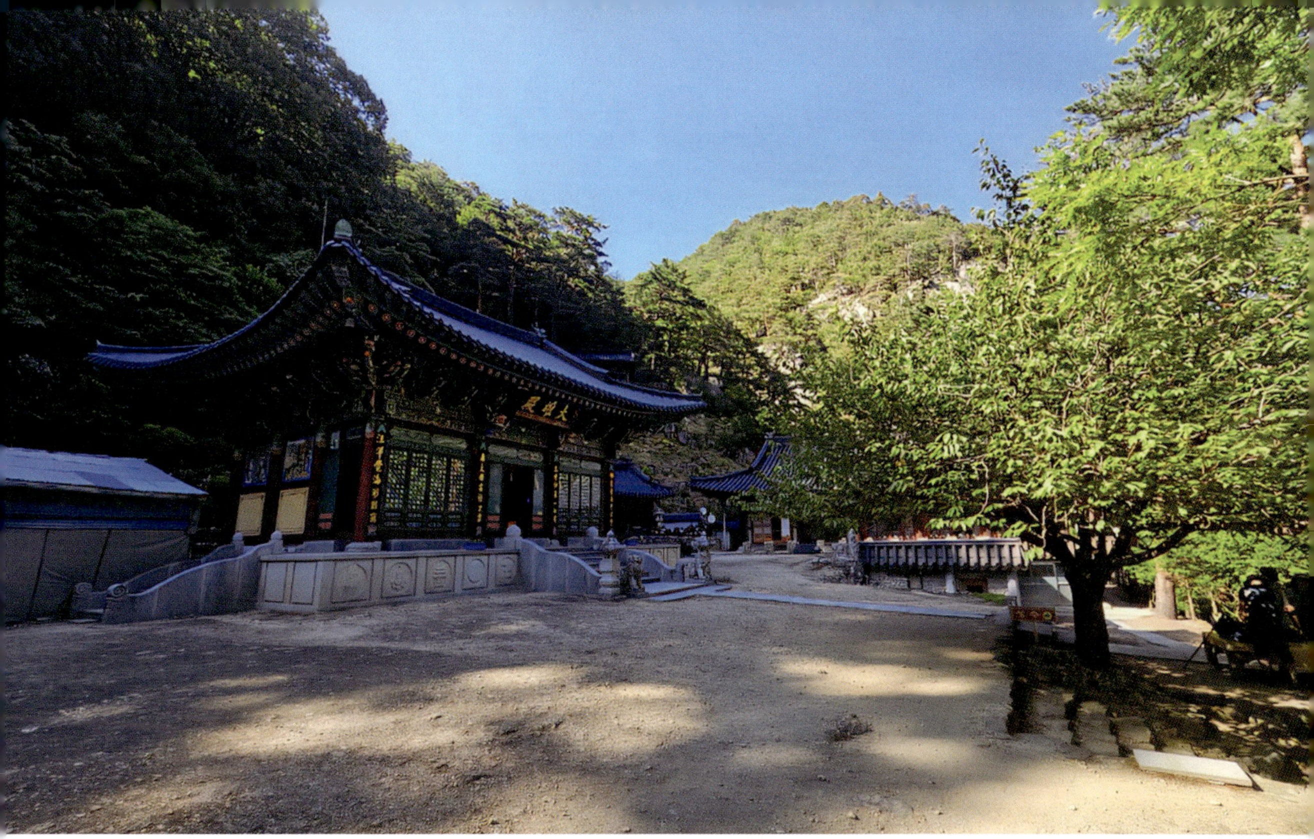

소금강계곡 입구에서 약 2km 정도 오르면 만나는 절로 신라시대 때 창건했다고 전하는 관음사(觀音寺) 터에 1964년 정각스님이 새로 창건한 비구니 사찰이다.

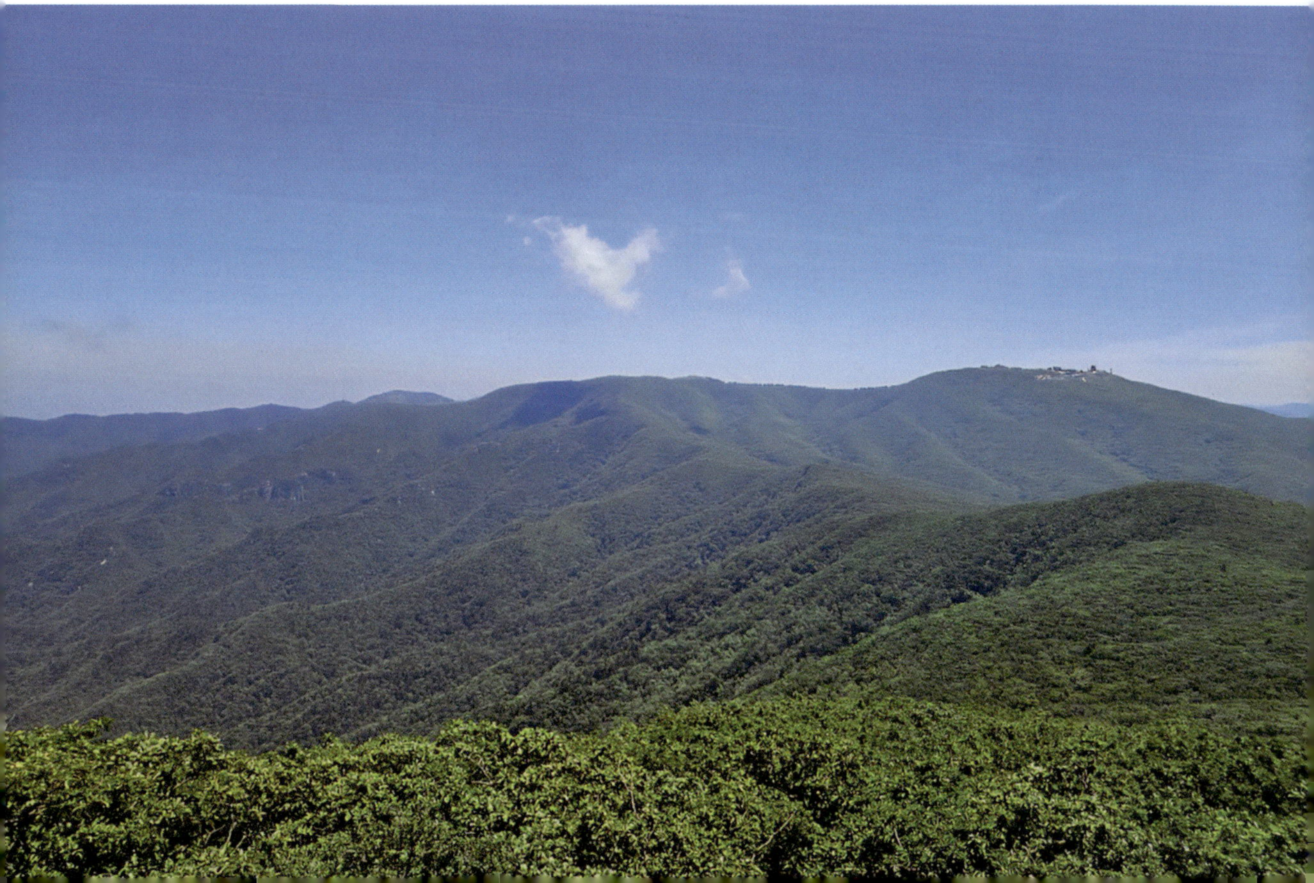

오대산 비로봉

五臺山　毘盧峯

강원 강릉시, 홍천군, 평창군에 걸쳐 있는 해발 1,563m의 산. 오대산 최고봉이며 주봉 비로봉을 중심으로 동대산(東臺山, 1,433m), 두로봉(頭老峯, 1,422m), 상왕봉(象王峯, 1,491m), 호령봉(虎嶺峯, 1,561m)이 연꽃 모양으로 늘어서 다섯 봉우리가 모나지 않게 높고 평평한 모습을 보인다고 해서 오대산이라 했다고 한다. 1975년 11번째 국립공원으로 지정되었다.

오대산 비로봉

붉은 단풍 사라지는 상원사 만추　　분분히 흩날리던 진눈깨비　　어지럽게 뒤섞인 발자국
추적추적 빗줄기 떨어지고　　어느새 싸락눈으로 바뀌고　　우리네 인간 세상 돌아와
빗물 머금은 낙엽길　　첫눈 쌓인 새하얀 나무 계단　　정심을 위한 한 모금 용안수
혼자만의 사색에 빠지면　　서산대사 답설(踏雪)에 잠길 때　　아둔한 내 마음 버리고 버려
진신사리 적멸보궁을 만난다.　　비로봉 비로자나불을 알현한다.　　반야의 문수보살이 보고 싶다.

_ 2021. 11. 8. 월

154

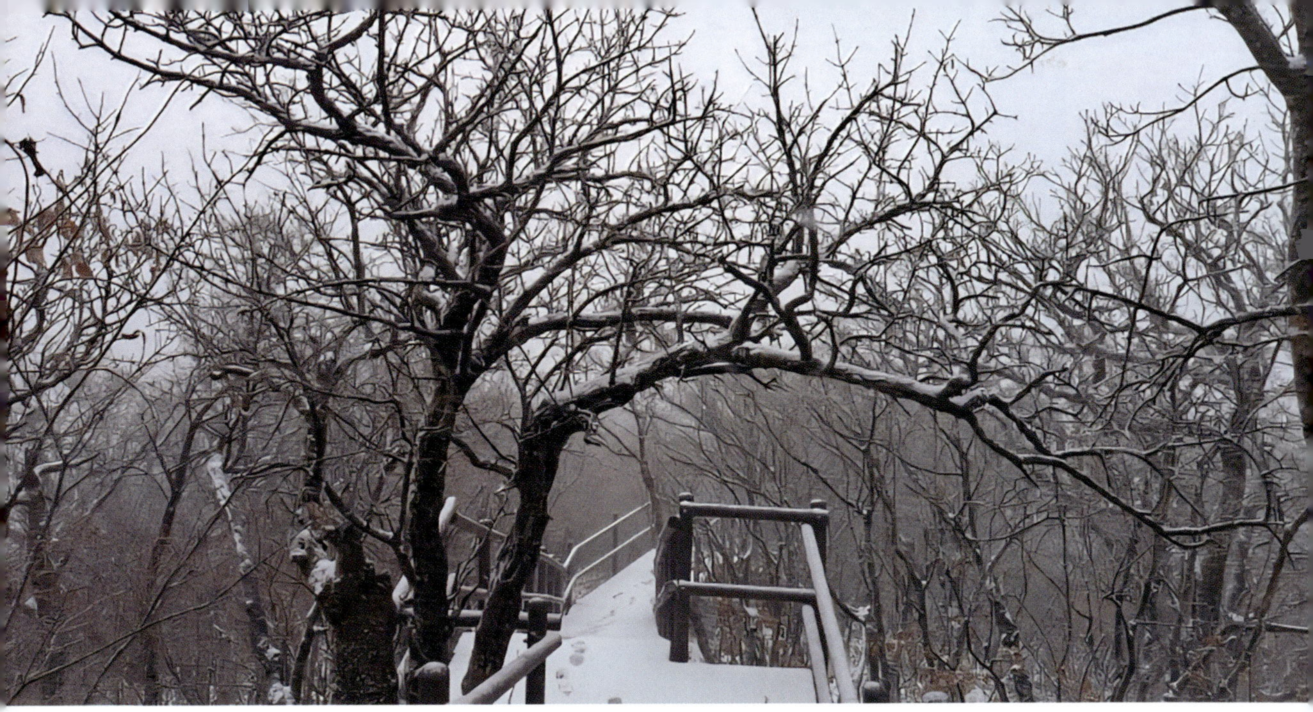

오대산은 우리나라 문수(文殊) 신앙의 성지(聖地)라 하며, 조선 세조가 이곳에서 피부병을 치료해준 문수보살의 고마움에 문수보살 동자상을 만들어 이곳 상원사 청량선원에 모셨다고 전해진다. 오대산은 크게 평창 계방산지구, 평창 월정사지구 그리고 강릉 소금강지구로 나눌 수 있는데, 소금강지구는 대표적인 암산 지역이고 나머지는 육산이다.

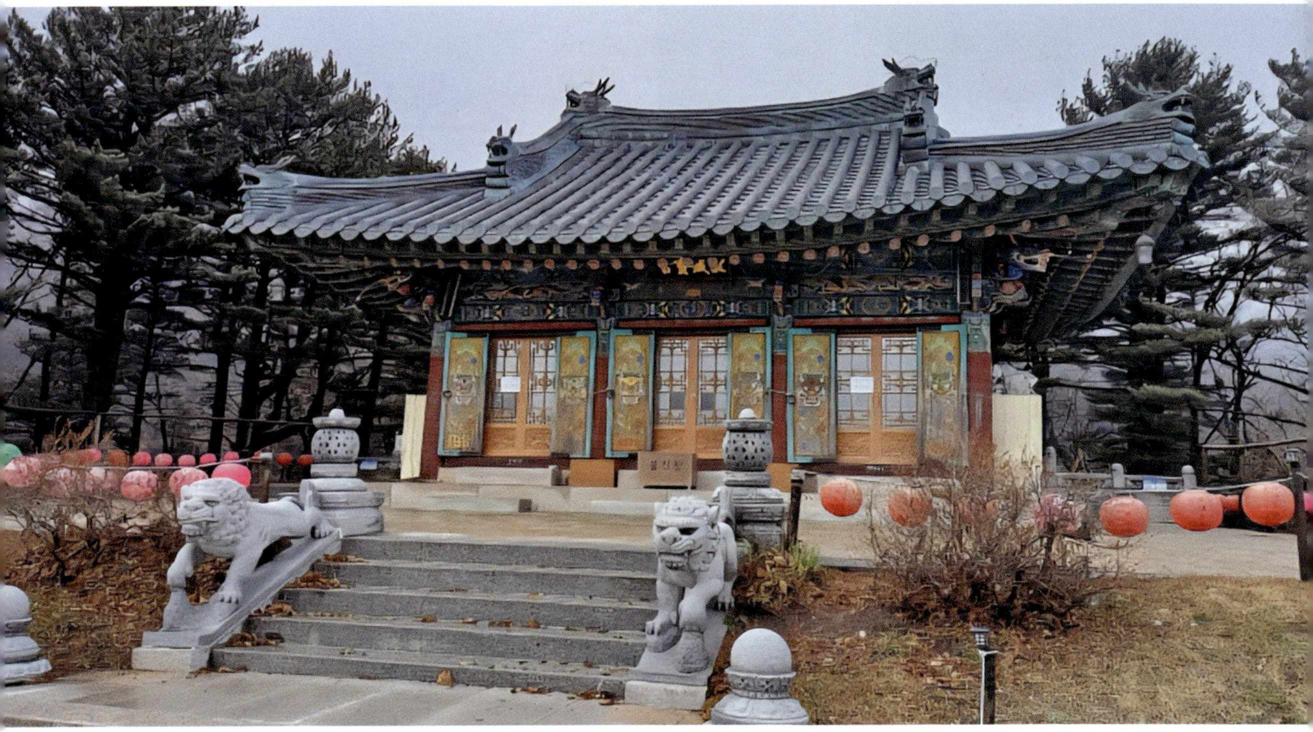

적멸보궁(寂滅寶宮)은 석가모니 부처의 진신사리를 봉안한 곳으로 우리나라에는 5곳이 있다고 한다. 예전에는 이곳에 적멸보궁 법당이 없었는데 2000년 이후에 용이 승천하는 힘찬 기운을 받으라는 의미에서 현재의 법당을 건립했다고 한다. 적멸보궁 5곳은 양산 통도사, 합천 해인사, 정선 정암사, 영월 법흥사, 오대산 상원사이다.

▲ 용안수(龍眼水)
적멸보궁 자리 중대(中臺)는 용(龍)이 여의주를 물고 승천하는
혈, 즉 용의 머리 혈로서 이곳에 샘솟는 지혜의 물이라 하여 용
안수라 한다.

◀ 눈 내리는 비로봉, 서산대사 〈답설(踏雪)〉
눈 쌓인 계단 홀로 오르니, 휴정 서산대사의 〈답설〉이 떠오른다.

踏雪野中去(답설야중거)
눈 내린 들판을 걸어갈 때

不須胡亂行(불수호란행)
어지러이 함부로 가지 말라

今日我行跡(금일아행적)
오늘 내가 남긴 발자취가

遂作後人程(수작후인정)
뒷사람의 이정표가 될지니

▶ 상원사(上院寺)
신라 선덕여왕 때 자장율사가 창건한 사찰로, 우리나라에서 유일하게 문수보살상을 모신 절이며 우리나라 최초의 동종(국보 제36호)이 있다.(사진: 셔터스톡)

▲ 상원사 동종(銅鐘)(사진: 위키미디어)

▲ 상원사 목조문수동자좌상(木彫文殊童子坐像)
나무를 조각하여 문수보살을 어린아이의 모습으로 형상화한 불상으로 국보 제221호이다.(사진: 위키미디어, ⓒ 국가유산청)

오봉산
五峯山

강원 춘천시와 화천군에 걸쳐 있는 해발 779m의 산. 옛날에는 경운산(慶雲山)이라 했으나 관직을 버리고 이곳에 은거하여 여생을 보낸 고려 문신 이자현의 호 청평거사를 따서 청평산이라 했다. 그 이후 청평사 뒤에 솟은 비로봉(5봉), 보현봉(4봉), 문수봉(3봉), 음봉(2봉), 나한봉(1봉) 등 다섯 봉우리가 있어 오봉산이라 했다고 한다.

능선에서 소양호가 보인다.

오봉산

봉우리마다 붙여진
부처님 이름 간데없고
숫자로 새겨진
재미없는 밋밋한 다섯 봉우리

다섯 봉우리보다
꿈틀대듯 생동하는 암릉
뽐내지 않으니
어찌 아름답지 않을까

무위자연 꿈꾸며
이곳으로 찾아든
권세 등진 선비 선사
따스히 품어준 오봉산

_ 2021. 8. 1. 일

158

1. 지나온 봉우리 및 주 능선

아들 다섯을 둔 부자와 고을 원님이 원님의 딸을 두고 내기를 했다. 원님이 저 산 위에 가장 무거운 바위를 올려놓는 사람에게 딸을 주겠다고 하여 다섯 형제가 바위를 올려놓는 경합을 벌였고, 이에 따라 다섯 개의 봉우리가 생겼다는 이야기가 전한다고 한다.

2. 청평사

오봉산 남쪽에 위치한 청평사(淸平寺)는 고려 광종 24년(973년) 때 영현선사가 창건하였고 많은 선비들이 권세를 등지고 은거한 곳으로도 유명하다. 이곳은 국보 극락전, 고려 최고 명필 탄연의 비문 '문수원기(文殊院記)'가 전해오던 사찰이었으나 6.25전쟁 때 소실되었다. 이후 1975년 극락전, 2008년 문수원기가 복원되었고, 우리나라에서 가장 오래된 고려 정원 영지(影池), 공주설화, 척번대 등 여러 문화유산 등이 보존되어 있어 명승 제70호로 지정되었다.

3. 구송(九松)폭포·구성(九聲)폭포

폭포 주변에 잘생긴 소나무 아홉 그루가 있다 하여 구송폭포라 불리고, 또한 폭포 떨어지는 소리가 아홉 가지 소리를 낸다고 구성폭포라고도 한다.

4. 우리나라에서 가장 오래된 고려 정원 영지(影池)

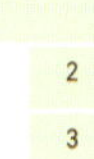

오서산
烏棲山

충남 보령시, 청양군, 홍성군 경계에 있는 해발 790m의 산. 금북정맥 최고봉이며 예부터 까마귀가 많이 살아 까마귀보금자리산(烏山)이라 불렀고, 정상에 서면 서해안의 경관이 한눈에 들어오니 서해의 등대 또는 서해의 나침반이라고도 한다. 산정 능선의 억새가 유명하여 보령에서는 가을에 억새꽃 등산대회를 개최하고, 홍성에서는 오서산을 홍성 12경 중 제4경이라고 한다.

가을 오서산 산정에서 바라본 서해

오서산 가을

가벼운 봇짐
흥겨움 가득 채워
서해 등대 오서산
서녘의 가을에 빠져든다.

금북정맥 능선
금빛 억새 물결 따라
춤사위 뽐내는 고추잠자리
까마귀 장단이 그립다.

빙그레 입꼬리
웃음 짓는 산나그네
서녘 가을 꽉 채운
한 폭의 풍경화로구나.

황금 들녘 너머
파란 하늘 구름 아래
넘실대는 서해 물결
파도 소리 들릴 듯하네

_ 2019. 10. 26. 토

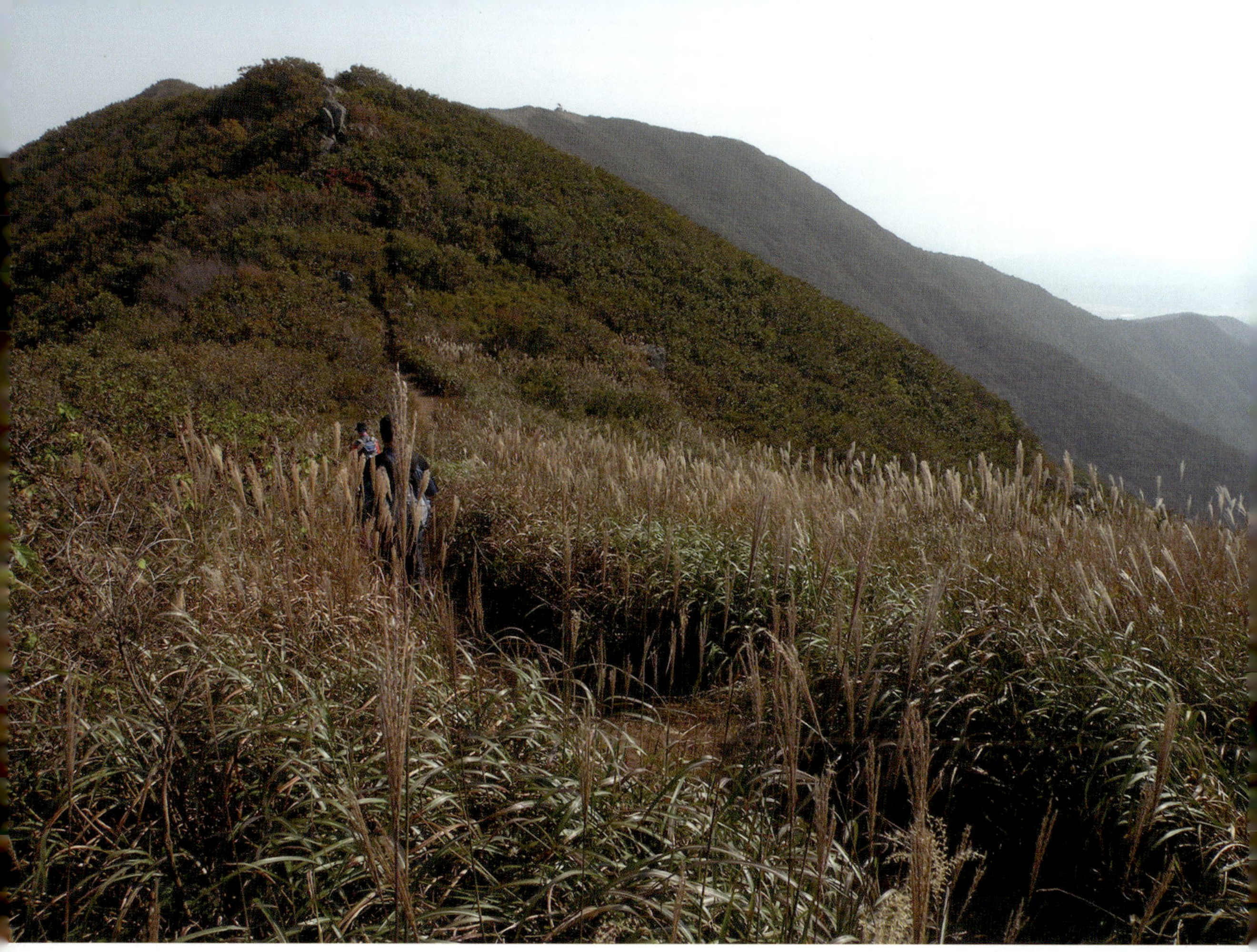

쉰질바위와 복신 전설

백제가 멸망한 후 백제 부흥운동을 주도했던 복신(福信) 장군이 부흥군 내의 갈등으로 이곳 오서산으로 피해 숨어 있던 석굴에서 죽임을 당했다. 그 굴이 쉰질바위 아래에 있는 굴로 이곳 사람들은 '복신굴'이라 부른다고 한다.(사진: © 지성사)

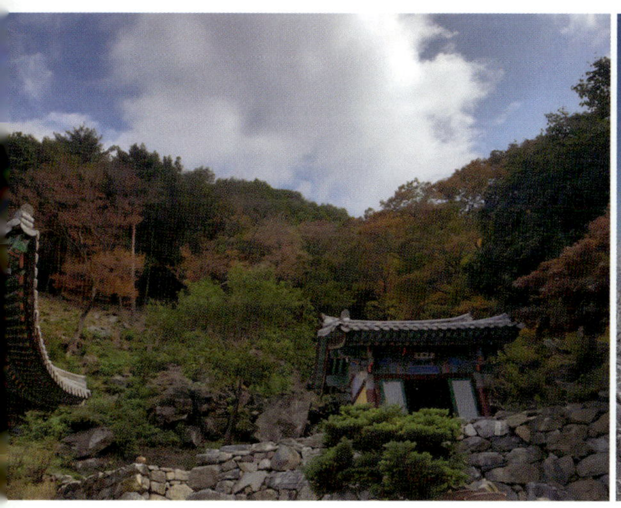

▲ 정암사

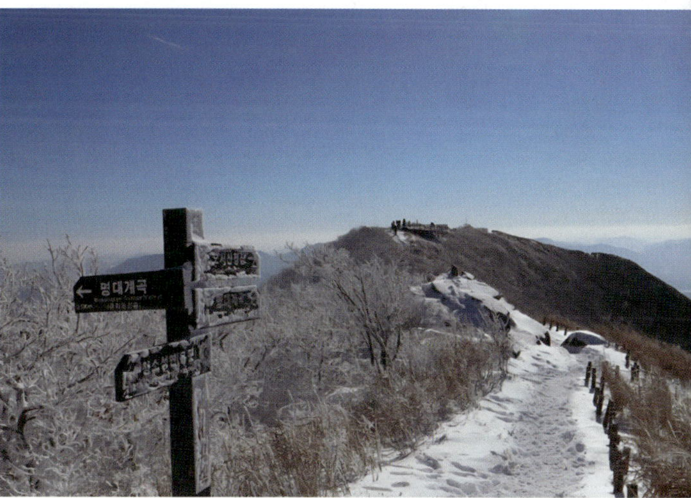

▲ 겨울의 오서산

용문산
龍門山

경기 양평군 용문면과 옥천면 경계에 있는 해발 1,157m의 산. 예전에는 용문산을 미지산 (彌智山)이라 하였는데 미지란 불교 용어로서 고승(高僧)들의 덕과 지혜가 넘쳐흐르는 산 이라는 의미와 용을 뜻하는 순우리말 미르에서 변한 것이라 한다. 태조 이성계가 용문산 을 보고 용이 드나드는 곳 같다고 하여 용문산이라 했다는 설이 있다.

용문산 가는 능선

산 그리고 인연

산그리메 좋아
그냥 산을 찾았습니다
발길 닿는 곳으로

연두의 따스함
청록의 무성함
오색의 풍성함
순백의 깨끗함
모든 게 행복입니다.

온 세상
새하얀 눈꽃이
산꾼의 인연을 축복해 줍니다

_ 2022. 1. 10. 일

언제부터인가
눈 미소 가득한 사람과
산길을 걷고 있습니다

▲ 배너미고개(670m)

옛날에 배가 넘어 다녔다고 해서 배너미고개라 했고, 눈이 많이 온 한겨울에도 매화가 핀다고 해서 설매(雪梅)재라 부른다고도 전한다.

▶ 정상 가는 능선의 눈꽃 세상

용문산은 대간이나 정맥에서 벗어나 독립된 산군이라서 일반인들은 크거나 악산이 아니라고 생각하기 쉬운데 실상은 그렇지 않다. 동서 남북으로 긴 능선을 이루고 있어 웅장한 산세를 자랑하며 서쪽의 소 구니산~유명산~용문산 연계 산행을 많이 한다. 용문산 아래 수령 천 년이 넘은 용문사 은행나무가 유명하며 경기도에서 화악산(華岳 山, 1,468m), 명지산(明智山, 1,267m), 국망봉(國望峯, 1,168m) 다음으로 높은 산이다.

▶ 가을에 물든 용문사 은행나무

천연기념물 30호로 지정된 양평 용문사 은행나무는 수령 약 1,100 년, 높이 38.8m, 밑둥 둘레 14m나 되는 거목이다. 지금까지 우리나 라에서 가장 오래된 은행나무로 알려져 왔으나 최근 국립산림과학원 의 조사 결과, 수령이 1,317년으로 밝혀진 원주 반계리 은행나무에 게 최고령 자리를 내주게 되었다.(사진: 셔터스톡)

용봉산
龍鳳山

충남 홍성군 홍북읍과 예산군 덕산면, 삽교읍에 걸쳐 있는 해발 381m의 산. 나지막한 산이지만 산 전체는 용의 형상이며 산 정상이 봉황의 머리와 같다고 해서 붙인 이름처럼 전형적인 암산이다. 제2의 금강산, 충남 금강산으로 불릴 만큼 기암괴석이 가득하고 경관이 뛰어나다.

정상에서, 가야산과 금북정맥 마루금이 보인다.

충남 금강산, 용봉산

나지막한 체구의 산
용의 몸, 봉황의 머리
글쟁이 호사가들의 허세인가

창 너머 발치에서 보면
여지없는 용과 봉황의 조화

용봉산 안으로 들어가면
기기묘묘 기암괴석 전시장

산 아래 인간 세상
한 뼘으로 품은 천하 태산

고려 장군 최영, 열사 김좌진
민족 영웅 길러낸 명산

충남 금강산, 제2 금강산
허언이 아니로구나.

_ 2021. 8. 25. 일

1. 악귀봉에서 바라본 용문산 주 능선
암봉 너머 수암산이 보인다.

2. 최영 장군 활터 고사목과 내포신도시
용봉산 정상에서 노적봉으로 50여 미터를 가다 우회전하여 200여 미터 내려가면 고려 최고 명장 최영 장군을 탄생시킨 최영 장군 활터가 나온다. 거대한 암릉 위에 팔각정이 세워져 있어 산꾼에게 쉼터를 제공한다. 또한 용봉산 주변에 윤봉길 의사 생가, 김좌진 장군 생가, 한용운 생가, 성삼문 생가 등 역사적 인물들의 탄생지가 있다.

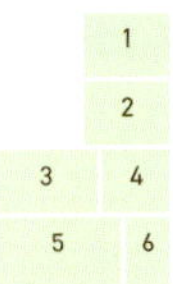

3. 삽살개바위

4. 미륵불

5. 물개바위

6. 행운바위

용화산
龍華山

강원 화천군과 춘천시 경계에 있는 해발 878.4m의 산. 주봉은 만장봉이라고 하는데 정상석에는 '용화산'이라고만 표시되어 있다. 지네와 뱀이 싸워 이긴 것이 용으로 승천했다고 하여 용화산이 되었다는 설과 천 년 동안 승천하기 위해 수양해 오던 지네와 뱀이 서로 뒤엉켜 승천하는 모습이 마치 화려한 꽃과 같다고 하여 용화산이라고 했다는 설도 있다. 전자에서 누가 이겼는지 알 수 없는 점을 볼 때 후자에 힘이 실린다. 《삼국사기》에는 고대 맥국의 중심지였다고 기록되어 있다고 한다.

용화산 주 능선, 맨 뒤 정상이 보인다.

용화산

인적 드문 산간 오지
용이 승천한 산

단애 위 우뚝 솟은 정상
배후령 가는 길

구불구불 거친 기암
엉덜멍덜 바위 능선

산 아래 푸른 호수 뚫고
짙은 운무 속으로

유유히 헤엄치는
신령스런 푸른 용

속세에 찌든 인간 탐욕
모두 품고 승천하시길

_ 2020. 8. 1. 일

1. 정상 아래 암봉에서 바라본 산 아래 춘천 사북면

용화산은 악산에 가까운 암산으로 인근 주민들에게는 명산이자 영산(靈山)이라 하며, 가뭄이 들면 화천군수가 직접 기우제를 지내기도 했다. 용화산 운무는 성불사 저녁 종소리, 기암괴석, 원천리계곡 맑은 물 등과 함께 화천 8경에 속한다고 한다. 그런 면에서 용화산은 춘천시와 화천군 모두의 진산인 듯하다.

2. 주전자바위

3. 암봉 위 소나무

운악산
雲岳山

경기 가평군과 포천시에 걸쳐 남북으로 솟아 있는 해발 937.5m의 산. 한북정맥에 속하며 경기의 금강이라고 할 정도로 산세가 수려하다. 경기 5악에 포함되는 대표적인 암릉 악산이며 망경대를 중심으로 높이 솟아오른 암봉들이 구름을 뚫을 듯하다 하여 붙인 이름이다. 산 아래 천년 고찰 현등사(懸燈寺) 이름을 따서 현등산이라고도 한다. 후삼국시대 태봉의 궁예가 왕건에게 쫓겨 몸을 숨겼다는 대궐터와 산성이 있다.

운악산 암릉 주 능선 구간

운악산

기암괴석 암릉단애	화려한 비경 속에	백성을 등진 전제군주
수려한 산세 천하 절경	남겨진 슬픈 역사	마지막 생 품어준 운악산
신선의 정원 운악산	태봉 궁예의 전설	더욱 붉은 가을 단풍

_ 2020. 3. 1. 일

1. 무지개(무지치)폭포

높이 20m, 길이(폭) 30여 m의 대형 폭포로 햇빛이 비칠 때는 오색 무지 개가 생긴다고 하여 무지개폭포 또는 무자치폭포라고 하였으며, 무지개 홍(虹)을 사용하여 홍폭이라고도 한다. 왕건에게 쫓겨 선혈이 낭자한 궁예가 이곳으로 도망쳐 와 폭포 아래에서 선혈을 씻은 후 이곳에 성과 궁궐을 쌓고 반년간 대항했다는 전설이 내려온다.

2. 두꺼비바위에서 바라본 모습

3. 운악산성(雲岳山城)

옛 문헌에 봉우리 꼭대기에 궁궐터가 있다는 것 이외에는 다른 기록이 없다고 하며, 산성을 조사한 결과 고려시대에 거란, 몽골, 왜구 등 외침 이 극심하던 시기에 시급하게 축성한 것으로 판단된다는 평가가 있다.

4. 운악사(雲岳寺)

서봉에서 망경대 쪽으로 약 1.5km 하산하다 보면 난공불락 천혜 요새 같은 거대한 직벽단애 협곡 아래 태고종 운악사가 있다. 옛날 궁예가 도 피해 와서 성을 축성하고 이곳에서 숨어 살았다는 전설이 있는 곳으로 기도터로 유명한 곳이라고 전한다.

1	2
	3
	4

운장산

雲長山

전북 진안군과 완주군 경계에 위치한 해발 1,133m의 산. 노령산맥(蘆嶺山脈)의 최고봉이며 산 전체는 거의 육산형이지만 정상 부근은 암릉으로 이루어져 있다. 조선시대 송익필과 관련 있다는 이야기(정여립 사건 때 정여립을 체포한 송익필의 호가 운장)와 정상에 항상 구름이 머물러 있다고 하여 운장산이라고 했다는 이야기가 전해지고 있다.

서봉 칠성대에서 바라본 산그리메

운장산 조화

금강, 만경강 분수령	일곱 성인 서봉 칠성대
오지 중의 오지	주봉 중봉 운장대
노령산맥 최고봉	최고봉 동봉 삼장봉
인간 문명의 이기로	서로 존중하는 삼봉
속세와 가까워진 주줄산	운장산 명성은 높아만 가네.

_ 2020. 9. 6. 일

1. 서봉 칠성대에서 바라본 중봉 운장대와 왼쪽 끝 운무 위 구봉산

운장산은 원래는 주줄산(珠崒山)이었는데 한자가 어렵기 때문에 지도 제작 과정에서 한자가 쉬운 운장산(雲長山)으로 바뀐 것일 수도 있다는 이야기도 있다. 운장산 동쪽 가까운 거리(약 7km)에는 같은 노령산맥에 속한 암산 구봉산이 위치하여 외지에서 찾아온 대부분 산객들은 이 두 산을 연계 산행하는 게 일반적이다.

2. 중봉 운장대에서 바라본 서봉 칠성대(1,120m)

옛날 운장산에 있던 절의 주지승과 산 위 암자에서 과거 공부하던 선비에게 일곱 청년이 나타나서 밥을 달라고 부탁했다. 그런데 주지승은 자기 먹을 밥도 없다고 거절하였고 선비는 불공을 드린 후에 밥을 주겠다고 하자, 일곱 청년은 "배고픈 사람의 사정도 모르면서 무슨 벼슬을 한다고!"라고 하면서 밥상과 선비의 책을 없애 버렸다고 한다. 일곱 청년은 북두칠성의 일곱 성인으로서 선비의 재질을 한번 시험하려고 내려간 것이었다. 선비는 그 후 수도승이 되었고 선비를 일깨워준 곳을 칠성대라 하였다는 전설이 있다.

3. 복두봉(幞頭峯, 해발 1,018m)

칠성대에서 구봉산 방향으로 약 6km 주 능선을 따라가면 바위 봉우리 복두봉을 만난다. 봉우리 형상이 과거급제한 이가 두건을 쓰고 구봉산 천황봉을 향해 절하는 형상 또는 복두봉 정상에서 바라보는 경관이 마치 절하는 인물처럼 보인다고 하여 붙인 이름이라고 한다.

월출산
月出山

전남 영암군과 강진군 경계에 있는 해발 809m의 산. 넓은 평야 한가운데에 우뚝 솟은 바위산이며, 달을 가장 먼저 맞이하고 산봉우리에 달이 걸리면 환상적으로 아름답다고 하여 붙인 이름이다. 작은 금강산으로도 불린다.

고인돌바위 지나 바위 전망대에서 바라본 정상 가는 암릉

월출산

아홉 우물 동차진 전설
삼동석 구정봉에
저녁노을 저물어
둥근 달 걸리고
노래하던 산새도 잠들면
고요한 명상에 잠긴
부처님 미소인 줄
알겠습니다.

비둘기 도선국사 전설
소사지 천황봉에
새벽녘 달빛 저물어
붉은 태양 걸리고
깨어난 산새 노래하면
불타의 길 비춰주는
부처님 자비인 줄
알겠습니다.

구정봉 배틀굴
따스한 햇님 찾아들고
천황봉 남근바위
온화한 달님 찾아들어
생동하는 만물 춤추면
음양의 조화 알려주는
부처님 은덕인 줄
알겠습니다

_ 2021. 3. 14. 일

▲ 정상 지나 전망대에서 바라본 산성대 능선

우리나라 3대 기악(奇岳)은 주왕산, 청량산, 월출산 또는 마이산이라 하며, 3대 암산(巖山)은 설악산, 주왕산, 월출산이며 남도 5대 명산은 지리산, 월출산, 내장산, 천관산, (내)변산이라고 한다.

▶ 월출산소사지(月出山小祀址)

통일신라 때부터 임진왜란 때까지 정상 천황봉에 국가에서 제사를 지내던 터라고 하며, 예부터 명산대천에 대사터 3곳, 중사터 24곳, 소사터 23곳이 있었는데 그중에 관련 유물이 출토되고 유구(遺構)가 확인된 유일한 장소라고 한다.

▼ 정상에서 구정봉 가는 바위 능선

월출산은 달이 난다 하여 삼국시대에는 월나산(月奈山), 고려시대에는 월생산(月生山), 조선시대부터는 월출산으로 불렸다고 한다. 이외에도 수많은 이름이 있는데 달(月)과 관련되었다는 설, 돌(石)과 관련되었다는 설, 불교와 관련되어 있다는 설 등에 따라 외화개산, 조계산, 금산 등 무려 13개 이름이 있다고 하며, 1988년에 20번째 국립공원으로 지정되었다.

◀ 산성대 능선 바위 전망대에서 바라본 영암

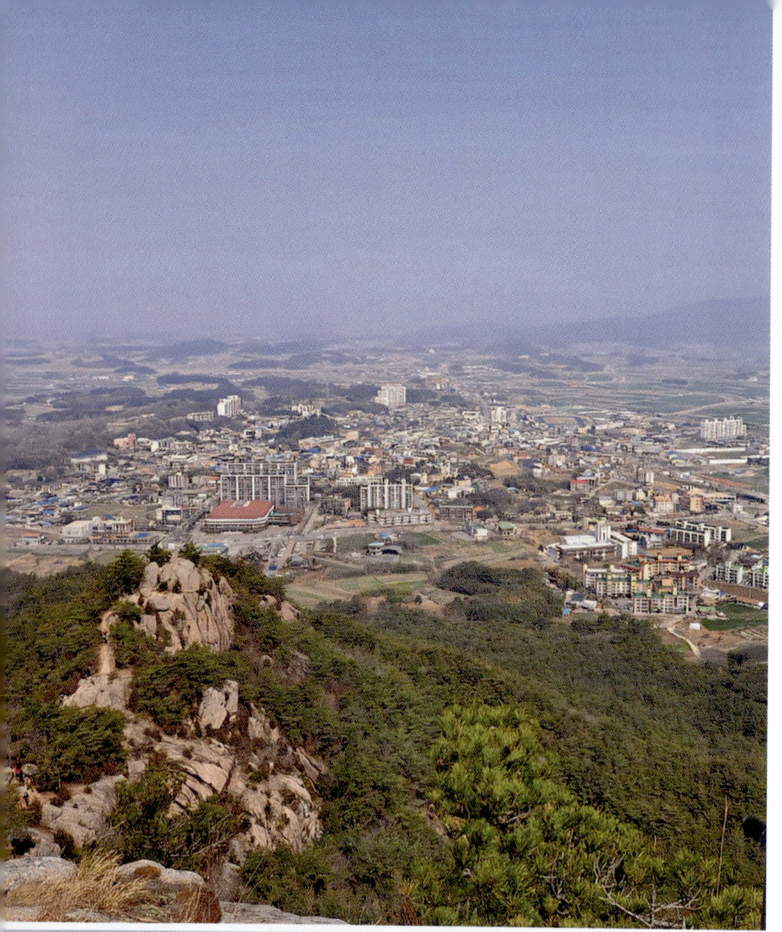

월출산 아랫마을에서 처녀가 오이를 먹고 아이를 잉태한 뒤, 아이가 태어나자마자 버렸다. 이때 비둘기가 아이를 거두어 키웠고, 그 아이가 바로 도선국사(道詵國師)라는 전설이 내려오며 그 마을을 비둘기 구(鳩)와 수풀 림(林) 자를 사용하여 구림(鳩林)이라 했다고 한다. 도선국사는 태조 왕건의 탄생과 고려 건국을 예언했고 우리나라에 풍수지리를 전파하였다고 한다.

▼ 정상에서 구름다리 방향으로 하산하면서 바라본 바람재 능선

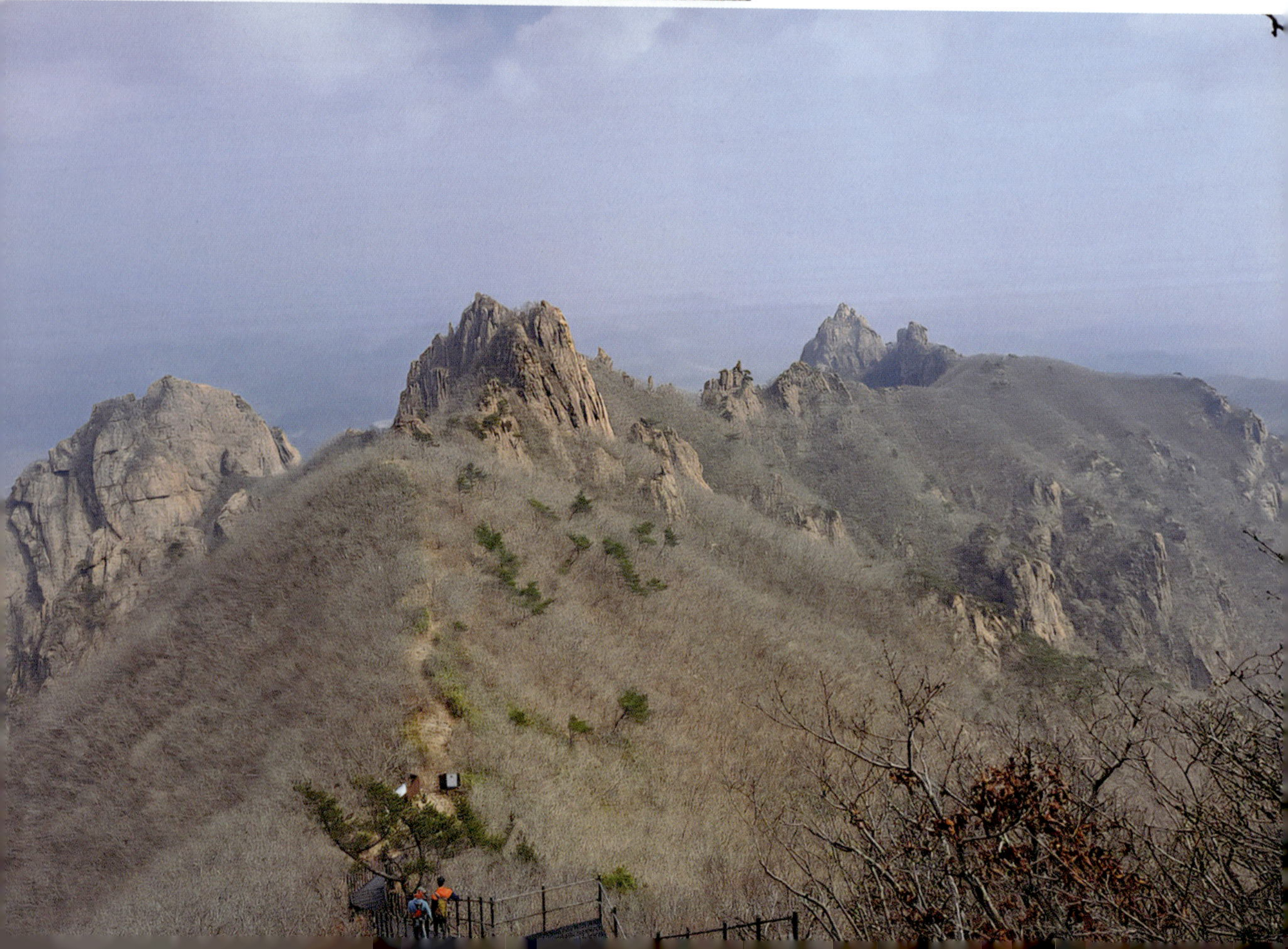

▶ 바람폭포

▲ 바람폭포에서 바라본 책바위(또는 식빵바위)

▲ 고인돌바위

월악산
月岳山

우리나라 5대 악산 중 하나로 충북 제천시, 단양군, 청주시 및 경북 문경시에 걸쳐 있는 해발 1,097m의 산. 1984년 17번째로 국립공원으로 지정되었으며 신라 때에는 뜨는 달이 주봉 영봉에 걸린다 하여 월형산(月兄山)으로 불렸다 하는데 험한 암릉 산세로 인하여 점차 월악산으로 정착되었다고 한다.

월악산 3봉, 하봉-중봉-영봉

월악산 영봉의 꿈

온통 회색빛 세상
구름 속 태양
달빛되어 영봉에 걸리니
신령스런 산신의 정원
이곳이 바로 월형산

무거운 발걸음 멈추고
암릉 전망대에 서니
기암, 고송, 청풍명월
천하비경 월악산
어느새 하나 되는 산객

구중궁궐 웬 말인가
무너진 왕국 공주의 애환
말없이 품어준 월악산
오늘같이 잔잔한 날
탐욕 버린 영봉의 꿈을 꾼다

_ 2021. 11. 21. 일

1. 월악산 산그리메

월악산에는 후백제 견훤이 이곳에 궁궐을 지으려다가 '와락' 무너졌다는 설과 고려 태조 왕건이 도읍지로 이곳과 개성 송악산을 두고 고민하다가 개성 송악산으로 결정하자 도읍의 꿈이 '와락' 무너져 와락산이 되었다는 전설이 있다.

2. 월악산 최고봉 영봉(1,097m)

큰스님이 나올 곳이라 하여 국사봉(國師峯)이라고도 하며 국가의 제사, 소사(小祀)를 지내던 곳이라 한다.

3. 보덕암(寶德庵)

신라 왕리조사(王利祖師)가 수행했던 보덕굴에 축조한 사찰로서 위독한 중병환자가 이곳 경내의 약수를 마시고 완쾌했다 하여 약수터 위에 약사여래불을 안치하면서 유명해진 사찰이다.

▲ 덕주사(德周寺)

이 사찰은 587년(신라 진평왕 9년)에 창건하였다고 하는데 누가 창건하였는지는 미상이라고 한다. 전설에 따르면, 신라 마지막 왕 경순왕의 맏딸 덕주공주와 왕자 마의태자가 나라가 망하자 금강산으로 가다가 이곳에 머물게 되었고, 이후 마의태자는 금강산으로 가고 덕주공주는 이곳에 남아 마애불을 새기고 덕주사를 세웠다고 한다. 또 둘 다 이곳에 남아 마의태자는 이곳 미륵사의 불상이 되고 덕주공주는 마애불이 되었다는 전설도 있다.

▼ 마애불(磨崖佛)

고려 초에 새겨진 것으로 알려진 높이 13m 보물 406호로 지정된 마애여래입상이다.

덕주산성 동문(왼쪽)과 덕주산성

백제에서 축성한 산성으로 조선 중종 때 내성을 축조하여 우리나라에서는 유래가 없는 4겹 산성이라고 하며, 덕주공주가 이곳에 덕주사와 마애불을 세웠던 곳이라고 해서 덕주산성으로 불리게 된 듯하다는 이야기가 있다. 덕주사에서 내려오면 복원된 성문이 있는데 이 성문이 동문이다.

청풍명월 충주호

유명산
有名山

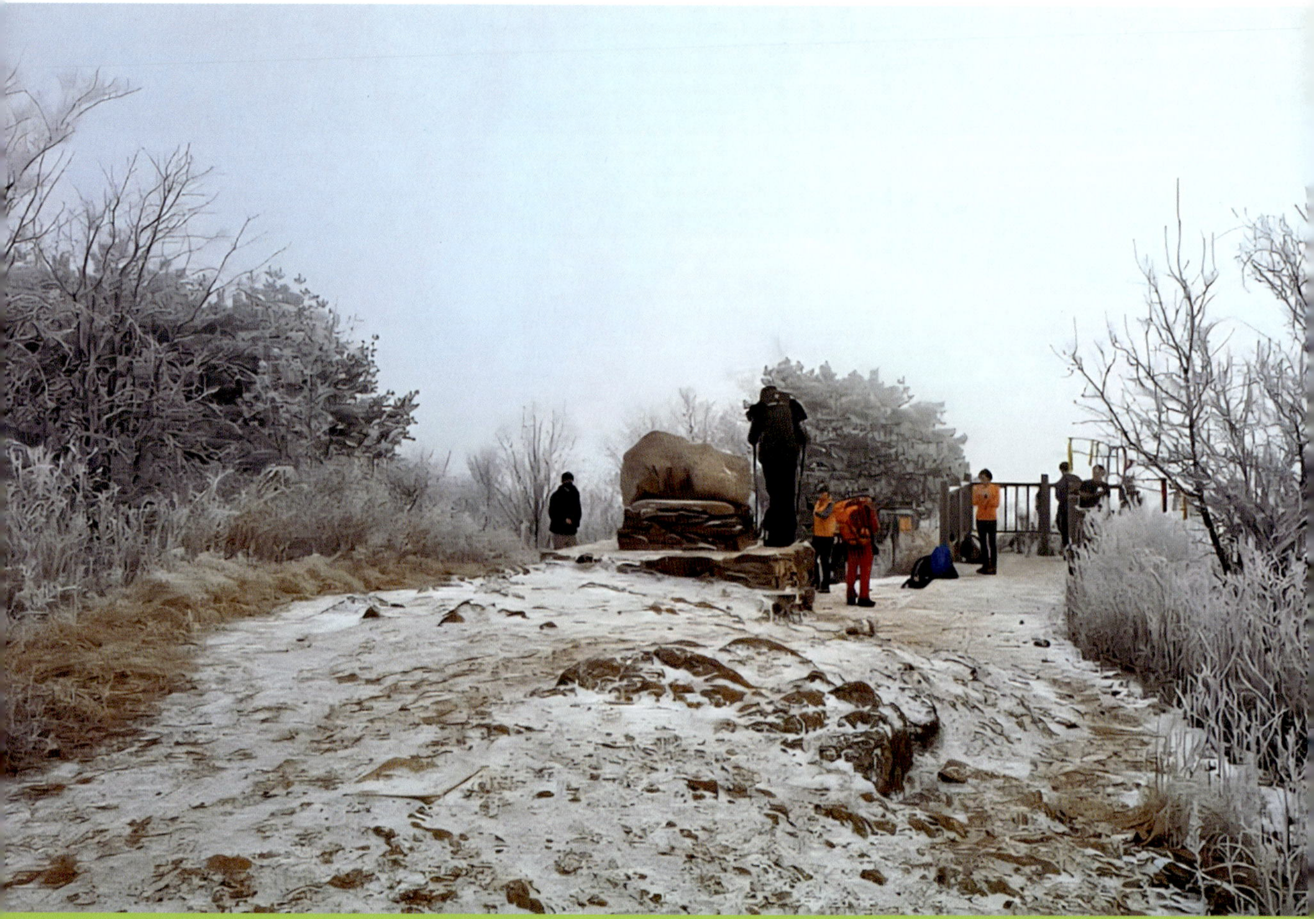

싸락눈 쌓인 정상

겨울 유명산에 간다

눈이 내리려나
짙은 구름 가득한 날
눈 속 함께 걸어줄
누군가 생각날 때는

차가운 겨울
얇은 장갑 속 시린 손
살며시 꼭 잡아줄
누군가 생각날 때는

고요한 능선 오솔길
흩날리는 싸락눈
물결치는 억새평원
겨울 유명산에 갑니다.

_ 2022. 1. 9. 일

180

1. 영화 〈관상〉의 촬영지

유명산 활공장을 지나 배너미고개로 가다 보면 억새평원 사이에
너와집 형상의 가옥 두 채가 있는데 영화 〈관상〉의 촬영지이다.
관상쟁이 송강호 가족이 살던 집이다. 〈관상〉 이후에도 많은 영화
를 촬영했던 곳이라고 한다.

2. 상고대와 싸락눈이 내린 능선

유명산은 능선이 완만하고 부드러운 산으로 풍부한 수량과 기암
절벽 그리고 작은 폭포가 어우러진 계곡이 유명하여 가평 8경 중
제8경인 유명농계(有名弄溪)로 알려져 있다.

3. 유명산 패러글라이딩 활공장

유명산 정상에서 약 1km 용문산 방향으로 진행하면 첫 번째 패
러글라이딩 활공장이 나오고 또 3~4백여 미터 지나면 두 번째
활공장을 만난다. 우리나라 활공장 중 가장 높은 곳에 위치하며,
억새평원과 어울린 넓고 푸른 활공장 그리고 탁 트인 산 아래 조
망이 산객의 가슴을 열어준다고 한다.

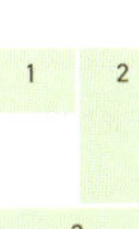

응봉산
鷹峯山

경북 울진군과 강원 삼척시 가곡면 경계에 있는 해발 998.5m의 산. 조선시대에 제작된 〈여지도서〉에는 가곡산으로 표기되어 있다고 한다. 울진 쪽에서 이 산을 보면 비상하는 매의 형상이라 하여 응봉산이라 했다는 설이 있고, 또 다른 이야기는 조씨라는 사람이 매 사냥 중 잃어버린 매를 찾았던 바위를 응봉이라 하였고 그 위에 부모의 묘를 써 집안이 번성하였다 하여 응봉산이라 불렸다는 설도 있다.

정상 아래 주 능선

한여름 응봉산

삼복더위 중복 지나
시끄럽던 매미 화음
우리 곁 떠나기 전
가는 여름 아쉬워
뜨거운 온천 산을 찾는다

풍경 없는 옛재 능선
무더움에 지친 몸
터벅터벅 발걸음
시원한 동해 바람 맞으며
응봉산 정상을 만난다

덕구계곡 온정골
노천 덕구온천 원탕
용소폭포, 마당소
비상하는 매가 되어
이열치열 삼복더위를 날린다

_ 2019. 8. 5. 월

1. 덕구계곡

응봉산은 산보다는 산 아래 덕구온천이 많이 알려져 있으며, 삼척의 덕풍계곡 용소골과 울진의 덕구계곡 온정골 등 계곡이 유명하다. 덕구계곡은 상부에 덕구온천 원탕이 있어 널리 알려진 곳인 반면 삼척의 덕풍계곡 용소골은 별로 알려지지 않은 곳이지만 숨어 있는 비경이라고 한다.

2. 용소폭포(龍沼瀑布)와 마당소 전설

이무기가 용이 되어 승천하려고 수백 년을 기다려왔지만 승천하지 못하다가 매봉 여신의 도움으로 용이 되어 승천하였다는 전설이 있다. 용이 승천하기 전에 살았다는 소(沼)를 마당소라고 하는데 승천한 용이 선녀에게 마음껏 놀 수 있도록 선물했던 곳이라고 하며, 수심이 깊어 명주실 한 타래를 풀었는데 4km가 떨어진 산 너머 마덕구계곡으로 실 끝이 나왔다는 전설도 내려온다.

3. 덕구온천(德邱溫泉) 원탕(原湯)

약 600년 전 고려 말 사냥꾼들이 사냥을 하다가 큰 멧돼지를 발견하여 활과 창으로 공격하자 멧돼지가 심한 상처를 입고 도망을 갔는데 어느 계곡에 들어갔다 나오더니 쏜살같이 사라졌다. 이를 이상하게 여긴 사냥꾼들이 그 계곡을 살펴보니 자연으로 용출되는 온천수를 발견하고 덕구온천이라고 하였다 한다. 온천수가 자연 용출되는 곳을 원탕(原湯)이라고 하는데 정상에서 덕구계곡 온정골로 내려오면 해발 약 500m 지점에 위치하여 일반인들이 이용하는 게 불편하였으나 1984년 원탕에서 약 4km 산 아래 덕구2리 온정동까지 송수관을 설치, 덕구온천단지가 개발되었다. 우리나라에서 유일한 노천온천이다.

장안산
長安山

전북 장수군에 위치한 해발 1,237m의 산. 크고 긴 능선이 편안한 산이라는 뜻이다. 옛날 산 아래에 장안사(長安寺)라는 절이 있어 장안산으로 불렸다고 하며, 영취산(靈鷲山)이라고도 하는 전형적인 육산(흙산)으로 수려한 산세, 깊은 계곡 그리고 산정 능선의 억새가 유명하다. 풍수지리적으로 길지의 산으로 우리나라 8대 종산에 속한다고 하며, 예부터 산신제를 지내며 신성한 산으로 여겼다.

능선에서 바라본 정상

장안산

종산이라 하더라
천하 길지 명당이라지

그래서 넌 이렇게
보드랍고 따스한
피부를 가졌구나

그래서 넌 이렇게
엄마같이 포근한
속살을 가졌구나

그래서 넌 이렇게
오래 머무르고 싶은
편안함을 가졌구나.

_ 2021. 12. 12. 일

▶ 장안산 정상 표지석

장안산은 이곳에서 시작하여 진안 주화산(珠華山, 565m)으로 끝나는 금남호남정맥 약 65km 구간의 최고봉이며, 장안산 물줄기는 섬진강을 거쳐 남해로, 금강을 거쳐 서해로도 흐른다고 한다.

▶ 무룡(舞龍)고개(880m)

길게 뻗어 있는 산 능선이 마치 용이 하늘로 오르며 춤을 추는 것 같다 해서 붙인 이름이다. '무룡궁(舞龍宮)'이라고도 하며 섬진강과 금강의 분수지라고 한다. 이 고개를 중심으로 동으로 백두대간 영취산이 지나고 서쪽으로는 금남호남정맥이 뻗어 나간다.

▶ 능선길 겨우살이

▼ 정상에서 바라본 주 능선과 백두대간

우리나라 8대 종산(宗山)이란 한국인의 정체성과 전통, 신앙을 상징하는 대표적인 산들로 오랜 세월 동안 민족의 영산(靈山)으로 자리매김한 산을 말한다. 백두산, 묘향산, 금강산, 태백산, 설악산, 지리산, 구월산, 구룡산이라는 설과 백두산, 한라산, 지리산, 설악산, 오대산, 덕유산, 치악산 그리고 장안산이라는 설이 있다.

재약산
載藥山

경남 밀양시와 울산시 울주군 경계에 있는 해발 1,189m의 산. 사자봉(1,189m)과 수미봉(須彌峯, 1,108m)이 위치한 산으로, 《신증동국여지승람》에는 '재악산(載嶽山)'이라고 표기되어 있다고 한다. 신라 흥덕왕 셋째 아들이 나병에 걸려 전국 유명 약수를 찾아다니면서 치료했지만 효험이 없다가 이곳의 약수를 마시고 나았다고 하여 죽림사(竹林寺)를 '영정사(靈井寺)'라 하고, 산 이름도 효험이 뛰어난 약초가 많이 있다고 하여 '약 약(藥)' 자를 붙여 재약산이라 했다는 전설이 있다.

정상에서 바라본 억새능선 천황재와 수미봉(왼쪽)
주 능선에서 바라본 재약산 정상 사자봉(오른쪽)

재약산 애환

영남알프스 남쪽 최고봉
해발 1,189m 봉우리
오로지 하나뿐인데
천황산, 재약산, 재약산
나눠진 세 얼굴 혼란스럽다

일제 흔적 천황산
신라 왕자 병 완치 재약산
표충사 일주문 재약산
이 산이 그 산, 그 산이 이 산
무엇이든 하나로 정하면 될 일

한여름 겨울 냉기 얼음골
오색 무지개 옥류동천
여전한 자태 영남알프스
사자평 억새 속 노루 가족
소풍 나들이 흥겹다

_ 2021. 10. 31. 일

1. 옥류동천, 흑룡폭포

2. 옥류동천, 층층폭포

같은 산군에서 최고봉이자 영남알프스에서 두 번째로 높은 사자봉 (1,189m)이 있는 산을 천황산(天皇山)이라고 불렀는데, 일제의 잔재라 하여 현재 전체 산군을 재약산 또는 예전의 이름 재악산으로 통합하고 재약산 제1봉을 사자봉, 제2봉을 수미봉으로 정하려는 움직임이 있는 듯하다. 표충사 일주문에는 '재악산'으로 되어 있다.

3. 옥류동천, 구룡폭포

조계산
曺溪山

전남 순천시에 위치한 해발 888m의 산. 호남정맥에 속한 산이며 옛 이름은 송광사의 이름을 따서 송광산(松廣山)으로 불리다가 고려 희종(熙宗) 때 조계산으로, 이후 조선시대에 청량산(淸凉山)으로, 조선 선조 때 조계종의 중흥도량(中興道場)이 되면서 다시 조계산이 되었다고 한다. 송광사 반대편에는 또 다른 천년 고찰 태고종 총림 선암사(仙巖寺)가 있으며 두 사찰 모두 차(茶)와 관련이 깊다고 한다.

조계산 극락

내 마음속 부처 찾아
선암사 너머 송광사 가는 길
장군봉 작은 굴목재 넘으면
허름한 보리밥집

보리 비빔밥 안주 삼아
보리 동동주 한 사발이면
극락 찾는 산나그네
걸음은 갈지자, 얼굴은 봉선화

버들치 놀이터 송광사 계곡에
바위 베개 삼아 발 담그면
극락이 어디메뇨
이곳이 바로 극락이지

_ 2021. 7. 11. 일

1. 조계산의 명물, 산중 보리밥집

조계산에는 또 다른 명물 산중 보리밥집이 있는데 보리 비빔밥에 동동주 한잔 먹지 않으면 조계산에 왔다고 하지 말라는 이야기가 있다.

2. 송광사(松廣寺)의 전설

첫째, 18명의 큰스님이 나서서 부처님의 가르침을 널리 펼 절이라는 전설이다. 송을 파자(破字)하면 '十八(木)＋公(18명의 훌륭한 인물)'이고, 광(廣)은 널리 펴는 것을 의미한다고 한다. 둘째, 보조국사 지눌스님이 정혜결사를 옮기기 위해 나무로 깎은 솔개를 날렸더니 지금의 송광사 국사전 뒷등에 떨어져 앉았다고 하며 그 뒷등을 치락대(솔개가 내려앉은 대)라고 했는데 육당 최남선이 송광의 뜻을 솔갱이(솔개의 사투리)라 하여 송광이 되었다는 설. 셋째, 예부터 이 산에 소나무(솔갱이)가 많아 솔메라 불렀고 그에 유래하여 송광산이라 했는데 산 이름에 맞춰 송광사라 했다는 설이 전한다.

3. 배바위

옛날에 온 세상이 홍수로 물에 잠기게 되자 사람들이 만든 큰 배가 떠내려가지 않도록 바위에 묶었다는 전설이 있다. 또 다른 하나는 이 바위를 신선바위라고도 하는데 옛날 신선들이 이 바위에서 바둑을 두고 놀았다는 전설이 내려온다.

4. 수량이 풍부한 계곡

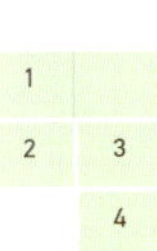

조령산
鳥嶺山

충북 괴산군과 경북 문경시에 걸쳐 있는 해발 1,017m의 산. 나는 새도 쉬어 간다는 험준한 고개(새재 또는 조령)를 품고 백두대간이 지나가는 산이다. 조령산의 안부(鞍部, 산의 능선이 말안장 모양으로 움푹 들어간 부분)이며 정상에서 북쪽으로 약 4km 떨어진 해발 642m의 조령은 영남지방에서 한양으로 가는 가장 중요한 관문이다. '문경새재' 또는 '새재'라고 했으며 이를 통과하는 세 곳의 관문이 설치되어 있다.

신선암봉에서 바라본 암벽 능선

조령산

가녀린 날갯짓하며
따스한 둥지, 먹이 찾아
넘나들던 수많은 산새

괴나리봇짐에
가슴에는 큰 꿈 안고
넘나들던 선비 서생

하얀 바위, 초록 산그리메
산신인 양 착각하며
넘나드는 산나그네

그 무엇 가리지 않고
힘들면 쉬어가라
내어주는 시원한 바람

_ 2020. 7. 11. 토

▲ 이화령(梨化嶺, 548m)

충북 괴산군과 경북 문경시의 경계를 이루는 큰 고개이다. 예전에는 워낙 가파르고 험해 여러 사람이 같이 넘었다고 하여 '이우릿재' 또는 '이유릿재'라고 했으며, 이후 이곳에 배나무가 많다고 하여 이화령이라 했다고 한다. 일부에서는 일제 강점기에 만들어진 고개라고 하는데, 사실은 일제 강점기에 도로포장을 했다고 하며 하늘재와 이화령 사이에 새로 조령(새재)이 생겼다고 한다. 이화령에서 조령산으로 오르는 길은 숲이 우거져 조망이 전혀 없지만, 조령산 정상을 지나 제3관문으로 가는 능선은 기암 암릉 구간으로 극강의 조망을 제공한다.

▶ 산악인 지현옥 추모 푯말

우리나라 3대 여성 산악인 중 한 명으로 알려진 지현옥 씨의 추모 푯말이 조령산 정상에 세워져 있다. 1959년 충남 논산 출신으로 1999년 안나푸르나 등정 후 하산길에서 실종, 40세의 젊은 나이에 히말라야 설산에 묻혔다고 하는데 왜 조령령산에 추모 푯말이 있는지는 알 수 없다. 아마도 고 지현옥 씨가 백두대간 구간 중 이 구간을 가장 좋아하지 않았을까? 삼가 고인의 명복을 빈다.

▼ 신선암봉

주왕산
周王山

경북 청송군과 영덕군에 걸쳐 있는 해발 720m의 산. 거대한 호수였던 주왕산 일대가 퇴적되면서 육지로 바뀌었고, 이후 약 7천만 년 전 9번에 걸친 화산 활동과 오랜 시간 풍화와 침식에 의해 현재와 같은 모습이 되었다고 한다. 1976년에 국립공원으로, 2017년에는 제주도에 이어 두 번째로 2017년에 유네스코 세계지질공원으로 지정되었다.

주봉 능선에서 바라본 암봉

주왕산

콰르릉 쾅쾅 천지개벽
대지 뒤틀림, 용암 불덩이
세찬 비바람, 눈보라
이겨낸 기묘한 바위산

직벽단애 용추협곡
도리천 가는 열반의 길
산허리 두른 기암 봉우리
신선의 병풍 산수화

천혜 요새 오지
당나라 주왕, 신라 주원왕 전설
속세에 남겨준 기악
그대의 강인함, 자비심
형용할 수 없는 그대

_ 2021. 3. 13. 토

1. 대전사에서 본 장군봉

당나라의 주도(周鍍)라는 자가 스스로 주왕(周王)이라 칭하며 반란을 일으켰다가 패배하여 이곳에 숨어들었고 결국 신라의 마 장군에게 잡혀 장안에서 참수되었다는 전설에 따라 주왕산이 되었다고 한다. 주왕의 무기를 숨긴 무장굴, 주왕의 대장기 기봉, 주왕 아들을 위한 대전사(大典寺), 주왕의 딸 이름을 딴 백련암, 백련공주 성불과 군사훈련 연화굴, 주왕의 명복을 빌려고 세운 주왕굴 앞 주왕암 등 산 전체에 주왕의 전설이 서려 있는 산이며, 예전에는 '석병산(石屛山)', '대둔산(大遯山)'이라고도 했다고 한다. 당나라 주왕의 전설 외에도 통일신라의 왕위 계승자인 김주원이 왕위를 사양하고 이곳으로 와서 살았다는 설 그리고 통일신라 822년(헌덕왕 14년) 김헌창이 난을 일으키자 당시 그의 아들 김범문이 그를 이곳으로 피신시켰다는 전설도 있다.

2. 주왕암

3. 주왕굴

▲ 용연폭포

◀ 용추협곡(龍湫峽谷)
용추란 용이 하늘로 승천한 웅덩이라는 뜻이며, 협곡은 오랜 기간 심한 하식(河蝕) 작용으로 인해 양쪽의 거대한 암릉이 수직으로 깎여 폭에 비해 깊고 가파른 골짜기를 말한다. 예전에 청학과 백학이 살았다는 전설이 있어 '청학동'이라 했다고도 한다.

▶ **학소대(鶴巢臺)**

절벽 위에 청학(靑鶴)과 백학(白鶴) 한 쌍이 둥지(巢)를 틀고 살았다고 하여 붙인 이름이다. 어느 날 백학이 사냥꾼에게 잡히자 짝을 잃은 청학이 날마다 슬피 울면서 바위 주변을 배회하다가 자취를 감추었다는 전설이 있다.

▼ **시루봉**

바위가 마치 떡을 찌는 시루같이 생겼다고 해서 붙인 이름이며, 측면에서 보면 사람 얼굴 형상이다. 옛날 도사가 이 바위 위에서 도를 닦고 있을 때 신선이 불을 지펴주었다는 전설이 있다. 바위 밑에서 불을 피우면 연기가 바위 전체를 감싸면서 봉우리 위로 치솟는다고 한다.

주흘산
主屹山

경북 문경시에 속한 해발 1,106m의 산. 문경의 진산이자 주산으로 '우두머리 의연한 산' 이라는 뜻이다. 고려 말 공민왕이 홍건적의 난을 피해 안동으로 몽진했을 때 이 산에 머물렀다 해서 왕이 머문 산이란 뜻으로 임금 주(主) 자를 붙여 주흘산(主屹山)이라고 한다.

부봉에서 바라본 주흘산

주흘산

문경의 진산 주흘산
최고봉 위엄 영봉
빼어난 경관 주봉
두 봉우리 모두 우두머리

주흘산 지킴이인가
대간 길 침묵의 탄항산
여섯 호위 암봉 부봉
서로 잘났다 다투지 않고

수많은 역사의 질곡
서로 보듬고 감싸주니
과연 영남의 관문을 지키는
의연한 우두머리 산

_ 2021. 1. 3. 일

▲ 주흘산 영봉에서 바라본 문경 방향

▶ 하늘재(520m)

경북 문경시 문경읍 관음리와 충북 충주시 수안보면 미륵리를 잇는 고개로 포암산과 탄항산 사이에 있으며, 조성 기록이 남아 있는 우리 나라 고개 중 가장 오래되었다고 한다. 《삼국사기》에 신라 8대 왕인 아달라 이사금 3년(156년)에 북진을 위해 개척한 고개로 계립령, 지릅 재 등으로 불렸으며, 하늘재는 '하늘과 맞닿은 고개'라는 뜻이다.

▼ 영봉능선에서 바라본 부봉

주흘산은 예부터 나라의 기둥이 되는 큰 산으로 매년 조정에서 향과 축문을 내려 제사를 올리던 신령한 영산으로 받들어 왔다고 전한다. 옛 기록에 영남이니 교남이니 하는 명칭은 이 산과 관련된 것이라 적 고 있다. 충청도와 경상도를 나누는 조령을 기준으로 영(嶺)의 남쪽 에 있다 하여 영남이라고도 한다.

지리산 바래봉
智異山

전북 남원시에 위치한 해발 1,165m의 산. 지리산에 속한 봉우리로 산 모양이 삿갓처럼 생겼다 해서 이곳 사람들은 '삿갓봉'이라 한다. 또한 스님들의 공양 그릇인 바리때를 엎어 놓은 모습이라 하여 '바리봉'이라 부르던 것이 음 변화로 바래봉이 되었다고 하며, 원래는 발산(鉢山), 발악(鉢岳)이라고도 했다.

정상에서 바라본 지리산 주 능선

천상화원, 바래봉

지리산 주 능선과
백두대간 고리봉에서
살짝 벗어나
외로운 지리산 바래봉

세동치, 부운치 지나
넓은 구릉 팔랑치
운무 속 숨었던
분홍 철쭉의 향연

운무 걷힌 바래봉
파란 하늘, 흰 구름
구상나무, 철쭉 평원
또 다른 천상의 화원

_ 2021. 5. 2. 일

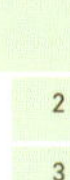

1. 팔랑치 철쭉 군락지

바래봉은 지리산 핵심 권역과 백두대간에도 벗어나 있어 외로운 산이지만 우리나라 3대 철쭉 군락지로서 봄철 상춘객의 사랑을 듬뿍 받는 산이다. 바래봉 일대는 원래 숲이 울창했는데 1970년대 오스트리아와 협력, 시범 면양 목장을 조성한 뒤로 식성 좋은 면양이 독성이 있는 철쭉을 제외하고 다 먹어 치우면서 현재의 식생 상태가 되었고, 1990년대에 일반인에게 출입을 허용함으로써 철쭉 명소가 되었다.

2. 정상 아래 구상나무 군락지

3. 지리산 운봉 바래봉 철쭉

매년 4월부터 한 달 동안 열리는 바래봉 철쭉제로 유명한 남원시 운봉마을은 2004년부터 허브 재배가 시작되어, 현재 우리나라 허브 생산량의 70％를 차지할 정도로 허브 밸리로서의 위상도 높아지고 있다.

지리산 반야봉
智異山　　般若峯

전북 남원시와 전남 구례군 경계에 위치한 해발 1,732m의 산. 지리산에서 불도를 닦던 반야가 지리산 여신 마고할미와 결혼, 천왕봉에 살며 여덟 딸을 두었고 이후 더 많은 깨달음을 얻기 위해 처와 딸들을 뒤로하고 이곳으로 들어감에 따라 반야봉이 되었다는 전설과 도력 높은 스님이 뱀사골 이무기를 물리치고 사찰의 안녕을 이룬 후에 《반야심경》 이름을 차용하여 반야봉이라 했다는 또 다른 전설이 있다.

반야봉 정상에서 바라본 운해

반야봉 가는 길 별을 본다

별을 본다.
밤하늘 수놓은 별
꿈꾸는 소원 빌며
너의 별, 나의 별 헤아리던
동심의 그때 그 별
변함없이 반짝이는
반야봉 가는 길
새벽녘 하늘의 별을 본다.

별을 본다.
같은 하늘 같은 별
변함없는 밤하늘
자글자글 깊은 골 얼굴
숨소리 죽이며
반야의 길 비추는
반야봉 가는 길
새벽녘 하늘의 별을 본다.

_ 2025. 8. 30. 토

1. 반야봉 정상석, 그 뒤로 천왕봉이 보인다.

반야(般若)란 '세상의 모든 사물의 도리를 꿰뚫어 보는 참 지혜'를 뜻하는 불교 용어로 초월적인 지적 능력을 의미하는데 해탈을 꿈꾸는 세속인의 꿈이 담긴 봉우리 이름이 아닐까?

지리산 10경에 속하는 반야봉 낙조가 유명하며 지리산 제2봉으로 알려졌으나 실제로는 중봉(1,875m), 제석봉(1,808m) 등 반야봉보다 높은 봉우리가 있다. 지리적 차원에서 경상도에 속한 천왕봉 일대와 전라도에 속한 봉우리군으로 구분, 전라도 쪽에서 가장 높은 반야봉을 지리산 2봉으로 부르는 듯하다.

2. 노고단 정상석과 운해

노고단(老姑壇, 1,507m)은 반야와 마고할미 전설에서 마고할미를 지칭한다는 설과 도교의 국모 신인 할미를 모시는 할미당이 천왕봉에서 이곳으로 옮겨져 한문으로 이름을 바꾼 것이라는 설이 있다. 군 시설이 있었는데 전부 철거되어 복원 중에 있으며, 예약을 해야 노고단 탐방이 가능하다.

3. 뱀사골 병소

뱀사골은 반야봉에서 반선까지 흐르는 약 14km의 긴 계곡으로 100여 개의 폭포와 웅덩이(沼)가 있다. 병소(瓶沼)는 웅덩이의 모습이 마치 호리병 같아 붙인 이름이다. 뱀사골은 칠선계곡, 피아골, 한신계곡 등과 함께 지리산 대표적인 계곡 중 하나다. 매년 7월 신선바위에서 참선하던 스님을 잡아먹은 이무기를 큰스님이 독으로 잡았고 이무기가 죽은 계곡이라 하여 뱀사골로 불렸으며, 희생된 스님의 넋을 기리기 위하여 계곡 입구 마을을 '절반의 신선'이라는 뜻으로 '반선(半仙) 마을'이라 했다는 전설이 있다. 또 배암사골이 뱀사골로 바뀌었다는 설, 뱀이 많이 잡힌 곳이라 하여 뱀사골, 비탈이 심하다는 뱀샅골이 변했다는 설 등이 전한다.

<table>
<tr><td>1</td><td>2</td></tr>
<tr><td></td><td>3</td></tr>
</table>

우리나라 최초의 국립공원인 지리산 최고봉으로 해발 1,915m이다. 지리산은 서로 다름(異)을 인정(智)한다는 뜻을 지닌 산으로, 옛날에 수많은 사람이 이곳으로 들어와 도를 닦아 지혜로워졌다는 전설에 따라 어리석은 사람이 지리산에 들어오면 지혜로운 사람이 된다고 한다.

9월 촛대봉에서, 운무 속 정상이 보인다.

지리산으로 간다

봄날 지리산으로 간다
겨우내 움츠렸던 몸
섬진청류에 몸 씻고
세석철쭉 향 가득 담아
생동하는 만물에 감사하리라

한여름 지리산으로 간다
삼복 무더위 지친 심신
불일현폭 오색 무지개 타고
운무 연하봉 신선 되어
덩실덩실 춤추어 보리라

가을 지리산으로 간다
불타는 피아골 오색단풍
춤추는 칠선계곡 선녀와
풍요와 결실의 기쁨
함께 나누어 보리라

한겨울 지리산으로 간다
한 해 동안 쌓인 번뇌
순백의 노고운해 건너
휘영청 벽소명월 달빛으로
말끔히 씻어 보리라

마음이 흔들릴 때
지리산으로 간다
솟아오르는 천왕봉 일출
조용히 저무는 반야 낙조
탐욕과 집착의 무상함
깊이 사색해 보리라

_ 2025. 10. 10. 금

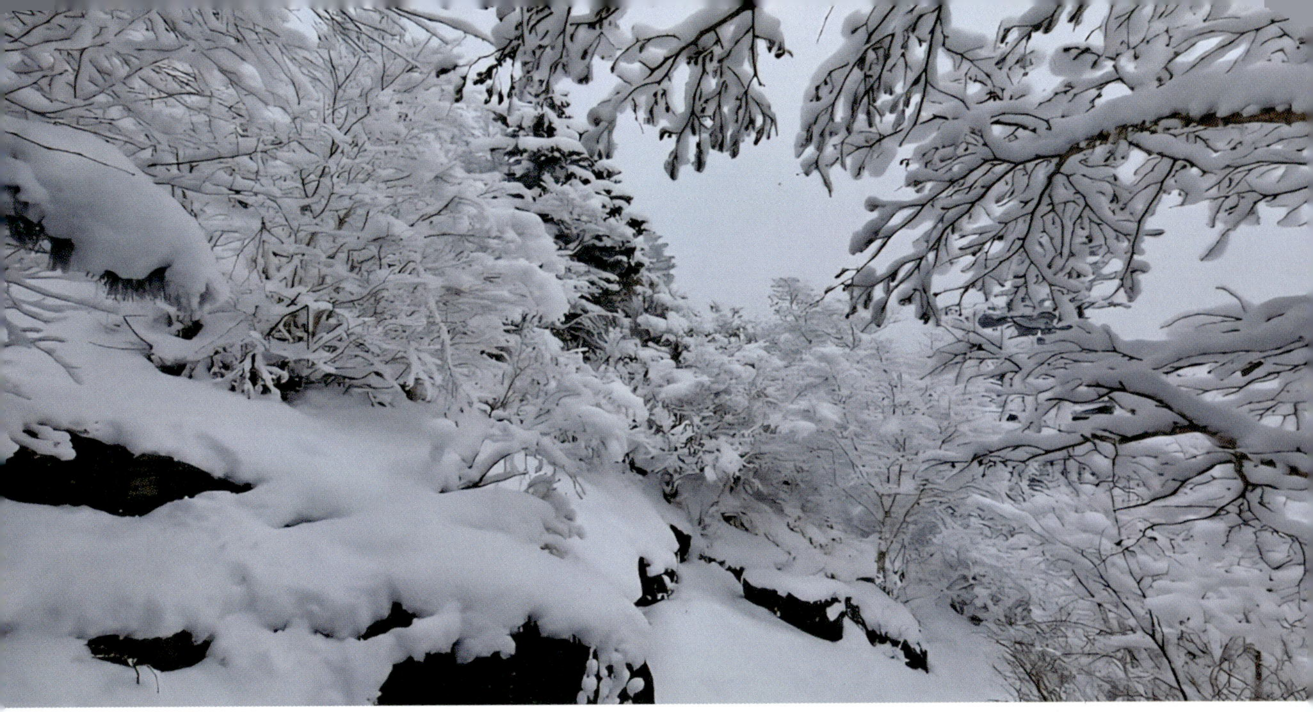

2월, 주 능선의 눈꽃 세상

지리산은 경남 하동·함양·산청, 전남 구례, 전북 남원 등 3개 도, 5개 시군에 걸쳐 있다. 예부터 금강산, 한라산과 함께 삼신산(三神山)에 속하며 신라 5악, 조선 4악으로 지정되어 제를 지내는 등 고대부터 명산으로 추앙받아 왔다. 현대에서도 대한민국과 한반도 5대 명산(지리산, 백두산, 한라산, 묘향산, 금강산)에 속한다.

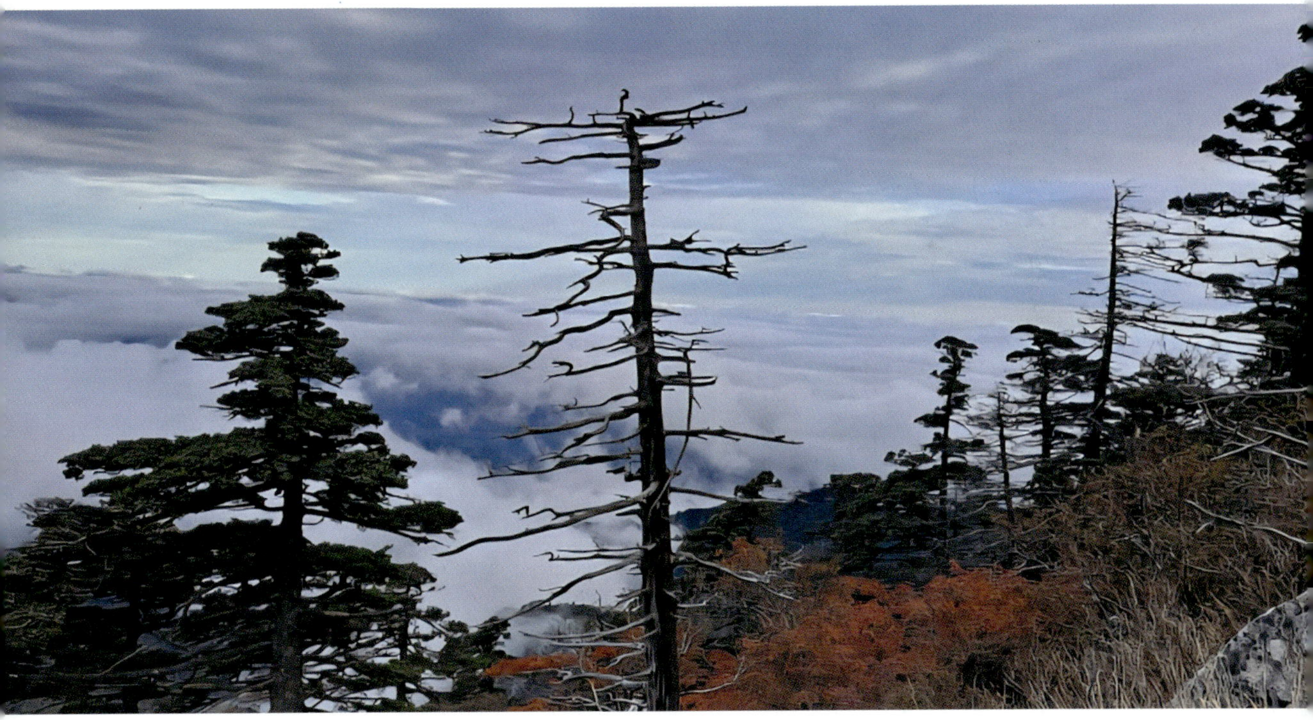

9월, 정상 아래의 운해

지리산 산정에 사는 마고 또는 마야고(麻耶姑) 여신이 반야(般若)를 사랑했는데, 어느 날 반야는 돌아오겠다며 기약하고 떠났으나 돌아오지 않았다. 마고는 기다림의 초조함에 나무를 할퀴어 그것이 정상 아래 고사목(枯死木)이 되었다. 고사목으로 베를 짜던 곳이 세석평전이며, 돌아오지 않은 반야는 반야봉이 되었다는 마고할미의 전설이 있다.

2월의 연하선경(왼쪽)과 9월의 연하선경(오른쪽)

● 지리산 10경(景)

제1경 천왕일출(天王日出), 제2경 피아골단풍(직전稷田단풍)
제3경 노고운해(老姑雲海), 제4경 반야낙조(般若落照)
제5경 벽소명월(碧霄明月), 제5경 세석(細石)철쭉
제7경 불일현폭(佛日懸瀑), 제8경 연하선경(煙霞仙景)
제9경 칠선계곡(七仙溪谷), 제10경 섬진청류(蟾津淸流)
천왕봉 일출은 3대가 덕을 쌓아야 볼 수 있다는 속설이 있으며, 노고단 운해를 보려면 사전 예약을 해야 한다.

9월 한신계곡의 한신폭포

10월의 주 능선 단풍

지리산 화대종주(華大縱走)란 전남 구례군에 위치한 화엄사에서 시작하여 경남 산청군에 위치한 대원사 아래 유평 매표소 주차장까지 약 48km의 구간을 종주하는 것을 말한다. 설악산 대종주, 덕유산 육구종주와 함께 3대 종주라고 한다.

화대종주 출사표

세상에 고하노니
대한민국의 자유와 평화
형제들의 명예와 언약
건강한 우리의 삶을 위해
화대종주에 도전하노라

하늘이 폭우로
발걸음을 무겁게 하여도
능선 너덜길이
발걸음을 더디게 하여도
산신이 요술로
정신을 혼미하게 하여도
우리는 멈추지 않으리라

우리의 용맹과 의지를
시험하는 것일 뿐
그 무엇도 아니도다

몸이 온전치 못하다는 것은
나약한 자의 변명
백두대간 지리산 마루금
우리의 땀과 피를 뿌리고
마지막 골인 지점에서
장렬히 쓰러지리라

_ 2023. 5. 28. 일

천관산
天冠山

전남 장흥군에 위치한 해발 723.1m의 산. 예전에는 산 모습이 불탑이 모여 있는 형상이라 하여 '지제산(支提山)' 또는 '청풍산'으로 불렸다고 한다. 다양한 모양으로 솟아 있는 기암괴석이 마치 주옥으로 장식된 천자의 면류관처럼 보인다 하여 천관산이라고 했다는 설과 김유신 장군의 연인 천관녀가 이곳에 숨어 살았다는 전설에 따라 천관산이라 했다는 이야기가 전한다.

환희대로 오르는 능선에서 바라본 다도해

천자 면류관, 천관산

금빛 억새평원 산정 아래
능선마다 오묘한 거대 암릉
각기 다른 자태가 일품
그 수가 무릇 수십, 수백
과연 천자의 면류관이로세

이 면류관 주인 천자
넘실대는 다도해에 있나
푸른 하늘 흰 구름에 있나
천관의 주인 만나는 날
부정의 세상 공명정대하리라

_ 2021. 11. 13. 토

▲ 환희대로 오르는 능선에서 바라본 암봉들

천관산은 지리산, 내장산, 월출산, (내)변산과 함께 호남 5대 명산에 속하며, 1988년 도립공원, 2000년 산림유전자원보호림, 2021년에는 명승 제119호로 지정되었다. 기암괴석의 암봉뿐만 아니라 산정 능선 약 40만 평에 펼쳐진 억새 군락지가 유명하여 매년 10월에 최고봉인 연대봉에서 억새 축제가 열린다고 한다. 또한 천관산 주위에는 2만여 그루의 동백나무가 자생하고 있는데 단일 수종으로 국내 최대 군락을 이루고 있음이 인정되어 2007년 한국 기네스 기록에 등재되었다.

▶ 석선봉(石仙峯)

장천재에서 환희대로 오르는 능선에서 만나는 암봉으로, 멀리서 바라보면 허리 굽은 노승(老僧)처럼 보인다고 한다.

석선봉(石仙峯)
종봉(鐘峯) 서남쪽에 있는데 거석이 깎은 듯 서서 기둥같으며 네모난 돌이 채롱처럼 위를 덮어 멀리서 바라보면 허리굽은 노승(老僧)과 같다.

▶ 당번(幢幡) 천주봉(天柱峯)

천주는 '하늘의 기둥'이라는 뜻으로 천주봉은 봉우리가 마치 기둥을 구름에 꽂아 세운 것 같아 붙인 이름이며, 당번은 불가에서 깃발을 달아놓은 보찰(寶刹)을 뜻하며 금관봉(金冠峯)이라 한다고 적혀 있다.

▼ 환희대에서 바라본 억새능선과 정상 연대봉

천관산 최고봉인 연대봉(煙臺峯, 723.1m)은 산세가 험하여 가끔 흰 연기와 같은 기운이 서린다 하여 붙인 이름이라고 한다.

천마산
天摩山

경기 남양주시 화도읍과 진접읍 경계에 있는 해발 812m의 산. 산세가 험하고 복잡하다 하여 소박맞은 산으로 불렸다. 고려 말, 이성계가 이곳에 사냥을 나왔다가 이 산을 보고 산이 매우 높아 손이 석 자만 더 길었으면 하늘도 만질 수 있겠다고 하여 '하늘을 만질 수 있는 산'이라는 의미에서 천마산이라 했다고 한다.

정상 조망, 북쪽 광주산맥 방향

천마산

하늘을 만질 만큼
임꺽정 본거지만큼
높고 깊었던 산

이웃한 고봉준령
하나같이 어울려
산그리메 뽐내던 산

암릉 계곡 비탈에
세계 유일 희귀 야생화
점현호색 품은 산

언제부터인가
사방을 에워싼 문명
이웃 산에 소박맞을 산

아는지 모르는지
깔딱샘 감로수
산정 푸르름은 한결같구나

_ 2021. 7. 24. 토

▲ 점현호색(사진: ⓒ 이기숙)

▶ 깔딱샘

▼ 정상 조망, 화도 방향

천마산은 외형으로는 숲이 우거져 평범한 육산으로 보이지만, 실제는 암릉 가득한 악산이며 암릉 슬랩 구간이 꽤 많이 있다. 산세도 꽤 웅장하여 조선 3대 도적 임꺽정의 활동 본거지였다는 전설이 있으며 정상 남서쪽에 임꺽정 바위가 있다. 또한 지구상에서 이곳 천마산에서만 자생한다는 점현호색의 군락지라고 한다.

천성산
千聖山

경남 양산시에 위치한 해발 920.2m의 산. 예전에는 '원적산'이라고 했는데 원효대사가 당나라에서 온 1천 명의 스님에게 《화엄경》을 설법하여 모두 성인이 되게 했다는 전설에 따라 천성산이라 했다고 한다.

제2봉 비로봉에서 바라본 제1봉 원효봉

천성산, 희망을 그린다!

원효대사 화엄 독경
성불한 천 명의 스님
천지신명 되어 내린 은덕
원적산, 원효산 두 얼굴의 산
천성산으로 한 몸 되던 날

깊은 숲속 산새 노랫가락
산정 늪지 억새 춤사위
갈래갈래 계곡 무지개
산 아래 인간 흥겨움
천지인도 하나 된 날

속세 문명의 이기
천지자연 그대로 숨결
서로의 주장에 분열된 인간
말없이 한결같은 천성산
다시 하나 되는 희망을 그려본다

_ 2021. 8. 2. 월

▲ 제2봉 비로봉 너머로 영남알프스가 보인다.

천성산은 원적산이라고도 했으며, 계곡을 사이에 두고 마주 보고 있는 산을 원효산(元曉山)으로 구분했다. 최근 양산시에서 원적산, 즉 천성산 정상을 제2봉 비로봉(毘盧峯)이라 하고, 원효산 정상을 천성산 주봉인 제1봉 원효봉으로 명칭을 정리했다.

▶ 제2봉 비로봉 오르는 길, 내원사 계곡이 보인다.

천성산은 영남알프스 유명세에 밀려 전국에 널리 알려진 산이 아니었는데 천성산을 관통하는 경부고속철도 터널을 반대하는 지율 스님의 단식 등 이슈화로 전국적으로 알려졌다. 천성산 터널을 뚫을 경우 산정 부근 습지에 살고 있는 도룡뇽이 사라지는 등 자연환경 파괴가 심각하게 된다는 주장이었다. 천성산 최고봉인 원효봉은 얼마 전까지 군 시설이 있어 출입 금지구역이었으나 현재는 시설을 철거, 이전했고 지뢰 제거 작업 등 복원사업 중이라고 한다.

▶ 내원사 계곡

내원사(內院寺)에는 다음과 같은 이야기가 전한다. 신라 문무왕 때 원효대사가 당나라 태화사의 신도 1천 명이 산사태로 매몰될 것을 알고 "해동원효척판구중(海東元曉擲板救衆)"이라고 쓴 큰 판자를 그 곳으로 날려 신도를 구했는데, 그 인연으로 천여 명의 당나라 승려가 원효의 제자가 되고자 신라로 왔다. 원효대사는 이들이 거주할 곳을 찾다가 이곳 산신이 점지해준 현재의 내원사 산신각 자리를 중심으로 대둔사(大芚寺)를 창건하고 89개의 암자를 마련하여 천명의 당 승려를 거주하게 했다고 한다. 현재는 우리나라 대표적인 비구니(여승) 수도선원으로 알려져 있고, 주위에 많은 암자와 선원이 있다.

천태산
天台山

충북 영동군과 충남 금산군 경계에 위치한 해발 714.7m의 산. '충북의 설악산'이라고도 불린다. 아기자기하면서도 웅장한 바위와 수많은 나무의 조화로 빚어낸 아름다운 산으로 영동 8경의 으뜸이라 한다. 영국사 아래 천 년을 견딘 높이 30m 둘레 11.4m의 은행나무 나뭇가지가 다시 땅에 뿌리를 내린 것으로 유명하다.

천태산

부처님 지혜로
평온을 누릴 곳 찾아
굽이굽이 금강 물결 따라
영동 팔경의 으뜸
천태산을 찾는다

부정부패 만연한
작금의 우리나라 세태
천 년을 이겨낸 은행나무
새로 탄생한 어린 가지 나무
애절한 울음 들리지 않는가

번뇌 가득한 산나그네
바람조차 무거운 마음
너무 맑아 푸르른 산야
무심(無心)의 흰 구름 되어
푸른 하늘과 하나 되고 싶다

국난 피해 이곳 온 고려 왕
칡넝쿨 다리 누교(縷橋) 건너
국난 극복 기원의 전설
거대한 슬랩 암봉에서
산 아래 보며 상념에 잠긴다

_ 2021. 5. 22. 토

▲ 천 년을 견딘 은행나무와 어미 나무에서 나온 가지가
다시 뿌리내린 어린나무

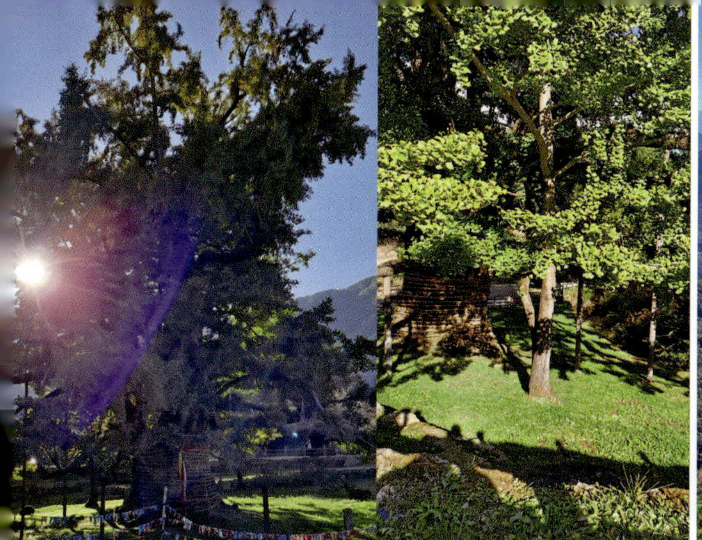

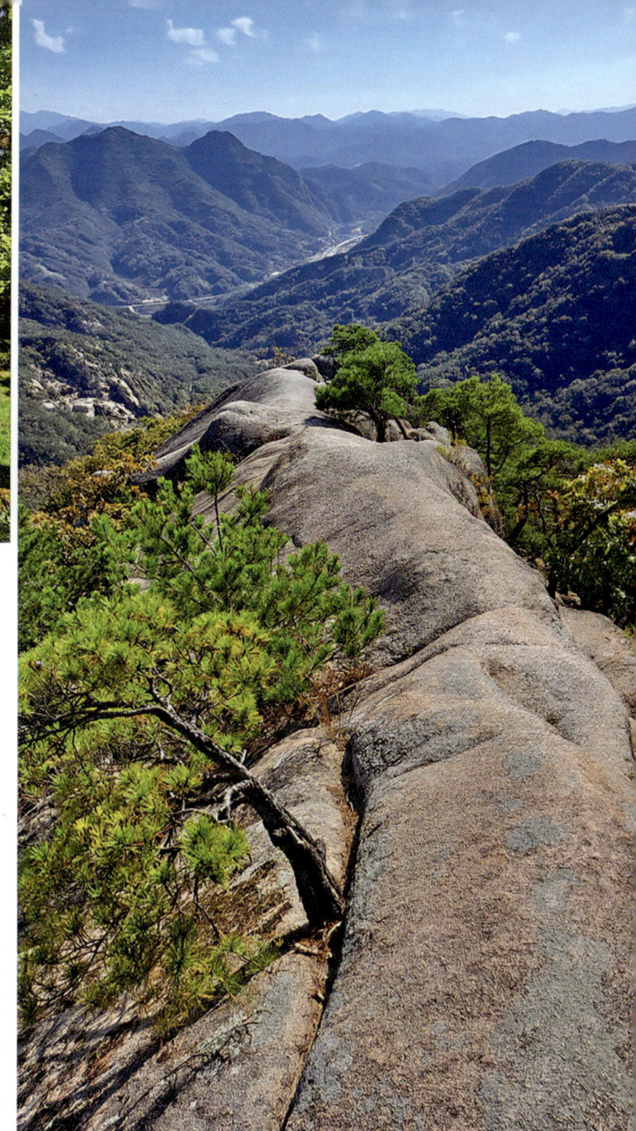

▶ 전망 좋은 긴 바위

천태산은 《한국지명총람》에 천대산, 천주산, 대성산, 지륵산, 국사봉, 국수봉(國壽峯) 등으로 소개되어 있으며, 영국사가 있어 부처의 지혜로 하늘과 같이 길이 편안함을 누리라는 뜻에서 천태산이라 했다고 한다.

▼ 영국사(寧國寺)

영국사는 통일신라 후기에 창건되고, 고려 명종 때인 12세기 원각국사에 의해 중창이 된 것으로 추정되며, 고려 고종 때 왕명으로 탑과 승탑, 금당을 새로 지어 '국청사'라 명명했다. 이후 홍건적의 난으로 이곳에 온 공민왕이 영국사로 개명하였다고 전한다.

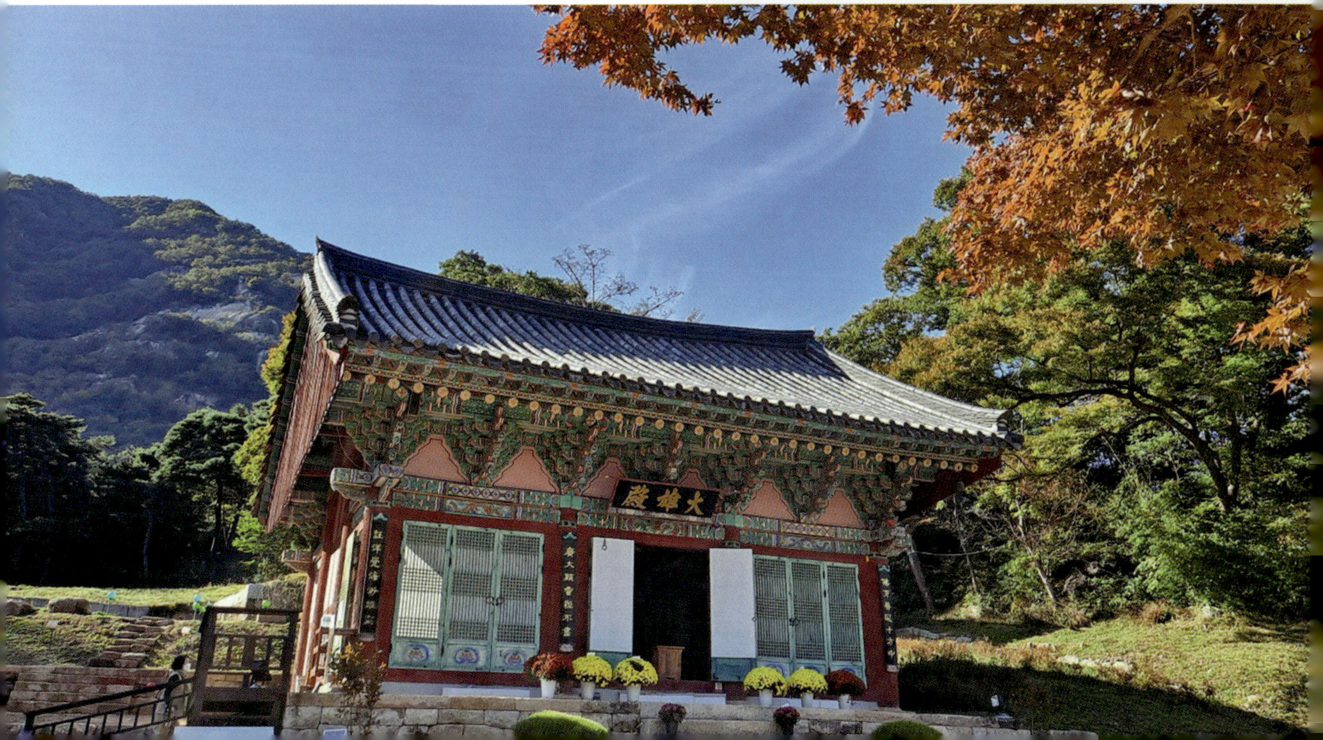

서울 서초구와 경기 성남시, 과천시, 의왕시에 걸친 해발 618.2m의 산. 계곡의 물이 맑고 깨끗하다 하여 붙인 이름이라고 하며, 조선시대에는 푸른 용이 승천하는 모습에서 '청룡산'이라 불렸다는 설이 있고, 또 다른 설은 관악산을 중심으로 우측의 수리산을 백호산, 좌측의 청계산을 청룡산이라 했다는 설이 전한다.

관악산과 과천이 보인다.

망국의 한, 청계산

망국의 눈물도
전쟁의 아픔도
분단의 슬픔도
역사의 질곡을
감싸안은 그대

지금 이 순간도
그대를 찾아온
수많은 군상들
말없이 포근히
감싸안은 그대

또 다른 역사 속
아픔의 눈물을
망경대 위에서
한없이 뿌리고
있을 그 누구를
감싸안을 그대

_ 2022. 1. 31. 월

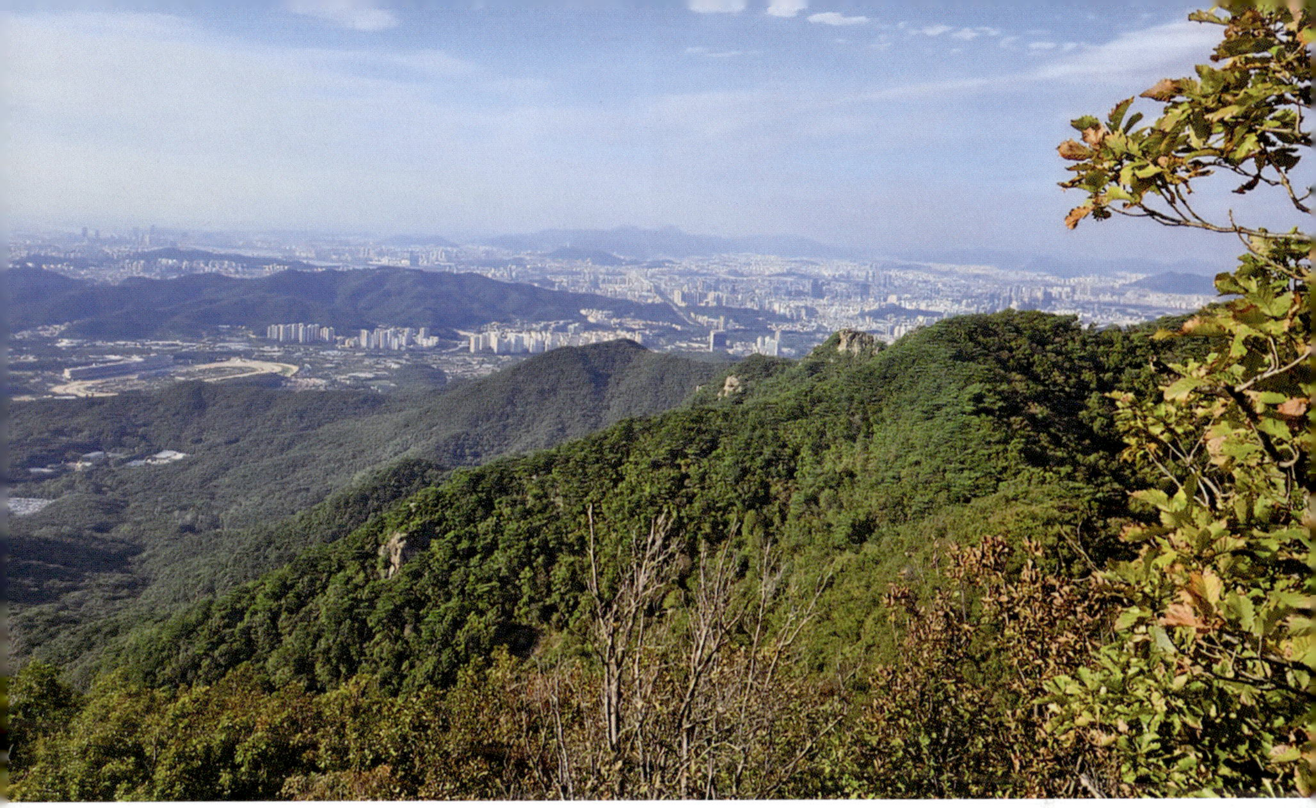

▲ 매봉, 옥녀봉 능선 방향

추사 김정희는 친부 김노경 묘가 있는 옥녀봉(玉女峯, 375m) 북쪽에 초당을 짓고 살았고, 고려 멸망 후 길재, 이색 등이 이곳에 은거했다는 등 수많은 이야기가 전한다. 현대에 들어와서는 예전에 북파공작원의 훈련장소가 있었다고 전하며, 1982년 공수 기본 훈련 250기 훈련생들이 강하를 위해 타고 가던 수송기(C-123)가 이곳에 추락하여 탑승자 53명 전원(교관 5명, 훈련생 44명, 공군 4명)이 사망하는 비극을 맞기도 했다. 2010년에는 서울대공원 말레이곰이 탈출하여 곰 포획 비상이 걸리기도 했던 곳이다.

▼ 하우고개(또는 하오고개) 육교

하우고개는 성남시와 의왕시를 연결하는 고개로, 고개 남쪽 뒷산에 있는 성주산을 일명 '와우산(臥牛山)'이라 불렀다. 이 산을 넘는 고개도 와우고개라 했는데 와우가 강하게 발음되면서 하우로 변했다는 설이 있다.

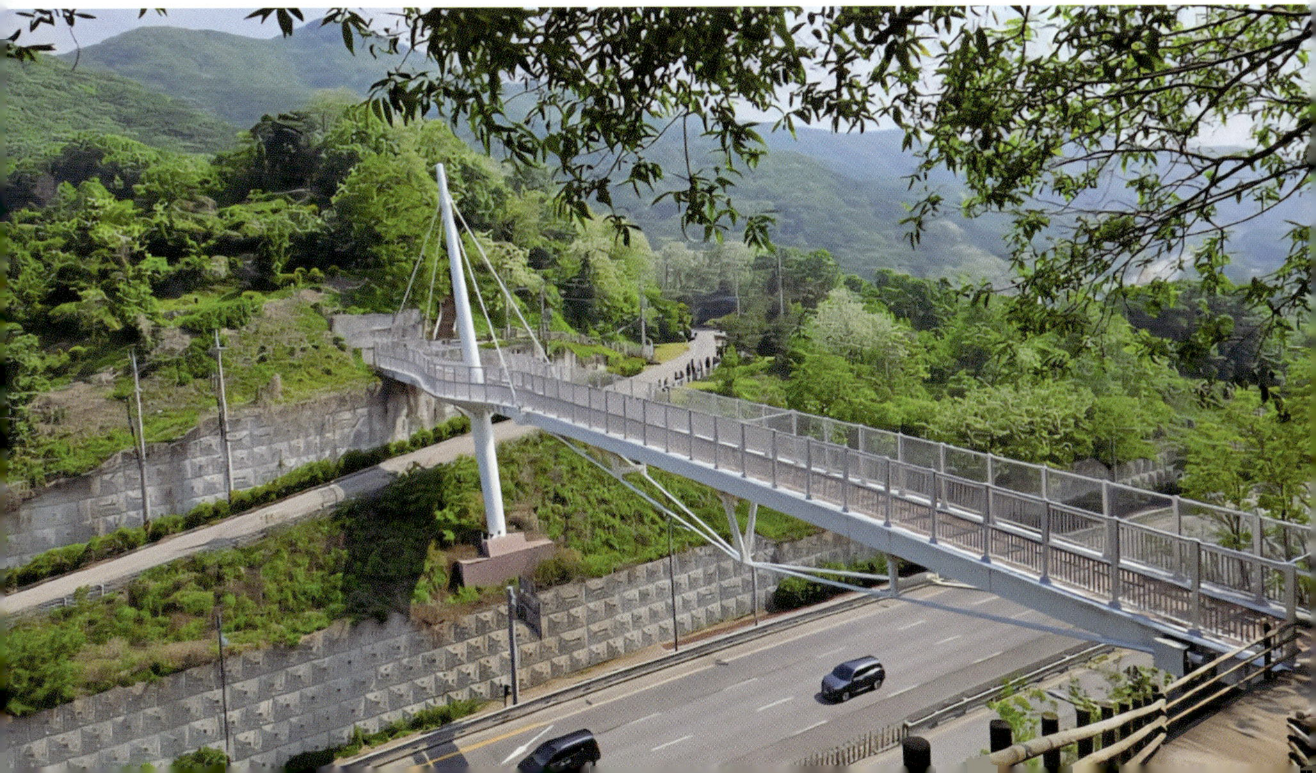

▲ 계곡의 물이 맑고 깨끗하다 하여 붙인 이름, 청계산　　　▲ 망경봉 바위에서

▼ 매바위 전망, 서울 공항이 보인다.

청계산 봉우리 이야기

- 망경봉(望京峯, 618m)은 청계산의 주봉으로 고려 말 조윤(趙胤)이 망한 고려를 한탄하며 개경을 향해 절을 했다 하여 붙인 이름이며, 현재는 군 시설로 출입 금지구역이다.
- 이수봉(二壽峯, 545m)은 무오사화(戊午士禍)에 연루된 정여창이 이곳에서 두 번이나 생명을 구했다 하여 붙인 이름이라 하며, 정여창이 피눈물을 흘리며 넘었다는 혈읍재가 있다.
- 국사봉(國思峯, 540m)은 고려 말 조윤이 망한 고려를 생각하며 올랐던 봉우리라 하여 붙인 이름이라고 전한다.
- 옥녀봉(玉女峯, 375m)은 봉우리가 예쁜 여성 같은 형상이라 하여 붙인 이름이라고 한다. 관악산이 선명하게 조망된다.
- 매봉(582.5m)은 봉우리의 형상이 매와 같이 생겼다고 하여 매봉이라 한 듯한데 망경봉이 출입 금지구역이라 현재 주봉 역할을 하고 있으며, 매봉 아래에 매바위라는 암봉도 있다.

청량산
清凉山

경북 봉화군에 위치한 해발 870.4m의 산. 옛날에는 '수산(水山)'이라 불렸는데 청량산에 물이 거의 없어 물을 기원하는 의미에서 수산이라 했다는 설과 산 아래 굽이치는 낙동강이 있어 수산이라 했다는 설이 있다고 한다.

스승의 산, 청량산

직벽단애 가득한 기암 암산
한 성질 할 듯한데
두루뭉술 바위 봉우리
매섭지는 않으나 근엄하니
참 희한한 일이다

변화무쌍 극한의 바다 속
수억 년 인고의 시간
견디고 이겨낸 그대
삼라만상 이치 깨우쳤을 테니
어찌 속인이 알겠는가

진리의 도를 찾아
그대 품속으로 들어온
번뇌하는 선인 수도자
하나같이 길 찾아주니
그대는 진정 스승이로구나

_ 2021. 2. 13. 토

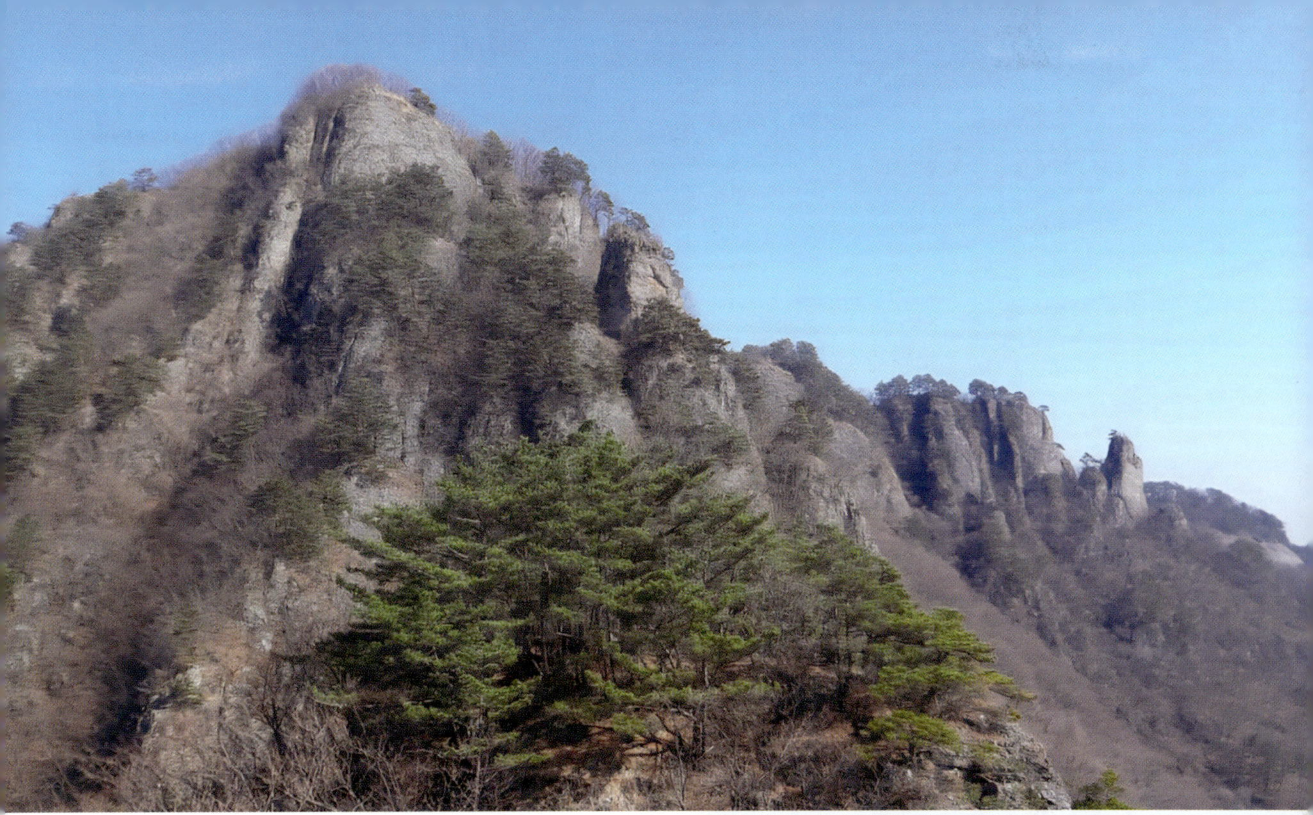

▲ 전망대에서 바라본 암봉들

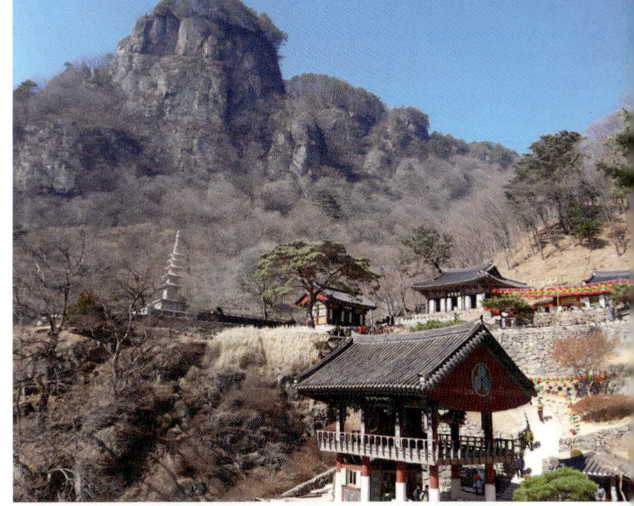

청량산은 주왕산, 월출산과 함께 우리나라 3대 기악(奇岳)에 속한다. 백악기 이전에는 바다였다가 점차 융기하여 현재의 모습이 되었다고 하며, 1982년 도립공원으로 지정되었다.

조선시대 이전에는 봉우리를 보살봉, 원효봉, 반야봉 등 불교 용어로 불렀으나 조선시대 숭유정책에 따라 장인봉, 선학봉, 탁필봉 등 유교식으로 풍기군수 주세붕이 바꿨다고 전한다.

▶ 연화봉 아래 청량사, 왼쪽에 오층석탑도 보인다.

청량사(淸凉寺)는 원효대사 또는 의상대사 두 분이 창건했다고 하며, 대웅전 앞 오층석탑이 유명하다.

▶ 퇴계 이황이 수양하면서 성리학을 집대성한 청량정사(淸凉精舍)

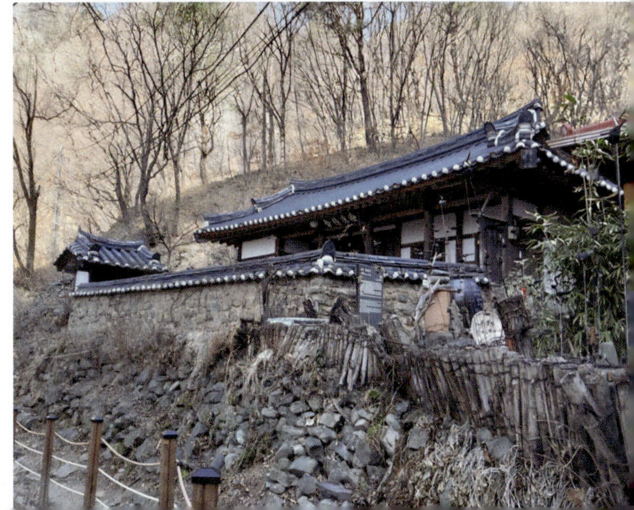

청화산
靑華山

경북 상주시, 문경시와 충북 괴산군 경계에 솟은 해발 970m의 산. 산죽과 소나무가 많아 겨울에도 푸르고 빛나 보인다고 하여 '푸를 청(靑)'과 '빛날 화(華)' 자를 붙였다고 한다. 조선 후기의 실학자이자 《택리지(擇里志)》를 지은 이중환이 이 산을 좋아해 여러 해 머물면서 자신의 호(號)를 청화산인(靑華山人)으로 지었다고 상주시에서는 소개하고 있다.

6월 운무에 잠긴 청화산 정상

청화산, 성찰의 도(道)를 만나다

화려한 자태보다는
순수 푸르름을 지닌 청렴의 산

자신보다 주위를
돋보이게 하는 배려의 산

월악산과 속리산
경계를 이어주는 소통의 산

암릉, 푸른 솔, 심곡(深谷)
다 가졌으나, 티 냄 없는 겸손의 산

한강과 낙동강
최남단 분수령 포용의 산

탐진치 가득한 산객
그대가 가르쳐 준
성찰의 도(道), 내 어찌 잊을까

_ 2020. 10. 25. 일

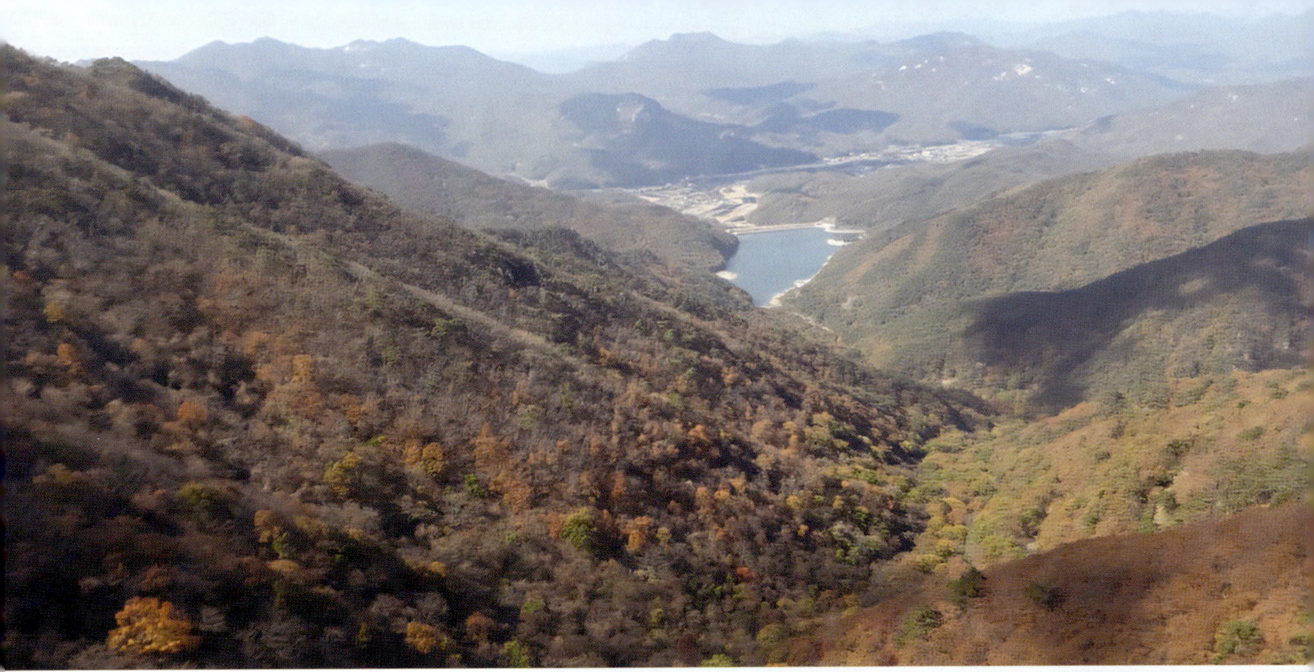

▲ 10월 능선에서 바라본 의상저수지

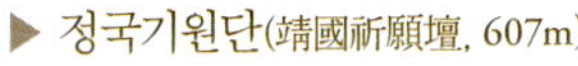

청화산은 백두대간에 속해 있고, 능선은 거대한 암릉이 많으며 오르내림이 심해 난도가 높은 산이지만 반대급부로 멋진 조망을 선물한다.

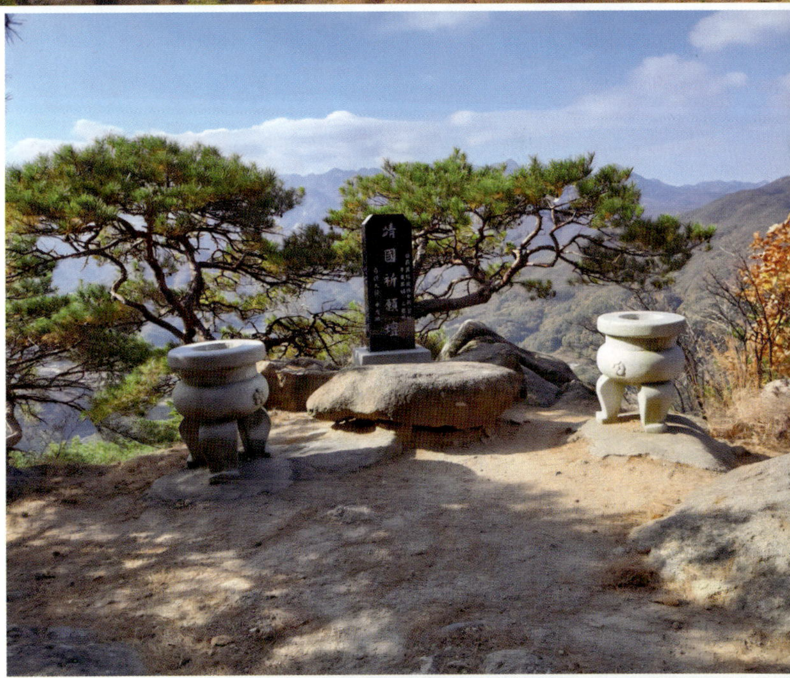

▶ 정국기원단(靖國祈願壇, 607m)

"백두대간 중원지(中元地), 백의(白衣) 민족중흥(民族中興) 성지(聖地)"라고 적혀 있다. 정국은 일본말 야스쿠니라 하여 문제를 제기하는 사람이 많다. 한자는 우리가 일본에 전해준 글이고 좋은 뜻이니….

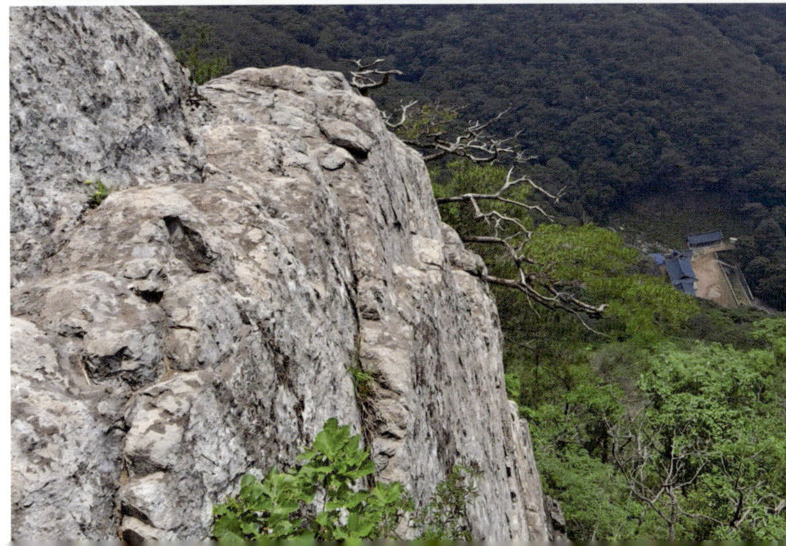

▶ 암릉 아래 원적사(圓寂寺)

원효대사가 660년에 창건했다고 전하며 수행 도량으로 널리 알려진 곳이다.

축령산
鷲靈山

전남 장성군에 위치한 해발 621m의 산. 예전에는 '취령산(鷲靈山)', '영취산', '문수산', '우리산'으로도 불렸다고 하며, 불교에서는 취(鷲)를 '축'으로도 읽기 때문에 축령산으로 바뀌었을 것으로 보인다는 주장이 설득력을 갖는다.

치유의 숲, 축령산

산을 산답게
벌거숭이 몸 푸르게 푸르게
황조롱이, 장수하늘소, 고라니
함께 살아가는 곳

인간이 만든 피폐함
어느 선각자 손길로
다시 돌아온 푸르름에
정겨움 가득한 숲속 가족

특별함 없던 이곳 축령산
쇠약해진 인간의 심신
보듬고 치유해주는 자비
자연과 인간의 조화를 배운다

_ 2020. 2. 8. 토

▲ 편백과 삼나무가 빽빽하다.

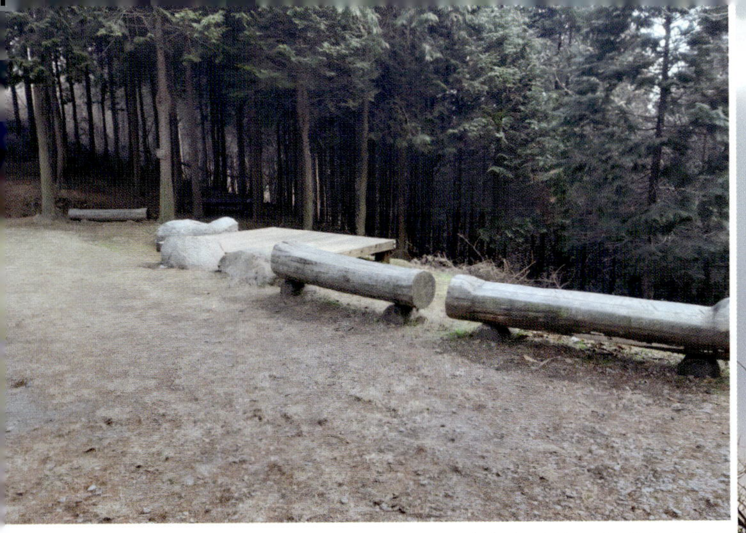

축령산은 우리나라 최대 편백 조림 지역이자 군락지라고 한다. 편백 등 침엽수에서 뿜어져 나오는 피톤치드는 심신의 안정을 가져다주고 인체의 심폐기능 강화로 천식, 폐결핵 치료에 많은 도움을 주고 있어 치유의 숲으로 널리 알려져 있다.

▶ 정상 표지석

▼ 임종국 선생 수목장

한국의 조림왕 춘원 임종국(林種國, 1915~1987년) 선생이 1956년부터 1989년까지 사재를 털어 축령산 남서쪽 약 569ha(여의도 2배 면적)에 약 253만 그루의 편백과 삼나무 등을 심어 푸른 산림을 조성했다. 약 6km의 숲길은 '한국의 아름다운 길 100선'에 선정되기도 했다.

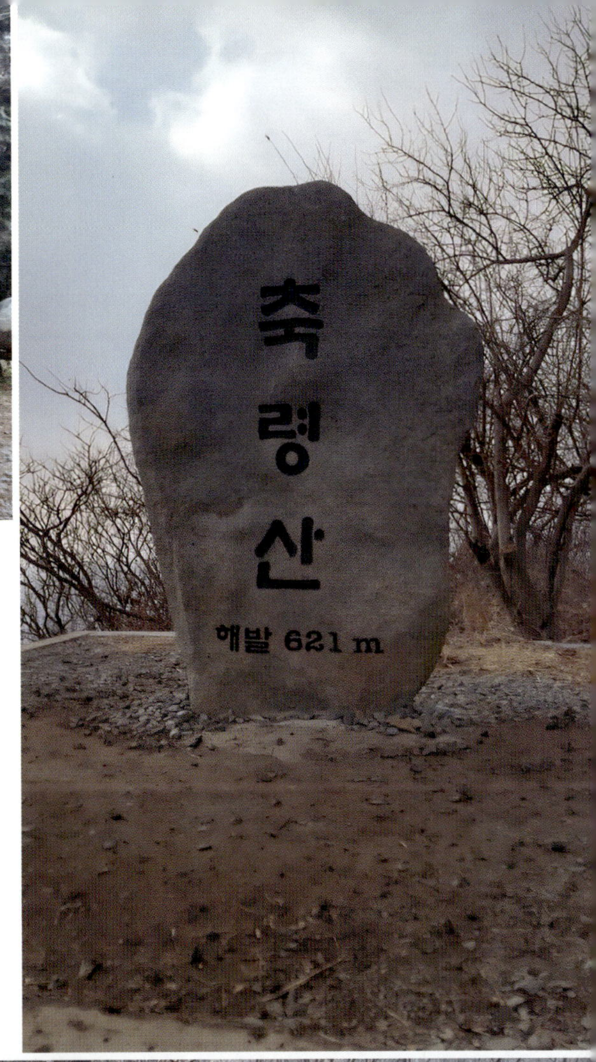

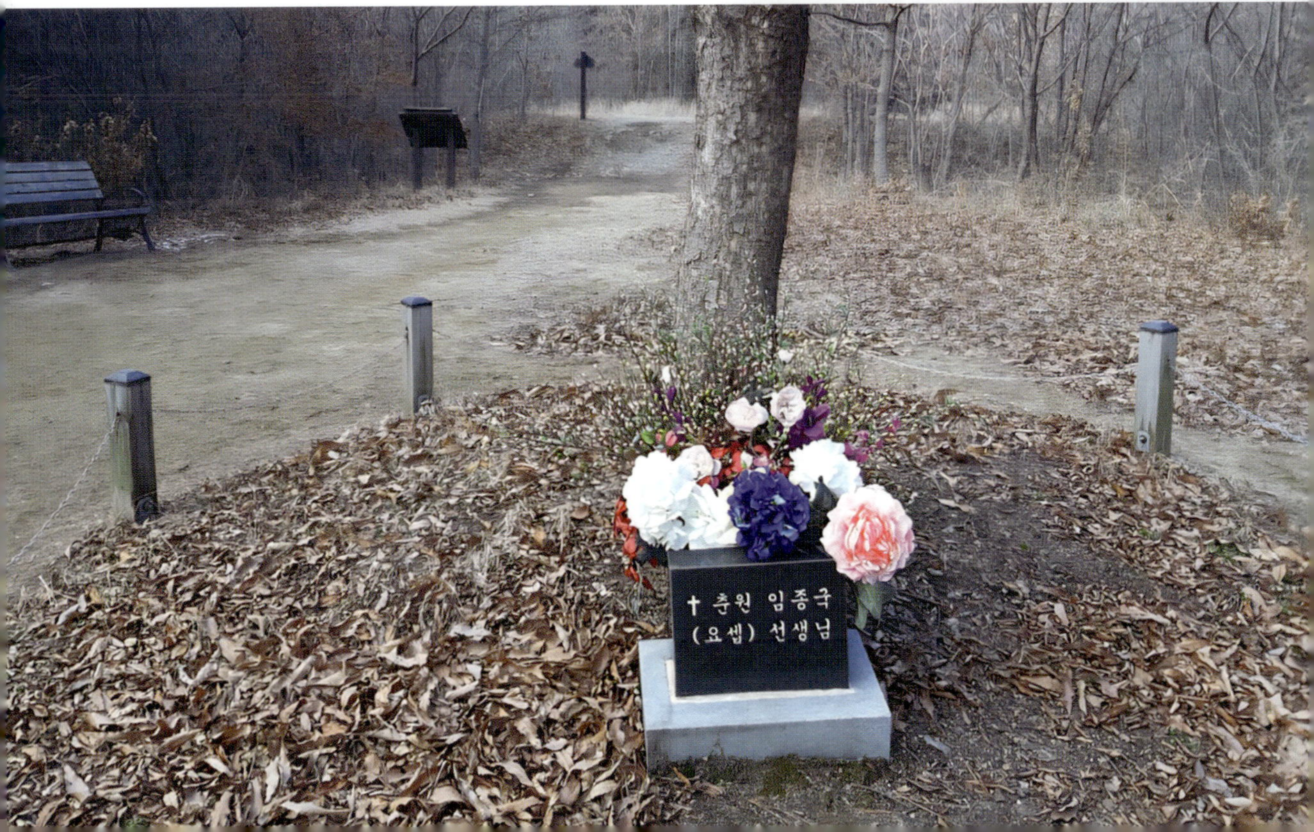

치악산
雉岳山

강원 원주시와 영월군 경계에 있는 해발 1,288m의 산. 예전에는 단풍이 들면 산 전체가 붉게 변한다 하여 '적악산(赤岳山)'으로 불렸다고 하며, 목숨 바친 꿩의 보은 전설로 '꿩 치(雉)' 자를 붙여 치악산이 되었다고 한다.

정상에서 바라본 마루금

치악산

하늘 솟은 비로봉
하늘의 칠성탑
바다의 용왕탑
육지의 산신탑
조화와 화합의 정기(精氣)
가득한 영서의 진산(鎭山)

남쪽 산 아래 상원사
애틋한 꿩의 보은
북쪽 산 아래 구룡사
신령한 용의 기운
모두 담은 부처님 은덕
가득한 붓다의 영산(靈山)

_ 2021. 8. 25. 일

▶ 구룡폭포와 구룡소

치악산은 차령산맥에 속해 있는 원주시의 진산이며 1973년 도립공원, 1984년 국립공원으로 지정되었다. 조선시대 오악 신앙의 하나로 이곳에 동악단을 쌓고 원주, 횡성, 영월, 평창, 정선 등 5개 고을에서 매년 봄·가을에 제를 올렸다고 한다.

▼ 보은의 꿩 전설을 품은 상원사

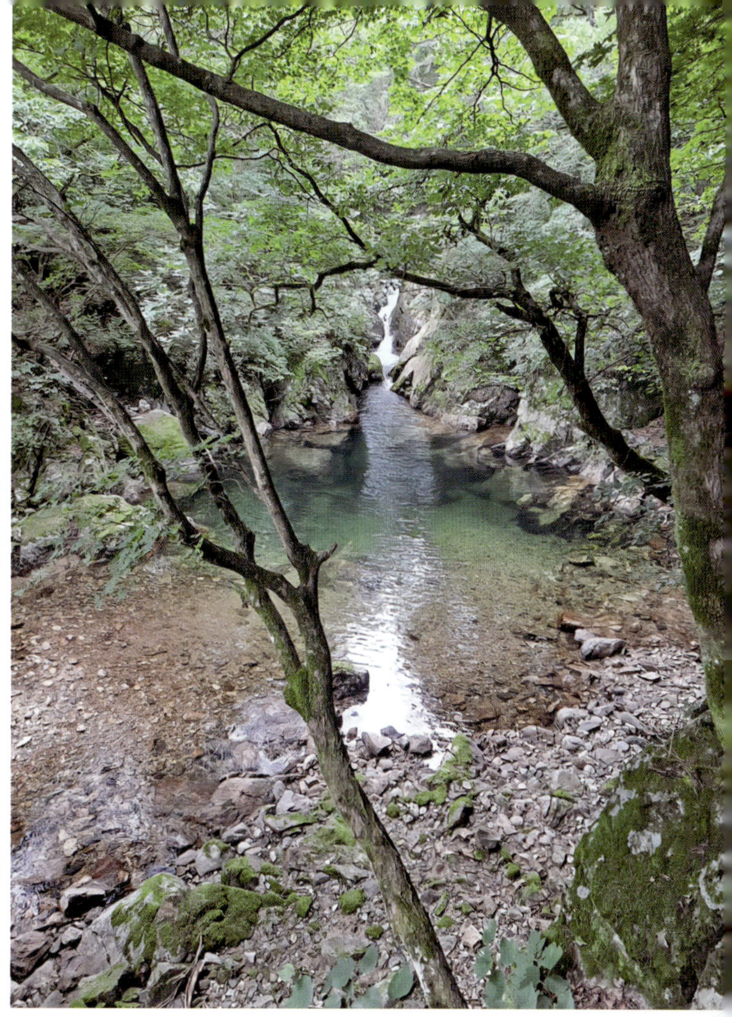

치악산 상원사에 전하는 이야기가 있다. 구렁이로부터 꿩을 구해준 승려가 구렁이에게 목숨을 잃게 될 위험에 처하자 그 꿩과 새끼가 목숨을 바쳐 스님의 목숨도 살리고 죽은 구렁이도 승천할 수 있게 해준 보은(報恩)의 꿩 전설이다. 전설 속 목숨을 구해준 상원사(上院寺) 보은의 종(鐘), 지금도 소원을 기원하는 세 번의 종소리가 울리고 있다. 이 전설은 불교 윤회사상과 밀접한 관련이 있다는 주장도 있다.

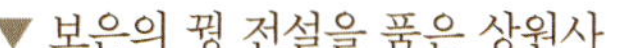

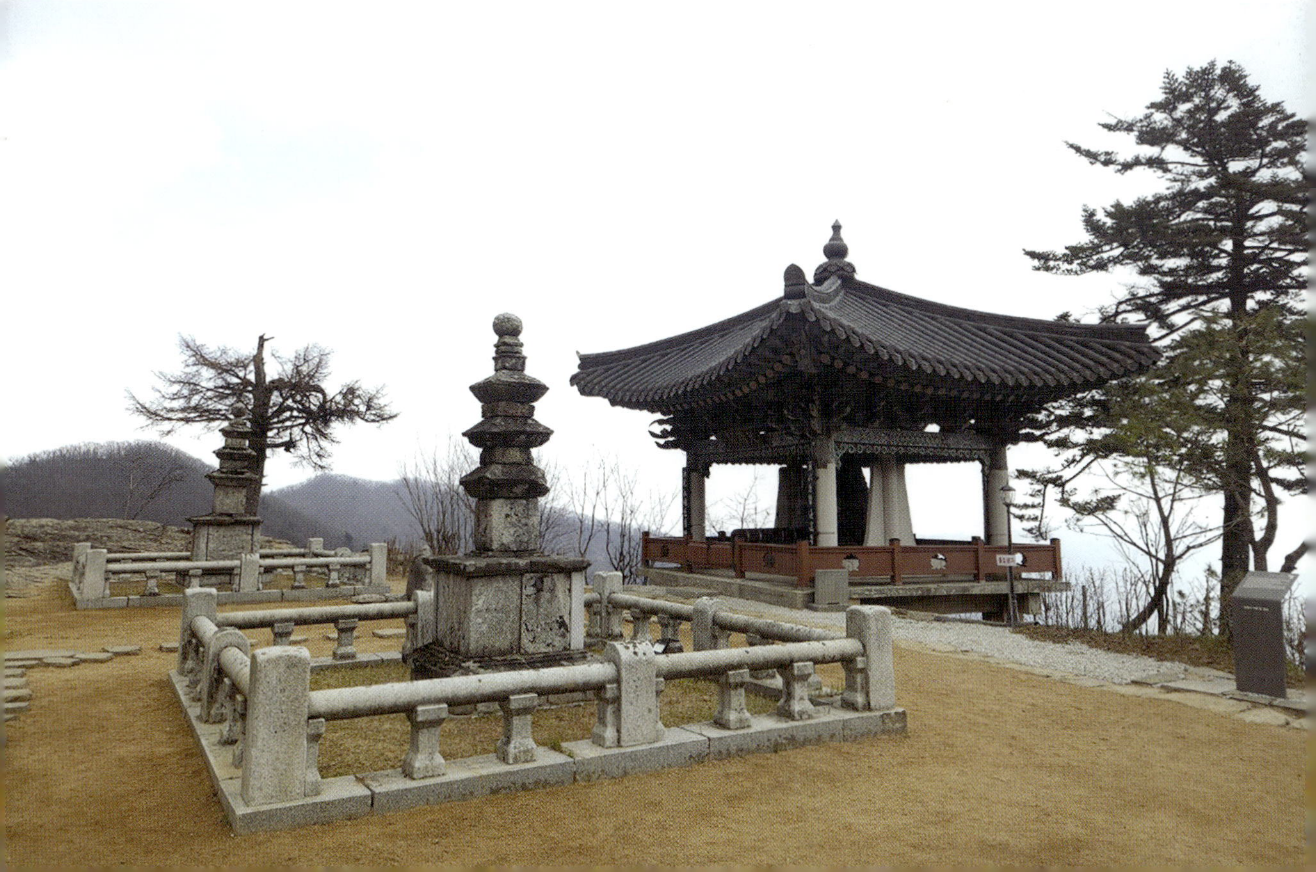

1. 사다리병창길

구룡사 세렴폭포 이후부터 시작되는 치악산 주 탐방로에 해당하며, 바위 모양이 마치 사다리를 곧게 세워놓은 것 같다고 하여 사다리병창이라고 부른다. 병창은 강원 서쪽, 즉 영서지방의 방언으로 절벽, 벼랑을 뜻한다고 한다.

2. 견성암 터

조계종 한마음선원을 창건한 대행스님이 1960년대 치악산 상원사에 계실 때 대각(大覺)을 이룬 후 첫 중생제도(衆生濟度)의 길에 드신 토굴로 지금은 오층석탑이 세워져 있다.

3. 구룡사의 전설과 세렴폭포

구룡사(龜龍寺) 대웅전 자리의 연못에 살던 아홉 마리 용과 내기를 하여 이긴 의상대사가 이곳에 절과 대웅전을 세웠다 하여 구룡사라고 한다. 이때 승천하지 못한 눈먼 용 한 마리가 구룡소에서 거북 등을 타고 세렴폭포의 소(沼)에 와서 몸을 씻은 뒤 눈이 떠져 승천했다는 전설이 있다.

구룡사는 668년(신라 문무왕 8년) 의상대사가 창건한 절로서 아홉 마리 용의 설화에 따라 아홉 구(九)를 사용하여 구룡사(九龍寺)라 했으나 조선 중기 이후부터 절 기운이 절 입구에 있는 거북바위 때문에 약해진다고 하여 거북 구(龜) 자를 붙여 구룡사(龜龍寺)로 바꾸었다고 한다.

<table>
<tr><td>1</td><td>2</td></tr>
<tr><td>3</td><td></td></tr>
</table>

▲ 비로봉의 미륵불탑

치악산 정상 비로봉에는 미륵불탑이라는 3개의 돌탑(용왕탑, 산신
탑, 칠성탑)이 있는데, 용창중이라는 사람이 꿈에서 비로봉 정상에
돌탑 3개를 쌓으라는 신의 계시를 받고 1962년부터 10년에 걸쳐
쌓은 탑이라고 한다.

▶ 마애불좌상

입석사에 있는 입석대에서 서북쪽으로 30m 올라간 지점의 암벽
에 새겨진 불상으로 고려시대 전기인 1090년에 조성되었다.

칠갑산
七甲山

충남 청양군에 속한 해발 561m의 산. 다소 낮은 산으로 만물 생성의 7가지 근원의 칠(七)자와 싹이 난다는 뜻의 갑(甲) 자를 합성하여 생명의 시원(始源)으로서의 칠갑산이라고 했다는 설이 있다. 또 다른 설은 일곱 장수가 나타날 갑(甲) 자형의 일곱 자리 명당이 있다 하여 칠갑산이라 불렀다는 설이 전한다. 충남의 중앙에 위치하고 백제의 얼이 담겨 있는 천년 사적지라고 한다.

정상에서 바라본 광덕산

칠갑산

콩밭 매는 아낙네
온데간데없고
푸른 천장호수 한 켠
찬바람 맞으며
아낙 동상이 나를 반기네

수려함 웅장함 없는
지극히도 평범한
우리네 뒷동산 모습
무슨 사연 그리도 깊어
산마루 산새 울음소리에
굽이마다 눈물짓게 했을까?

_ 2021. 2. 14. 일

칠갑산은 강원도 오대산에서 시작되는 차령산맥에 속한 산으로 충남알프스
라고도 하며, 원래 명칭은 '칠악산(七岳山)'이었다고 한다. 외형적으로는 전형
적인 육산의 작은 산으로 보이지만 실제는 깊은 계곡과 울창한 숲 등 산세
가 크다고 하며, 칠갑산보다 해발이 높은 천안 광덕산(699m)과 홍성 오서산
(791m)이 오히려 아래로 보인다. 칠갑산은 기가 풍만하여 예부터 신성시되어
온 산이라고 한다.

▶ 천장호를 바라보는 칠갑산 수호 호랑이상

▼ 천장호와 출렁다리

칠갑산 아래 천장호에서 천년의 세월을 기다려 승천하려던 왕룡(王龍)이 자
신의 몸을 바쳐 다리를 만들어 한 아이의 생명을 구했고, 이를 본 호랑이가
감명을 받아 영물이 되어 칠갑산을 수호하고 있다는 이야기가 전한다. 천장
호를 건너 칠갑산에 오르면 악을 다스리고 복을 준다는 왕룡의 기운과 영물
호랑이의 기운을 받아 건강한 아이를 낳는다는 전설이 있다.

칠보산
七寶山

충북 괴산군에 위치한 해발 778m의 산. 산정에 7개 봉우리가 있어 '칠봉산'이라 했으나 그 봉우리들이 보석처럼 아름답다 하여 칠보산이라고 했다. 7개의 보물은 금, 은, 산호, 바다조개(거저), 석영(마노), 수정(파리), 진주라 하며, 7개 봉우리라고 했지만 실제로는 암봉이 15여 개 있다.

눈 쌓인 3월의 칠보산 전경

칠보산 보물

나그네 그대는
부처님 일곱 보배
칠보산에서
무엇을 찾으려 하는가?

산정 오르는 길
새소리 바람 소리
마저 잠들어
고요함만 가득하다

급경사 암릉 길
무거운 발걸음
어느 수도승처럼
참선의 길이 된다

마주한 산정
칠보산 정상 너머
백두대간 이음길
모두가 한 몸이로구나

하산 길 맑은 물소리
번쩍 드는 정신
부처님 일곱 보배
모두 버리라 하네

_ 2025. 3. 8. 토

▲ 9월의 칠보산 정상

▶ 9월의 쌍곡폭포

▼ 거북바위

태백산
太白山

강원 태백시와 경북 봉화군 경계에 위치한 해발 1,567m의 산. 가장 높고 큰 봉우리에 자갈과 모래가 널려 있어 멀리서 바라보면 마치 산 정상에 흰 눈이 쌓여 있는 것처럼 보인다고 해서 붙인 이름이라고 한다. 2016년 영월, 정선, 삼척까지 포함하여 국립공원으로 지정되었으며, 태백산국립공원에서 제일 높은 산은 함백산(1,573m)이다.

정상 오르는 길

태백산

하늘이 열린 날
거룩한 단군한배검
풍요로운 대지 적시고
만백성과 춤추며
이 땅에 심은 겨레의 혼

반만년 이 땅의 역사
흥망성쇠, 고난역경
모두 이겨내고
찬란한 자유 대한
함께 만든 겨레의 영광

채 백 년 안 된 작금
자유 대한민국 부흥
지키지 못하고
탐욕이 판치는 세상
무너져 가는 겨레의 꿈

겨레의 영광을 지킬
온 백성 자각의 길
열어주시옵기를
천제단에 머리 숙여
간절히 기도합니다

_ 2024. 12. 31. 화

세 곳의 천제단 중 태백산 정상석이 있는 중앙의 것이 가장 크며,
천왕단이라고 하여 하늘에 제를 지낸다고 한다. 단군을 숭배하는
대종교에서 정비했다고 하며, 현재도 매년 개천절에는 제사를 올
린다고 한다. 천왕단 내부 비석에는 '한배검'이라고 새겨져 있는데
단군을 의미한다.

세 곳의 천제단 중 다른 두 곳과는 달리 명칭이 전해지지 않아 가
장 아래쪽에 있는 천제단이라 하여 붙인 이름이다. 하단에서는
땅에 대한 제사를 지낸다고 한다.

태백산 최고봉은 장군봉이며, 이곳에 세워진 천제단은 장군단으
로 사람에게 제를 지내는 곳이다. 최정상에 있지만 규모가 가장
큰 중앙의 천제단에 태백산 표지석을 세운 것으로 판단된다.

◀ 사길령(四吉嶺, 980m)

고려 때 새로 만든 고개라 하여 '새길령'이라 했고, 음이 변하여 사길령이 되었다고 한다.

◀ 태백산 정상 장군봉(1,567m)

태백산국립공원에 속한 함백산 금대봉에서 한강(검룡소)과 낙동강(너덜샘)이 발원한다. 우리나라에서 가장 높은 곳(1,470m)에 위치한 사찰인 망경사가 있고, 경북 봉화군 쪽에는 《조선왕조실록》을 보관하는 사고(史庫)가 있다. 《삼국유사》에는 "태초에 하늘나라 환인의 아들인 환웅천왕이 태백산 신단수 아래로 내려와 신시를 열어 우리 민족의 터전을 잡았다"라고 기록되어 있다고 한다. 부족국가 시대부터 하늘에 제를 올렸다고 하고, 신라시대에는 오악 중 북악이라 하여 왕실에서 제사를 지냈고, 산정에 있는 세 곳의 천제단을 단군조선 구을(丘乙) 임금이 쌓았다고 전해진다. 태백산 자락 영월에서 죽은 단종은 태백산 산신, 소백산 자락 영주에서 처형당한 금성대군은 소백산 산신이 되었다고 한다.

▶ 화방재(장거리재, 936m)
봄에 진달래, 철쭉이 만발하여 꽃방석 같아 화방재라 했고, 또한 단종이 죽어 혼이 태백산에 들어가며 "이곳은 내 땅"이라고 했다 하여 어평재(어평치, 御坪峙)라고도 했다고 한다.

▶ 주목
주목은 '살아 천 년, 죽어 천 년'이라는 나무로, 살아 있는 나무도 멋있지만 죽은 나무도 썩지 않고 멋스러움을 유지한다.

태화산
太華山

강원 영월군과 충북 단양군 경계에 위치한 해발 1,027m의 산. 크게 아름다운 빛이 나는 산이라는 의미이며, 고문서에는 '대화산(大華山)', '안산(安山)'으로 표기되어 있기도 하며, 영월 사람들은 '화산(華山)'이라고 한다.

능선에서 바라본 풍경

태화산과 남한강

내가 널 품었는가
네가 날 품었는가
태곳적부터
시련과 희망 같이했으니
누가 누굴 품은 게
뭘 그리 중요하리

내 몸 한 켠에서
떨어져 나간 바위, 흙
그대 품속에 안겨
한 몸이 되었으니
태화산과 남한강
영원히 함께하리라

그대와 내가 만든
자연 정원
반짝이는 물보라
살랑이는 솔잎 향기에
지나가던 나그네
행복하다 웃음 짓네

_ 2021. 2. 21. 일

▶ 남한강 건너 고씨굴로 가는 다리

고씨굴(고씨동굴)은 4억 년 전부터 형성된 석회암 동굴로서 길이가 6.3km에 달하며, 화석으로만 존재한다고 생각했던 갈루아벌레가 이곳에 서식한다고 한다. 1969년 6월 4일 대한민국 천연기념물 제219호로 지정되었다. 임진왜란 때 고씨 성을 가진 일가족이 이 굴에서 난을 피해 살았다고 하여 고씨굴이 되었다고 한다.

▶ 능선 바위

태화산은 특별함이 없는 오지에 위치한 산이라 일반인에게 별로 알려지지 않았지만, 산 아래 위치한 석회암 동굴 고씨굴의 유명세로 100대 명산에 지정되면서 알려졌다고 한다.

팔공산
八公山

대구광역시 동구, 군위군 그리고 경북 영천시, 경산시, 칠곡군에 걸쳐 있는 해발 1,192m의 산. 예전에는 꿩이 많아 '꿩산'이라 하다가 한자로 표기하면서 '공산(公山)'이 되었고, 이후 후백제의 침략을 받은 신라의 원군 요청으로 참여한 고려군이 이곳에서 포위를 당하자 고려 왕건으로 변복하여 대신 죽은 신숭겸과 7명의 장군 등 8명의 정신을 기려 팔공산이라 했다고 한다. 1980년 도립공원, 2023년 23번째로 국립공원에 지정되었다.

팔공산 주 능선

팔공산

넓은 고을 달구벌 북쪽
북극성 아래 우뚝 솟은
하늘 아래 같은 만물
함께 품은 꿩 놀이터 공산

나라 위해 목숨 던진
여덟 영웅 가고 없어도
아스라이 남겨진 흔적
그날을 기억하는 팔공산

수많은 국난 세월 거치며
변하고 상처 난 몸이지만
파란 하늘 흰 구름
변함없이 푸르른 온 누리

딱 하나 소원 들어준다는
인자한 갓바위 부처
흔들리는 산나그네 소원
속삭이는 자유 번영 대한민국

_ 2021. 11. 27. 토

▲ 수릉봉산계(綏陵封山界)

조선 익종(翼宗, 효명세자)의 묘인 수릉에 사용할 향탄(香炭) 생산을 위해 이곳에 사람들의 출입을 금지한다는 표시이다. 익종은 23대 순조의 아들 이자 24대 헌종의 아버지로 몇 대 왕이라는 표기가 없는 추존된 왕이다.

▶ 갓바위 좌불(坐佛)

팔공산의 대표적 명물로 한 가지 소원은 꼭 들어준다고 하여 수험생, 병약자 등 수많은 사람들이 소원성취 기원을 하러 온다. 통일신라 9세기 초에 몸체를 만들었고 갓은 고려시대에 만든 것으로 추정된다. 세인들은 약사여래불로 알고 있으나 실제로 어떤 부처인지 정확히 알 수 없다고 한다. 아미타불이라는 주장, 동네 노인들은 미륵님이라 하며 선본사 사적기에도 미륵보살이라는 기록이 있다고 하는데, 뭐가 그리 중할까?

▼ 정상 비로봉에서

삼국시대부터 아버지 산(父岳), 중심되는 산(中岳)으로 신성시하며 하늘에 제를 올렸다고 한다. 봉황의 산이라고 하는데 정상 비로봉이 봉황의 머리, 동봉과 서봉이 날개라고 한다. 동화사 자리가 봉황의 아기궁이라 겨울에는 오동나무 꽃이 필 정도로 따뜻하다고 전한다. 임진왜란 때 사명대사가 이곳에 영남지역 승군사령부인 영남치영아문(嶺南緇營牙門)을 설치하고 전국의 승병을 총괄 지휘했다고 한다.

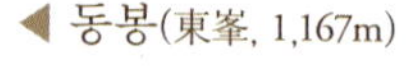

◀ 석조약사여래입상(石彫藥師如來立像)

거대 암릉 한 면에 조각된 동봉의 약사여래불은 갓바위 불상
과 같은 시기에 새겨졌다고 한다.

◀ 동봉(東峯, 1,167m)

'미타봉(彌陀峯)'으로도 불리며, 비로봉의 출입이 통제될 때 팔
공산의 정상 역할을 했던 곳이다.(2009년 11월 1일 비로봉 개방)

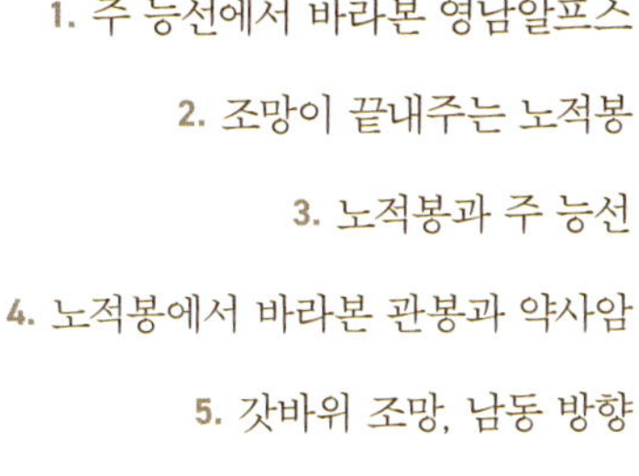

1. 주 능선에서 바라본 영남알프스

2. 조망이 끝내주는 노적봉

3. 노적봉과 주 능선

4. 노적봉에서 바라본 관봉과 약사암

5. 갓바위 조망, 남동 방향

팔봉산
八峯山

강원도 홍천군 서면에 위치한 해발 327.4m의 산. 낮은 산으로 능선에 8개 봉우리가 연이어 형제처럼 서 있다고 하여 팔봉산이라 한다.

산 아래에서 바라본 팔봉산

소금강 팔봉산

고거 참 재미나다
작지만 우아하고
낮지만 강렬하며
아름답지만 까칠하다

각양각색 기암괴석
기암과 어우러진 노송
굽이치는 푸른 물결
하나로 조화된 절경
가히 소금강이로구나

홍천강이 감싼 흰 바위산
굳게 지키는 여덟 형제
백설공주와 일곱 난쟁이
동화가 생각난다

_ 2020. 6. 21. 일

▲ 왼쪽부터 시계 방향으로 팔봉산 최고봉 2봉, 조망이 좋은 4봉, 우뚝 솟은 8봉, 3봉에서 100대 명산을 완등한 친구를 축하하면서.

▶ 4봉 가는 길에 내려다본 팔봉산을 휘감아 도는 홍천강

팔봉산은 해발고도가 낮아 우습게 보다가는 큰코다치는 악산이다. 즐비한 기암괴석과 노송의 조화, 졸깃졸깃한 암릉 등산로, 멋진 홍천강 조망 등 홍천 8경의 제1경이자 홍천 소금강으로 불린다. 악산이다 보니 입산 시간(07~15시)이 정해져 있고 18시까지는 퇴장해야 하며, 동절기와 야간산행 금지, 폭우·폭설 시 입산이 통제된다. 2봉이 최고봉이며, 100대 명산 중 해발이 가장 낮다.

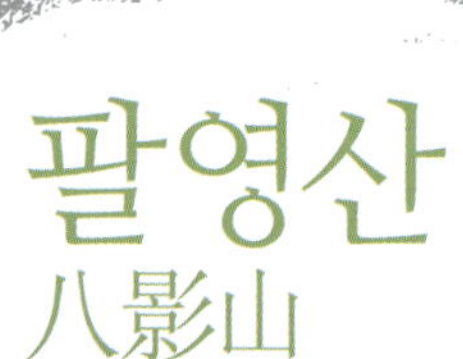

팔영산
八影山

전남 고흥군에 위치한 해발 609m의 산. 주 능선에 8개 봉우리가 있다 하여 팔영산이라 했다. 원래는 팔전산(八顚山, 八田山)이라 했으나 중국 위왕의 세숫물에 8개 암봉이 비쳐 그 산세가 중국에까지 떨쳤다는 전설이 전해지면서부터 '그림자 영(影)' 자를 붙여 팔영산이라 불렀다고 하며, 김정호의 〈대동여지도〉에는 '팔령산(八靈山)'으로 표기되어 있다고 한다.

선녀봉에서 바라본 주 능선

다도해 진산, 팔영산

다도해와 나란히 솟은 여덟 봉우리
저마다 자신의 사연을 품고
세상에 밝고 맑은 자태를 뽐낸다

여덟 봉우리에서 빠진 서러움
팔봉 아래 세 자매 선녀봉 애틋하다.

바른 삶, 선비의 길이 그리워
유영봉 넌 선비의 그림자 닮았구나

세상을 밝혀주는 부처님 은덕
성주봉 성군 되어 세상 지키리라

우리네 마음 한 켠에 쌓인 애환
생황봉 맑은 바람결로 씻으리라

악인 모지리 가득한 세상
사자봉 사자의 포효로 잠재우리라

탐진치에 찌든 속세 벗어나
오로봉에서 다섯 벗과 신선 되리라

무릉도원 신선 되어 노닐다
두류봉 통천문 지나 밤하늘 별 되리라

어둠 속 방황하는 세상 만물 위해
칠성봉 별 되어 밝은 빛 비추리라

억만 겁을 돌고 돌아 또 만난
적취봉 푸르름 쌓아 새 세상 열리라

_ 2021. 6. 20. 일

244

▲ 최고봉 깃대봉에서 바라본 다도해

팔영산 1봉에서 8봉까지 불교와 유교 용어가 혼합된 각각의 이름이 부여되어 있으며, 봉우리마다 멋진 다도해 조망을 산객에게 제공한다. 주 능선의 8봉 외에도 선녀봉(仙女峯, 518m)과 팔영산 최고봉인 깃대봉(609m) 등이 있다. 1998년 전남도립공원, 2011년 다도해해상국립공원에 편입되어 다도해의 진산으로 고흥 10경 중 으뜸이라고 한다. 산 아래에는 고구려 아도(阿道)가 창건하여 보현사(普賢寺)라고 불렀다는 호남 4대 사찰 능가사(楞伽寺)가 있다.

▼ 주 능선 암봉

팔영산의 봉우리 이름은 유교와 불교 용어가 혼합되어 있다.

- 제1봉 유영봉(儒影峯, 491m)
- 재2봉 성주봉(聖主峯, 538m)
- 제3봉 생황봉(笙簧峯, 564m)
- 제4봉 사자봉(獅子峯, 578m)
- 제5봉 오로봉(五老峯, 579m)
- 제6봉 두류봉(頭流峯, 596m)
- 제7봉 칠성봉(七星峯, 598m)
- 제8봉 적취봉(積翠峯, 591m)
- ※ 최고봉 깃대봉(609m)

▲ 제1봉 유영봉

▲ 제2봉 성주봉

▶ 제5봉 오로봉 전망

▶ 제7봉 칠성봉

▶ 제8봉 적취봉

▶ 선녀봉

한라산
漢拏山

백두산, 금강산과 함께 우리나라 3대 영산(靈山)이자 민간신앙에서는 금강산, 지리산과 함께 삼신산(三神山)에 속하는 해발 1,950m의 산. 남한의 최고봉으로 은하수 또는 높은 하늘을 뜻하는 '은하수 한(漢)'과 '당길/붙잡을 라(拏)' 자를 합쳐 은하수를 붙잡을 정도로 높은 산이라는 의미가 있다고 전하며, 정상에는 화산 분화구인 백록담이 있다.

탐라계곡 상류

한라산 산행일기

오르는 길
경이로운 사라오름 산정호수
아리는 구상나무 백화현상
정상 아래 춤추는 구름 무리
백록담 푸른 물 보여 주려나

내려가는 길
쏜살같이 지나가는 뿔 달린 노루
산꾼 동심 흔드는 빨간 보리수
깊이 파고드는 탐라계곡 비경
그 품에 안긴 특전 영혼 명복을 빈다

마주한 정상
산 아래 춤추던 구름
드러난 푸른 속살 백록담
그저 바라만 보는 내 마음
불현듯 백두산 천지가 떠오른다

마무리 길
산이 아닌 혼의 산 한라산
환희 속에 떠오르는 분단의 아픔
내가 아닌 우리의 소원
관음사 풍경소리에 소원을 빈다

_ 2021. 9. 28. 화

▶ 멀리 보이는 11월의 한라산

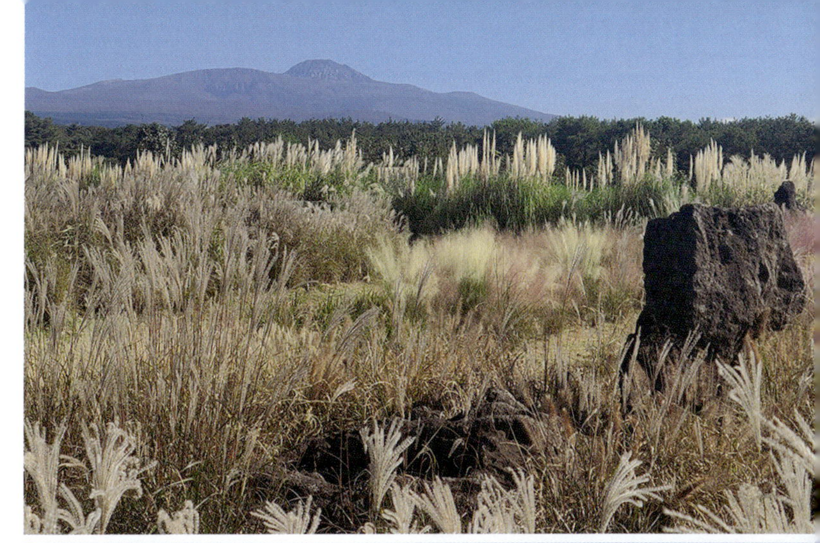

한라산은 예부터 부악(釜岳), 원산(圓山), 진산(鎭山), 선산(仙山), 두무악(頭無岳), 영주산(瀛州山), 부라산(浮羅山), 혈망봉(穴望峯), 여장군(女將軍) 등 많은 이름으로 불렸다. 한라산은 고려 목종 때인 1002년, 1007년에 화산 폭발이 있었고, 사화산(死火山)이나 휴화산(休火山)이 아닌 2014년부터 활화산(活火山), 즉 살아 있는 화산으로 분류하고 있다.(사진: ⓒ 지성사)

▶ 봄의 산방산

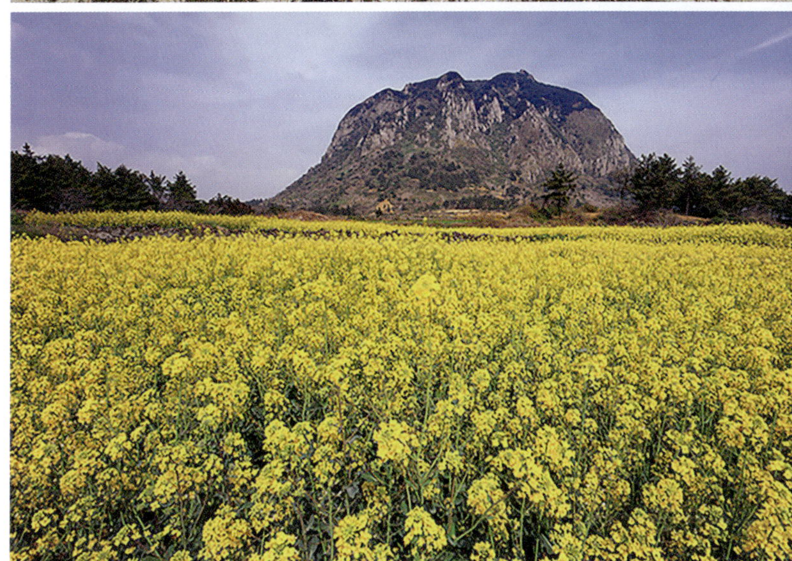

(사진: 위키미디어. ⓒ 해외문화홍보원)

▼ 백록담(白鹿潭)

노인과 흰 사슴이 물 마시며 놀던 곳이라는 의미다. 백두산 천지와 함께 우리 민족 정신의 산이라 하겠다. 옛날에 한라산을 머리가 없는 산 두무악(頭無岳)이라 했는데, 전설에 따르면 한 사냥꾼이 사냥하다가 실수로 천제(天帝) 배꼽을 화살로 건드렸고, 이에 화가 난 천제가 한라산 봉우리를 뽑아 던져버렸다. 그 봉우리가 떨어진 곳이 산방산, 뽑혀 파인 곳이 백록담이다. 그래서 한라산 분화구 백록담과 서귀포시 산방산의 크기가 비슷하여 산방산을 떼어내 백록담에 거꾸로 넣으면 딱 맞는다는 속설이 있다.

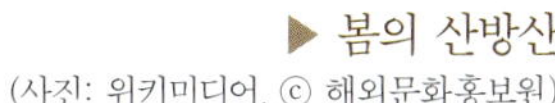

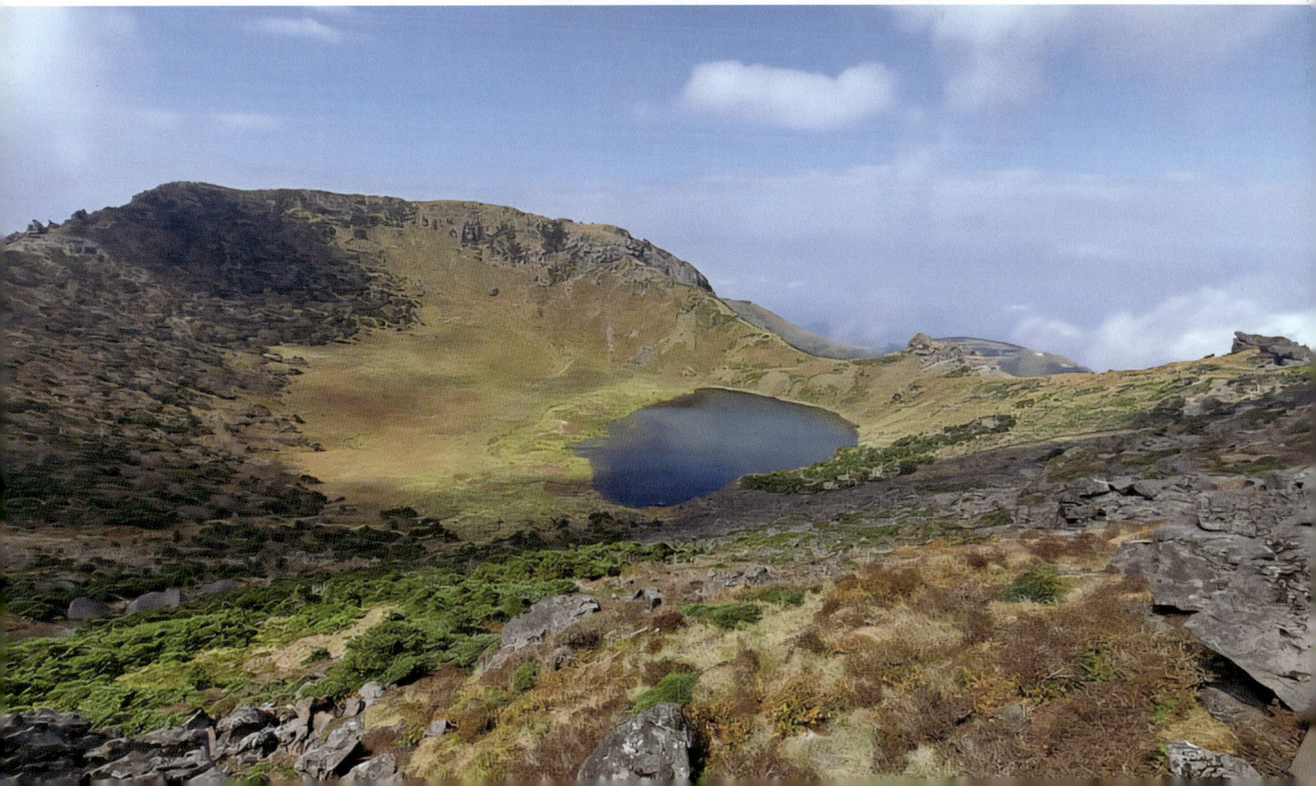

1. 구상나무

우리나라 고유 수종으로 해발 500~2,000m의 한라산, 지리산, 덕유산 등에서 자생하며, 구한말 외국 선교사를 통해 해외에 알려졌다. 학명은 아비스 코리아나(*Abies Koreana*)이며, 크리스마스 트리로 인기가 높다. 성게의 제주 방언 '쿠살'과 나무를 뜻하는 '낭'의 합성어로 잎이 성게 가시처럼 생겼다 해서 부른 쿠살낭(성게나무)을 구상나무로 공식 명명하게 되었다. 최근 한라산의 겨울철 심한 가뭄으로 1,700~1,800m의 구상나무 80퍼센트가 고사했으며, 이러한 현상이 점점 심해져 다른 산으로 확대, 복원 중이라 한다.(사진: 왼쪽 위키미디어, ⓒ Markteel; 오른쪽 ⓒ 지성사)

2. 백록담 남벽

윗세오름 대피소를 지나 돈내코 탐방로와 만나는 남벽 분기점에서 한라산의 실제 정상인 남벽이 눈앞에 나타난다. 1970~1980년대에는 남벽 정상으로도 오를 수 있었다고 했지만, 길이 위험한데다 정상 보전을 위하여 지금은 폐쇄되고 남벽 분기점까지만 오를 수 있다.

3. 병풍바위와 오백나한

5백 자녀를 둔 어머니가 자식들에게 먹일 죽을 쑤다가 솥에 빠져 죽고 말았다. 먹을 것을 구하러 사냥에 나갔다 돌아온 자식들이 어머니가 만들어 놓은 죽을 맛있게 먹다가 막내아들이 죽에 있던 뼈를 발견한다. 그제야 자식들은 어머니가 솥에 빠졌음을 알고 울다 지쳐 영실 자락에서 바위가 되었고, 막내는 울면서 섬을 떠돌다가 차귀도에서 바위가 되었다는 슬픈 전설이 있다. 한라산의 만물상이라고 한다.

4. 탐라계곡 상류

탐라계곡은 백록담에서 관음사탐방센터로 하산하는 약 8.5km의 계곡으로 지리산 칠선계곡, 설악산 천불동계곡과 함께 우리나라 남한 지역의 3대 계곡에 속한다. 탐라계곡 상류에 용진각(龍鎭閣)이라는 대피소가 있었는데 2007년 태풍 '나라' 때 흔적도 없이 사라지고, 현재는 그 터만 남아 있다. 제주도의 지질 특성상 빗물이 빨리 지하로 스며드는 관계로 비가 오지 않을 경우 계곡물이 많지 않다.

▲ 윗세오름에서 어리목대피소로 하산하는 길

해발 970m에 위치한 어리목은 '좁은 얼음곡(빙곡)'이라는 뜻이다. 어리목계곡의 가을 단풍이 제주도에서 으뜸이라고 하며, 한라산 등반의 인기 들머리라고 한다. 한라산 정상 백록담에는 갈 수 없지만 완만한 오르막에 탁 트인 고원 평탄지대가 절경이며, 비교적 산행 난도가 낮고 조망 또한 좋아 가족 단위로 산행이 가능하기 때문이다.

▼ 차귀도(사진: ⓒ 지성사)

함백산
咸白山

강원 태백시와 정선군 경계에 위치한 해발 1,573m의 산. '모든 하얀 산'이란 뜻을 지녔으며, 산 정상에 하얀 눈이 덮인 모습에서 유래된 것으로 전한다. 《삼국유사》에는 묘범산(妙梵山)이라고도 하는데 묘하게 높은 산이란 뜻의 묘고산(妙高山)과 같은 의미이자 수미산(須彌山)과 같은 대산(大山)에 신산(神山)이며 세계의 중심이라는 뜻이 있다고 하며, 〈대동여지도〉에는 크게 밝은 산이란 뜻의 '대박산(大朴山)'으로 적혀 있다고 한다.

산객과 백두대간 마루금

함백산

속세의 깊은 시름
솟아나는
너덜샘, 검룡소 맑은 물에
하나씩 하나씩 씻어 봅니다

세속의 무거운 짐
굽이치는
산그리메 푸른 물결에
하나씩 하나씩 벗어 봅니다

세속의 이기적 탐욕
역사 품은
두문불출 두문동 전설에
하나씩 하나씩 배워 봅니다

세속의 끝없는 번뇌
꽃향 가득한
산정 능선 천상의 화원에
하나씩 하나씩 던져 봅니다

_ 2025. 8. 23. 토

▶ 함백산 정상

함백산은 우리나라 남한에서 여섯 번째로 높은 산이며, 백두대간과 태백
산국립공원에 속해 있고 자연생태계 보호지역으로 지정되어 있다. 함백산
산정은 야생화 군락지로 유명하고, 특히 겨울 눈꽃 산행이 백미이며 산 아
래 신라 고찰 정암사(淨巖寺)는 우리나라 5대 적멸보궁의 한 곳이다. 해발
1,300m에는 우리나라 엘리트 체육선수들의 훈련을 위한 태백선수촌이 있
고 산정 부근에 우리나라 대부분의 방송 송출 시설이 있다.

▶ 반생반사(半生半死) 주목

▼ 두문동재 가는 길과 표지석

두문동재(1,268m)는 정선군 고한읍과 태백시를 잇는 고개로 '싸리재'라고
도 한다. 두문동(杜門洞)은 원래 경기도 개평군의 개성 북쪽에 있는 지명
으로, 고려가 멸망한 후 조선 개국에 반대한 고려 신하들이 부조현이라는
마을에 조복을 벗어놓고 만수산 서두문동에는 문신 72명, 빈봉산 동두문
동에는 무신 48명이 숨어 살았다. 이성계는 이들을 회유했지만 실패하자
이곳에 불을 질렀고 그중 살아남은 7명이 함백산 고한에 들어와 살았다고
하여 두문동재라고 했다.

화악산
華岳山

강원 화천군과 경기 가평군 경계에 있는 해발 1,468m의 산. 경기 최고봉이며 고려 때는 '문성산'이라 했고, 조선 때는 빛나는 큰 산이라 하여 '화악산'으로 불렸다고 전한다. 화악산 정상 신선봉(神仙峯) 동쪽에 매봉(응봉鷹峯, 1,436m)이, 서쪽에 중봉(中峯, 1,446m)이 있어 이를 화악산 삼형제봉이라 하기도 한다.

정상에서 명지산 방향

분단의 화악산

한반도 중간
검고 푸른 얼굴로
떡 하니 높이 솟은
거대한 산군의 맏형
산정은 분단의 상처
인적 없는 골과 능선
수없이 피 흘린 전쟁터

푸른 하늘 푸른 숲
산새들 합창 노랫소리
수정같이 맑은 물

춤추는 폭포 하얀 포말
나라 위해 피 흘리며 잠든
호국영령을 위로하는
이 나라 희망의 진혼곡

_ 2025. 8. 1. 금

▲ 매봉 방향

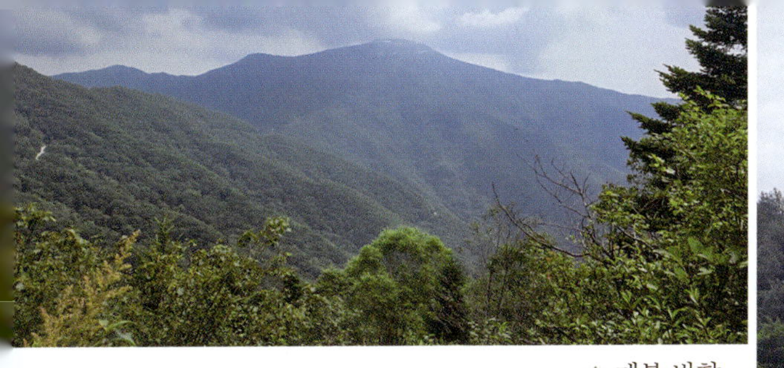

최고봉인 신선봉은 군사시설로 출입이 금지되어 중봉이 정상 역할을 하고 있으며, 화악산은 여수와 중강진을 잇는 한반도의 중간 지점이라고 한다. 매봉은 신선봉을 마주 보고 있는 봉우리로, 신선봉과 마찬가지로 출입금지 구역이다.

▶ 삼팔교 앞 계곡

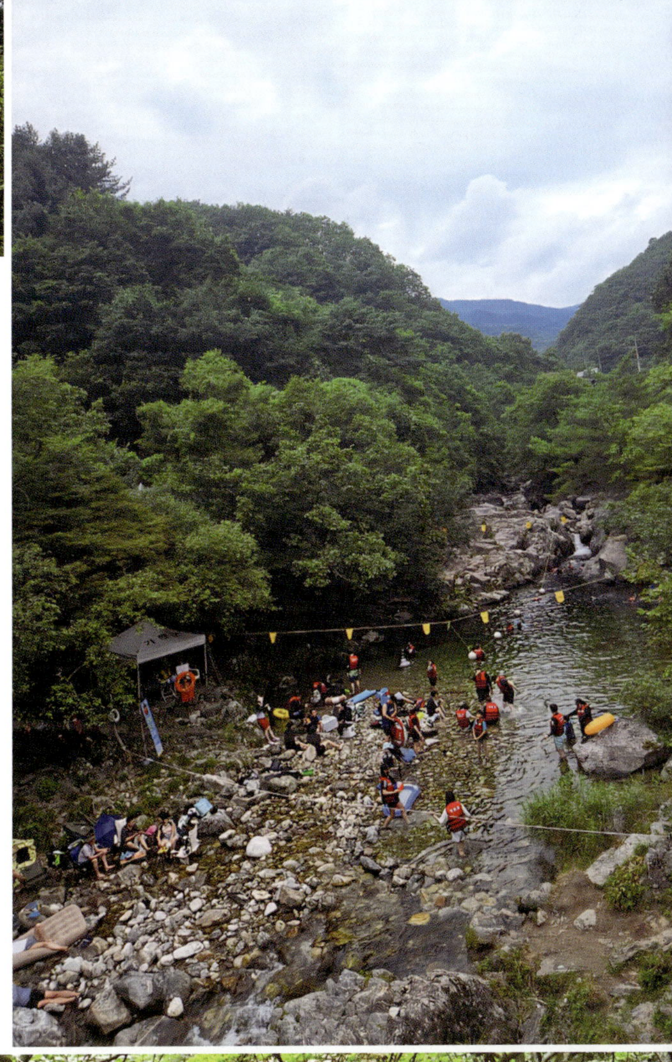

화악산은 경기 5악 중 가장 크고 험한 산이다. 《삼국사기》에 '화악(花嶽)'으로 표기되어 금강산, 설악산, 감악산, 월출산, 덕유산 등과 함께 소사(小祀)로 지정, 국토의 안녕과 평화를 위해 국가에서 산신에게 제사를 지내던 산이었다는 기록이 있다고 한다. 한반도 중간인 위도 38선이 정상을 지나고 있어 예부터 전략적 요충지로 중시하였으며 한국전쟁 때도 최고의 격전지였다.
옛날에 지리산 산삼 총각이 금강산 산삼 처녀를 만나러 가다가 화악산에서 하룻밤을 묵게 되었고, 꿈에 산신령이 나타나 사람 눈에 띄게 되면 금강산을 세 번 외치라고 했는데 산삼 총각은 심마니를 만나자 몽덕산으로 달아나 산삼 처녀만 애타게 불렀고, 금강산 산삼 처녀는 자신을 부르는 소리를 듣고 화악산에 왔지만 산삼 총각을 만나지 못했다는 슬픈 전설이 있다.

▼ 조무락(鳥舞樂)골

빼어난 산수 비경에 새들이 춤을 추며 재잘댄다 하여 붙인 이름이다. 크고 작은 폭포들이 있고 그중에 호랑이가 엎드린 형상이라 하여 붙인 복호동폭포(오른쪽)가 유명하다.

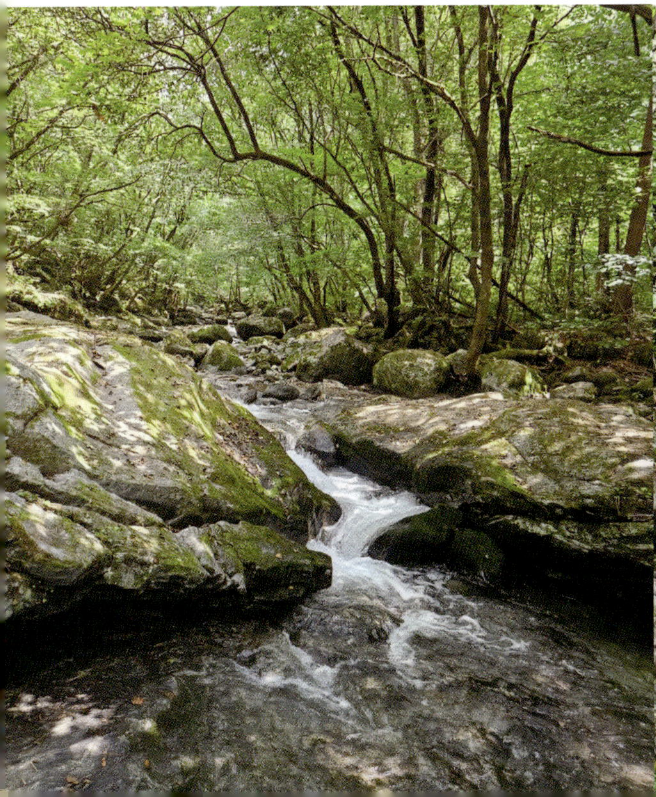

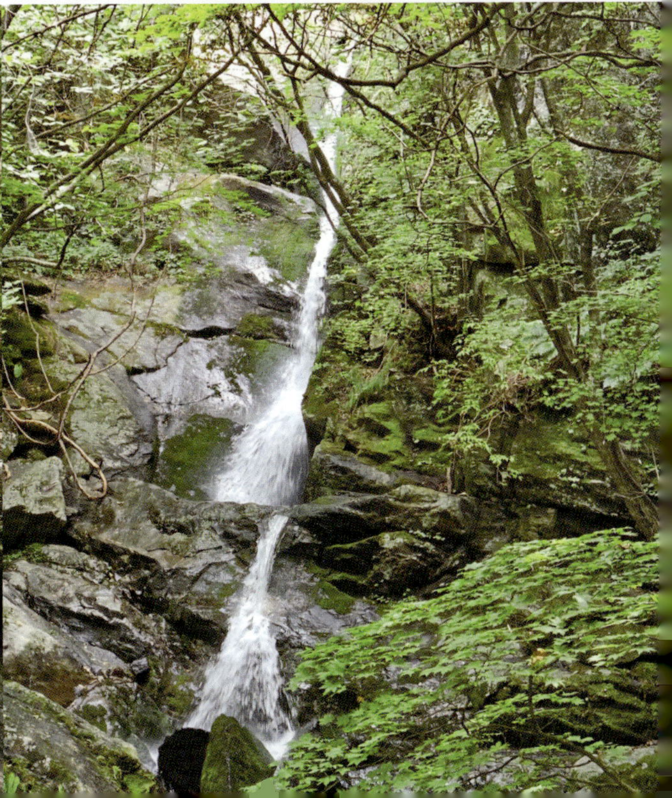

화왕산
火旺山

경남 창녕군에 속한 해발 756.6m의 산. 화왕산은 중생대(1억 4천만~1억 2천만 년 전)에 용암을 분출하여 현재와 같은 모습이 되었다. 당시의 분화구 삼지(三池)가 아직 남아 있는데 '용지(龍池)'라고 부른다.

역새평원, 배바위, 분화구

화왕산 이야기

지구 뱃속 용트림의 흔적
지금도 생생한 저 숨구멍
백두 천지, 한라 백록담, 화왕 용지

분화구를 둘러싼 화왕산성
오천 년 역사 수많은 굴곡

화왕산성 억새 물결
끝없이 흔들리는 우리네 마음

산성 안팎 붉은 진달래
희망을 노래하는 우리네 심장

꼭 한 번 소원 들어준다는 약사암
옷매무새 가다듬고 올리는 삼배

_ 2021. 4. 18. 일

▶ 정상에서, 창녕읍 방향

불을 뿜어낸 화산이라는 뜻으로, 빛벌 또는 빛불로 풀이되는 창녕의 옛 이름 불사(不斯), 비화(非火), 비사벌(比斯伐), 비자화(比自火), 비자벌(比子伐), 화왕(火王) 등은 모두 '불뫼'의 명칭에서 유래된 것이라는 설이 있다. 《삼국사기》에 따르면, 화왕(火王)은 757년(신라 경덕왕 16년) 당시 비사벌군(비자화군)을 '화왕군'이라고 부른 것에서 유래한다. 화왕에서 '성할 왕(旺)' 자로 바뀐 유래는 〈선조실록〉 선조 31년(1598) 기록에서 처음 화왕산(火旺山)이라 한 데 있다고 한다. 불뫼라 불렸을 화왕산은 창녕군의 최고봉이자 진산(鎭山)으로 1984년 군립공원으로 지정되었다.

▶ 서문과 배바위 방향

화왕산에는 삼국시대에 축성했고 임진왜란 때 의병 곽재우가 활약한 화왕산성, 진흥왕 척경비(拓境碑), 〈허준〉과 〈대장금〉 촬영장, 10월 대보름 억새 태우기(사고로 중단) 등이 유명하며 인근에 2.3km² 면적의 국내 최대 담수 자연 늪인 우포늪이 있다.

▼ 용선대 석조여래좌상

용선대(龍船臺)란 사바와 극락 사이 번뇌의 세상을 용(龍)이 끄는 배를 타고 건넌다는 반야용선(般若龍船)에서 따왔다고 한다. 석조여래좌상이 반야용선을 끄는 선장인가? 화왕산 분화구 용지(龍池)에 살던 용이 승천했다 하여 지은 관룡사(觀龍寺) 위쪽에 있다. 관룡사에 부속된 약사암은 소원 한 가지는 꼭 들어준다는 전설이 있다.

황매산
黃梅山

경남 합천군과 산청군에 위치한 해발 1,108m의 산. 산정 3개 봉우리가 매화를 닮았다 하여 황매산, 신령스러운 바위산이라는 의미로 영암산(靈巖山), 합천호에 세 봉우리의 산 그림자가 잠기면 3송이 매화꽃이 물에 잠긴 것 같다 하여 별칭이 수중매(水中梅), 기암괴석이 가득한 아름다운 산이라 하여 영남의 금강산 등 다양한 이름으로 불리며 1983년에 군립공원으로 지정되었다.

모산재 일대 암릉지대

가을의 문턱, 황매산

매미 소리 하나둘 떠나고
고추잠자리 춤추는
가을의 문턱 9월

신령스러운 삼무의 전설
합천호 수중매
궁금한 황매산 얼굴

운무 속 황매평전
철 지난 철쭉, 설익은 억새
아직 푸른 고원 수채화

천하 명당 무지개 터
돛대바위, 순결바위
하얀 기암 진경산수화

내 일기장 한 쪽
올 한 해 가을 문턱 편
꽉 채울 황매산 이야기

_ 2019. 9. 8. 일

▶ 억새평원에서 바라본 정상

황매산 산정에 솟은 세 봉우리에는 이곳에 세 명의 성현(聖賢)이 나타날 것이라는 전설이 있다고 한다. 무학대사가 이곳에서 수도할 때 뒷바라지하던 어머니가 칡넝쿨에 걸려 넘어지고 땅가시에 찔리며 뱀에 놀라는 모습에 무학대사가 백일기도를 했는데 그 영향인지 지금도 칡, 땅가시, 뱀, 이 세 가지가 없는 삼무(三無)의 산이라고 한다.

▶ 모산재[茅山嶺, 767m]

잣골듬 또는 신령스러운 바위산이란 뜻의 영암산으로도 불리는 모산재는 천하명당 무지개 터에 묘를 쓰면 그 집안은 크게 발복하지만 산 아랫마을에는 가뭄, 흉년, 질병이 든다 하여 묘를 쓰지 못하게 못을 만들었다고 한다. 이에 못산, 못재라 하였으나 세월이 지나면서 모산재가 되었다고 한다. 모산재 일대는 거대한 하나의 기암으로 이루어진 형상이 한 폭의 산수화를 연상케 한다.

▼ 황매평전

해발 700~900m 고위 평탄 구릉지로 원래 산철쭉의 자생지였으나 1980년대 주민들의 건의에 따라 목장으로 개발되었다. 하지만 수익성이 없는 등 목장의 인기가 없어지자 1990년대에 목장을 폐쇄했고 현재의 산철쭉 및 억새평원이 되었다고 한다.

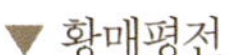

황석산
黃石山

경남 함양군에 위치한 해발 1,192m의 산. 산 정상 부근에 누르스름한 바위 봉우리가 많아 '누를 황(黃), 돌 석(石)' 자를 사용하여 황석산이라 불렀다고 하며, 백두대간 남덕유산 구간 줄기에서 뻗은 기백산(箕白山, 1,331m), 금원산(金猿山, 1,353m), 거망산(擧網山, 1,184m)과 함께 4개 봉우리 중 끝자락에 흡사 칼을 세운 듯 솟구친 형상이다.

능선 전망대에서 바라본 정상

황석산

노란 바위 정상 황석산
왜적의 침략에 맞서
초개와 같이 목숨 던진
백성들의 붉은 피
붉은 바위산 되었나

붉은 피로 지킨
이 강산 이 나라
외로운 황석산 혼이 되어
맑고 푸르른 대간, 기맥
수호자가 되었는가

무심코 이곳 찾은
어리석은 산나그네
능선 참억새 물결 소리
왜적과 싸우는 함성 소리
들리는 듯 귀 기울인다

_ 2019. 6. 8. 토

능선에서 산 아래 조망

황석산과 거망산을 이어주는 능선에는 광활한 억새밭이 장관이고, 농월정과 동호정, 거연정, 군자정 등 경상도의 정자(亭子) 문화를 대표하는 유적이 있다.

(왼쪽부터) 정상 부근 황석산성, 황석산성 외벽, 입구

황석산성(黃石山城)은 황석산 정상에서 뻗은 산마루를 따라 육십령으로 통하는 요새지에 쌓은 삼국시대 산성이라고 하며, 임진왜란 때 치열한 전투를 치른 곳으로 1987년 대한민국 사적 제322호로 지정되었다. 정유재란 당시 왜군에게 끝까지 항거하던 이들이 성이 무너지자 죽임을 당하고 부녀자들은 천 길 절벽에서 몸을 날려 황석산 북쪽 바위 벼랑이 핏빛으로 물들었다고 한다. 함양 사람들의 지조와 절개를 상징하는 중요 유적으로 각인된 곳이다.

황악산
黃嶽山

경북 김천시와 충북 영동군에 걸친 해발 1,111m의 산. 백두대간에 속한 산으로 예부터 학이 많아서 황학산(黃鶴山)으로 불렸다고 한다. 지도상에도 황학산으로 표기되어 있으나 직지사(直指寺) 현판 및 《택리지(擇里志)》에는 황악산(黃嶽山)으로 표기되어 있다 하며, 예전에는 여우가 많이 살아서 '여시골산'이라고 불렀다 한다.

정상 표지석과 억새 가득한 바람재

황악산

비구름 벗 삼아
능선 억새 물결치는
바람재 바람길 따라
어렵게 찾아온 대간 길

추적추적 빗방울
처벅처벅 산객 발걸음
운주골 맑은 물소리
들려주는 참선의 길

비 오는 날 청운의 꿈꾸며
괘방령 넘나들던 선비 유생
희로애락 옛이야기
흔적만 남은 고갯길

_ 2019. 7. 27. 토

억새(왼쪽)와 잡목 능선길

황악산의 악은 악산의 의미가 아니라 이 지방에서 가장 높은 큰 산이라는 뜻이며, 누를 황(黃)은 토산(흙산)을 의미하는 것으로 보인다. 이웃한 삼도봉(三道峯, 1,176m), 민주지산(珉周之山, 1,242m)과 소백산맥 허리 부분에 속하며, 평범한 육산이지만 수목이 울창하여 능여(能如), 내원(內院), 운수(雲水)계곡 등이 유명하다.

괘방령 장원급제 길

괘방령(掛榜嶺, 320m)은 조선시대에 과거시험 급제 소식이 붙는 고개라고 해서 불렸던 이름이다. 과거시험 보러 가는 유생이 추풍령을 넘으면 시험에서 추풍낙엽처럼 떨어진다고 하여 괘방령을 많이 이용했다고 한다. 국가가 관리했던 추풍령은 관청의 간섭이 심해 이를 피해 유생이나 장사꾼들이 만들어낸 재미난 이야기인 듯하지만, 아무래도 괘방령을 많이 이용하지 않았을까? 임진왜란 때 의병장 박이룡 장군이 왜군에게 대승을 거두었던 곳이기도 하다.

263